ヘンダーソン氏の福音を
TRPGプレイヤーが異世界で最強ビルドを目指す 3

Mr. Henderson Preach the Gospel

Author
Schuld

Illustrator
ランサネ

JN102967

ヘンダーソンスケール

【Henderson Scale】

　タイトルのヘンダーソン氏とは、海外のTRPGプレイヤー、オールドマン・ヘンダーソンに因む。

　殺意マシマシのGMの卓に参加しつつも、奇跡的に物語を綺麗なオチにしたことで有名。

　それにあやかって、物語がどの程度本筋から逸脱したかを測る指針をヘンダーソンスケールと呼ぶ。

「……失礼しました、幼い子達。
驚かせてしまって
ごめんなさいね？」
アグリッピナ
Agrippina

不思議と温かい
半透明の体で抱きしめられる。
触れれば相当に豊かであったと気付く
胸に埋められた。
ライゼニッツ
Leizniz

ああ、
これは……あれだな、
おもちゃにされてるな。
ミカ
Mika

「おい、何をしているんだい」
「いやなに、つい手持ち無沙汰でね。触り心地もよいからついつい」
エーリヒ
Erich

「さて……メインディッシュか」
私の言葉に反応してか、
今まで戦いを見守っていた
最奥の死者が悠然と立ち上がった。

ヘンダーソンスケール

【 Henderson Scale 】

- -9 ： 全てプロット通りに物語が運び、更に究極のハッピーエンドを迎える。
- -1 ： 竜は倒れ、姫は国元に帰り、冒険者は酒場でエールを打ち合わし称え合う。
- 0 ： 良かれ悪かれGMとPLの想像通り。
- 0.5 ： 本筋に影響が残る脱線。
  EX）シナリオで重要とされる技能や能力の不在。ハンドアウトにある推奨技能は飾りではない。
- 0.75 ： 本筋がサブと入れ替わる脱線。
  EX）ちょっとした失敗のリカバリーのため、目的があらぬ方向に行く。
- 1.0 ： 致命的な脱線によりエンディングに到達不可能になる。
  EX）料理大会の景品がキャンペーンクリアに必要で、それに参加する行きつけの店の店主を援護することが君たちの仕事だって言ったよな？　なんで誰一人真面に調理技能を上げてないんだ？　初期値でいいなら態々推奨技能ってハンドアウトに書くと思うかね？
- 1.25 ： 新しいセッション方針を探すも、GMが打ち切りを宣告する。
  EX）探索フェーズがあって上等な食材を取りに行く時間があると思っていたと。それはまぁいいし、案の定失敗して料理の出来が残念になったことも分かる。だが、どうしてそのリカバリーで他の参加者を蹴落とす方向に行くんだ？
- 1.5 ： PCの意図による全滅。
  EX）頼むから手っ取り早く他の参加者を再起不能にするかだとか、せめて穏便に調理器具に細工して上手く料理を出来なくするかとかで喧嘩しないでくれ。PC間で相談して解決しろ、反対意見の持ち主に奇襲を仕掛けて気絶させることは交渉とは言わん。
- 1.75 ： 大勢が意図して全滅、或いはシナリオの崩壊に向かう。GMは静かにスクリーンを畳んだ。
  EX）分かった、GMが大人げなく過去のキャラ紙を使って料理人を簡単に倒せないくらい強くしたのは大人げないかもしれない。だが何だって君らはガチで勝ちに行く方向で戦略を練るんだ？　半ば自殺だぞ？
- 2.0 ： メインシナリオの崩壊。キャンペーンの終了。
  EX）GMは無言でシナリオを鞄へとしまった。
- 2.0以上 ： 神話の領域。0.5～1.75を経験しつつも何故かゲームが続行され、どういうわけか話が進み、理解不能な過程を経て新たな目的を建て、あまつさえ完遂された。
  EX）微妙な料理でも一番マシという理由で優勝できるくらいに大会を引っ掻きまわし、優勝者インタビューで店主の「勝因か……ま、料理への愛情かな」という解答が虚ろに聞こえるくらい暴れ回った君らにキャンペーンの重要アイテムを引き渡さないといけないのか……？

Aims for the Strongest
Build Up Character
The TRPG Player Develop Himself
in Different World
Mr. Henderson
Preach the Gospel

CONTENTS

It's the Story,
Dark Munchkin
Who Reincarnated
in Different World
PLAY REAL
TRPG

TRPGプレイヤーが異世界で最強ビルドを目指す
ヘンダーソン氏の福音を 3
Mr. Henderson Preach the Gospel

Aims for the Strongest
Build Up Character
The TRPG Player
Develop Himself
in Different World

Author
Schuld

Illustrator
ランサネ

マンチキン
【 Munchkin 】

①自分のPCが有利になるように周囲にワガママをがなりたてる、聞き分けのない子供のようなプレイヤー。
②物語を楽しむことよりも自分のキャラクターのルール上での強さを追求する、ルール至上主義者なプレイヤー。和マンチとも。

少年期

十二歳の初夏

TRPG《テーブルトーク ロール プレイング ゲーム》

【 Tabletalk role-playing game 】

いわゆるRPGを紙のルールブックとサイコロなどを使ってアナログで行う遊び。

GM（ゲームマスター）と呼ばれる主催者とPL（プレイヤー）が共同で行う、筋書きは決まっているがエンディングと中身は決まっていない演劇とでも言うべきもの。

PLはPC（プレイヤーキャラクター）をシートの上で作り、それになりきってGMが用意した課題をクリアしつつエンディングを目指す。

現在多数のTRPGが発行されており、ファンタジー、SF、モダンホラー、現代伝奇風、ガンアクション、ポストアポカリプス、果てはアイドルとかメイドになるイロモノまで多種多様。

日を追うごとに輝きを増し、その権勢を誇る陽導神の神体を見ていれば、いよいよもって夏の訪れを感じる。

彼方《かなた》に望む麦畑は麦穂が豊かに茂り、山々の稜線《りようせん》は青々として命の盛りを示す。

まるで世は事も無しと言わんがばかりに世界には命が満ちていた。

私が味わった苦悩と悔恨、そして取り繕いようのない失敗など露ほども知らず。

いや、世界とは本質的にそういうものだ。未来仏の手によってこの世界に送り込まれ、何らかの意図の下で好き勝手に生きていようと世界の大多数にとっては与《あずか》り知らぬこと。

私は主人公ではない。ＰＣ１《プレイヤーキャラクター》を気取ったとして、それはあくまでシナリオの中で役割を果たすだけの存在に過ぎぬ。どれだけご大層な託宣《ハンドアウト》を授かろうが、嫌になるほど長大な背景《キャラクターシート》を背負っていようが神々のご機嫌《賽子の出目》次第であっけなく果てる駒の一つ。

世界《ゲームマスター》は私に斟酌《しんしやく》しない。かつて卓を回していた時、絶対の条件を私が譲らなかったのと同じように。時に世界から解決できない問題を投げかけることもある。その中で、少しでもマシな回答を苦渋と共に選ぶのも人生。

なればこそ、世界は私の後悔など知らず命に溢《あふ》れる。そして、私はそれを恨むべきではないのだ。

なにより、手前で手前のことを決して許さぬと決め、誓ったのだから。

しぼみかけた意気を立て直すため、馬車の手綱を握り直して深呼吸を一つ。そんな私の手、左手の中指に通した月の指輪が小さく煌《きら》めいた。

元気付けるように夏の陽光を照り返して誇らしげに光るのは、今まで質素で飾りも無かった指輪に追加された蒼《あお》い宝石の装飾。上質な碧玉《サファイア》を想起させる蒼氷色《アイスブルー》のそれは、私が助けることのできなかった少女の残滓《ざんし》。

あの晩、私が決定的な失敗をした夜に唯一残された罪の印だ。

消え去った少女の名残を抱きしめて泣く私を、騒ぎの収束を悟って剣の陰からやってきたエリザは抱きしめてくれた。彼女もとても怖かったろうに、本当に優しい子だ。

そして、宝石を見て教えてくれた。この子は私の側《そば》に居たがっていると。

同じ半妖精であったから、何か感じ取ることができたのかもしれない。余りに鈍く、魔法に開眼してもヒト種《メンシュ》としての目線しか持たぬ私と、妖精《アールヴ》の魂とヒト種《メンシュ》の体を持つ彼女では見えている世界が違うのだろうか。もしあの時、報酬として妖精《アールヴ》の目を貰《もら》っていたのなら、同じ世界を分かち合えたのかもしれない。

あんなことがあったのに、私に持っていて欲しいというヘルガの想《おも》いを引き継いで彼女の残滓は月の指輪の装飾となった。空気を読まず「珍しいから譲ってくれない？」と宣《のたま》うアグリッピナ氏に断固として拒否したところ、じゃあ悪いようにはしないから実験だけさせてくれと頼まれた結果、こうして指輪の飾りに仕立ててくださったのだ。

うん、流石《さすが》にね、譲ってくれればエリザの学費五年分にカウントしてあげると言われてもね、情緒的に首を縦に振ることなんて出来なかったのさ。

ただ、ヘルガの名残は月の指輪と相性がよかったのか、魔法の発動がかなり楽になった。

体感であるが疲労感がかなり緩和され——実数で魔力を見せてくれない権能は、こういう時に物足りない——継戦能力が向上した。魔法を乱発しながら斬り結ぶ魔法戦士の弱点が補強されたので大変心強い。

これで私は戦える。まだまだ折れること無く。

左手を見る度、せめて果たせることを果たせと自身の役割を思い出せるから。

ああ、それにしても良い天気だ。空はどこまでも澄み渡り雲の欠片《かけら》もない。このまま上を向いていれば、空に落ちて行ってしまいそうなほどの快晴。

ライン三重帝国の夏はカラッとした気持ちの良い夏だ。湿度が低く、温度も然程《さほど》高くならぬため実に過ごしやすい。

あのアスファルトから照り返す、三〇分おきに水分を取らねば干上がってしまうような熱や、鼻から液体を吸引していると錯覚するほどの湿度もない。色々と前世の物を懐かしく思うことはあれど、こればかりは今生の完勝としか言い様がないな。

今頃、故郷では自警団の訓練が本格的に始まっている頃だろうか。農作業が一段落し、気持ちの良い空の下で槍《やり》を並べ、剣を交わす。そしてたっぷり汗を掻《か》いた後に服を脱ぎ散らかして川に飛び込むのだ。

家に戻れば庭には保存食作りで塩漬けにされた肉が物干しに並び、母が井戸で冷やした果物を出してくれる。そして、やってくる隊商が商う氷菓子を心待ちにするのだ。

皆、息災であればいいのだが。

麗しの故郷は遥《はる》か遠く、三ヶ月を超える旅路を乗り越えて私達《たち》はいよいよ目的地へと近づいていた。

帝都ベアーリン。ライン三重帝国が誇る首都へ。

実に濃厚な旅路であった。廃館で魔物と戦い、ヘルガを手に掛けてからの先にも色々とあったものである。それこそ、落ち着いてしんみり罪悪感に浸る暇さえないほどに。

雨や風が強ければアグリッピナ氏は「めんどう」の一言で宿への逗留《とうりゅう》を当然の権利の如《ごと》く延ばすし、その上補給やらで立ち寄った街で気になることがあれば「待たせとけばいいのよ。腐る訳でもなし」と平然と道草を決める。

それこそ製本業で有名な領邦の州都で古本市なる催しがあった時は、旅程もクソもあるかとばかりに一週間以上も余計な滞在をしたものだ。遠慮無く金貨を放り出して稀《き》覯書《こうしょ》を買い求めたかと思えば、表題が気になりさえすれば低品質紙を綴《と》じ紐《ひも》で括《くく》っただけの草子も手に取る乱読家っぷりを思う存分発揮していたね。

私が諫《いさ》めなければ、滞在期間はもう三倍にも四倍にも膨れていたことだろう。お大尽がいると噂《うわさ》になり、食い詰めた書生が是非買ってくれと写本を持ってくるようになり、黙っていても珍しい本が向こうからやってくるようになってしまったとくればね。

気持ちは分かるが主人の重い尻を上げさせても全ての道程が順調とは言いがたかった。

戦闘用の魔法が書いてある本を貸与していただいた嬉《うれ》しさのあまり調子に乗って前髪を焦がしたのは全面的に私が悪いが、何かの気まぐれを起こして下町の酒保に入った時は大変だったね。酔っ払って絡んできた〝チンピラを〟守るために何だって素手で何人も殴り倒さねばならぬのか。これは絶対に丁稚《でっち》の仕事じゃねぇぞと声を大にして言いたい。

他にはウルスラとロロットが気兼ねなく接するようになったからか、他の妖精《アールヴ》まで寄って来て私に絡み始めるようになったのも困りものだ。ここ最近で一番性質《たち》が悪かったのは、起きた時に髪の毛が全部細かい三つ編みに編み込まれていて、出来の悪いドレッドヘアみたいになっていた悪戯《いたずら》だな。〈見えざる手〉を総動員しても解きるのに一日かかり、挙げ句の果てには癖がついて暫《しばら》くパーマを当てたみたいな様になってしまった。

あと、他に驚いたイベントといえば……。

「兄様《あにさま》、兄様」

「なんだいエリザ。御者台は危ないから出ちゃだめって言っただろう？」

エリザがヘルガに感化されたかのように魔法の資質を目覚めさせたことだろうか。

この馬車は現在結構な速度で巡航しており、落ちたら少なくとも単車で事故るのと同程度の危険性がある。いや、馬蹄《ばてい》や車輪で踏み散らされる危険を考えるとそれ以上か。

そんな中、普通の七歳児ならドアを開けて御者台まで伝ってくることはまず不可能だ。

空間を飛び越えてくるか、空でも飛ばない限りは。

だが、家《うち》の妹はどっちもできるようになってしまっていた。

「お師匠様がね、休憩なさいっていうから。集中って、長続きしないんですって」

ふわりふわりと浮きながら、何を思ったか馬車の車体をブチ抜いて首に絡みついてくるエリザの下半身は、未《いま》だ車内に置き去りにされていた。

これが半妖精の特性、肉体の〝相〟をどっちつかずにしておくことらしい。

我が愛《いと》しの妹は魔法に目覚めた、というよりも半妖精としての本分を思いだしたというべきだろうか。ある朝目覚めたら〝ベッドの上で寝たまま浮いていた〟のである。

もうびびったね、ほんと。悪魔払い呼んでこなきゃ!?　と錯乱して聖堂に駆け込みかけたもの。名作古典映画であっただろ、こういう光景。

それ以降はずっとこんな感じだ。ふわふわ当《あ》て所《ど》なく浮き、触れたい物には触れ、通り抜けたい物は通り抜ける。エリザみたいな子が世界中できちんと大人になっていたら、世界中のスパイが競合で失業するな。

ただ、アグリッピナ氏曰《いわ》く、エリザはまだ半分目覚めただけの寝ぼけた状態に近く、魔法使いとしての教育が始まった訳ではないらしい。これは半妖精として当然備わった特性であり、我々ヒト種《メンシュ》が二本脚で歩き、魚が水を泳ぐのと同じ部類の現象だという。

つまり、これはまだまだ始まりに過ぎないのだ。実際、この舌っ足らずな可愛《かわい》らしい発音、そして消しきれぬ田舎言葉の通りにエリザは宮廷語を習得しきっていない。つまり基礎教育が済んでいないから、魔法の専修的な教育も始められていなかった。今は魔力の暴発を抑えるため、適度に好き勝手ふわふわ浮かせてやり、私が付き添って〝瞑想《めいそう》〟させて集中力を養うに留《とど》まっている。

エリザもやる気はあるようだし、頑張って成果は出しているが、舌が短いからか上達が遅いのだ。そういえば、私も最初は苦労したな……マルギットに教えて貰って庶民向けの宮廷語を習得したが、要らんアドオンが付いて酷《ひど》い恥を……うん、やめよう、これも精神衛生によくない。

ボタン一つで熟練度をぶっ込めば色々覚える私と比較することはあっても、根気よく教えてくれているアグリッピナ氏に感謝しておこう。やる気を買ってくれて、根気よく付き合ってくれる指導者は希少なのだから。

しかしあの人、一体どんな心変わりがあってこんなに面倒見がよくなったのかね？　色々な厄介ごとに巻き込まれる可能性だってあるし、何よりも当初は目に見えて面倒臭そうにしていたというのに。

ああ、そういえば魔法に目覚めたが故の厄介ごともあったなぁ。珍しいからと人買いに目ぇ付けられて、激怒した私が殺人犯になりかけたり――アグリッピナ氏が傷口塞いでなかったら私は七人殺していた――妖精《アールヴ》が同類だー、お仲間だー、と集《たか》って〝遊びに〟連れてかれかけたりとてんてこ舞いだった。

今は常に私かお師匠の側にいることと強く言いつけ、知らない人や子に誘われても遊びに行っちゃいけません、その前に許可をとりなさいと約束させたので一段落したが、これからもどんな厄介ごとが飛び込んで来るやら。

ふと思いついたのだが、帝都の魔導院というところは文字通り魔法要素が強いところなのだろう。

そして、魔法要素がそこまでない田舎でもエリザは結構絡まれた。

ならば、メッカに近づけば……？

嫌な想像に冷や汗を垂らすも、私は「どしたの兄様？」と可愛らしく首を傾《かし》げる妹を見て精神の安定を取り戻させ、なんでもないよと微笑《ほほえ》んだ。

私は折れる訳にはいかないのだから。せめてエリザだけでも幸せにするために。

ヘルガのような過ちを犯さぬように……。


【Tips】帝都の人口は六万人と日本でいえば地方の小都市規模であるが、ライン三重帝国においては第十位に属する大人口都市である。住人は専ら貴族や行政に関わる人間であるが、その中で魔導師《マギア》とそれに関連する人口は一割ほどと決して少なくはない。


巨大な都市を遠方に望む小高い丘の上で、私は湧き上がる感動に打ち震えていた。

帝都《ベアーリン》だ。

彼《か》の都市は凄《すさ》まじく広い平野の真ん中に自らの存在を誇るかの如く堂々と存在している。見事な市壁は完全な円に象《かたど》られ、中央より放射状に広がる街路と町並みは完璧な統制により緑の支持体《キャンバス》に描かれた絵画の如く整っていた。

なにより街の天元に聳《そび》える帝城のなんと優雅で美しいことか。様式がどうだのは分からないが、白亜の壁と数多《あまた》の尖塔《せんとう》をそびやかす本丸は圧倒的な存在感を放っている。

威圧的な空気ではない。見る者を魅了する、清廉な、ただただ偉大な物が存在していると心に叩《たた》き込んでくる〝圧〟があるのだ。

煌びやかに青天を反射する水面に浮かぶその威容は、空を飛んでいるのではないかと錯覚させられるほど。見るだけであそこの主《あるじ》が至尊の存在であると意識せざるを得なかった。

正しく帝王の威厳。臣民には自らが仕える者の偉大さを教え込み、諸外国の者には一目で相対するものの力の程を叩き込む強烈なまでの威厳。城なんて不経済だと言う者も居るだろうが、この光景を見て同じ言葉を二度と吐くことはあるまい。存在することだけで力をありありと示す都市は、そのものが国防の要であるのだ。

本丸の四方に造られた中州には各々が小規模な城館ほどもある出城が築かれ、帝城に続く道を堅く守っている。出城の一つ一つが目にうるさくないよう塗り分けられ、存在が一つの美術品の如く纏《まと》まった姿のなんと麗しいことか。

そして、帝城をランドマークとし放射状に一六の大通りが広がる都市は、惚《ほ》れ惚《ぼ》れするほどの真円を描く。大小の通りが蜘蛛《くも》の巣のように張り巡らされながら、統一された焼成《しょうせい》煉瓦《れんが》のシックな赤が美しく敷き詰められて都市計画の精緻さを窺《うかが》わせる。

方々から立ち上る煙突の煙は、人々の生活の豊かさを示しているのだろう。通りを埋め尽くす人や馬車が行き交う様は、黒い絨毯《じゅうたん》の如し。

ファンタジーだ。正しくファンタジーの大都市がそこにあった。

「うおおお……すごいなこれは……！」

旅の途上で街へ立ち寄ったことはある。だが、そこは大きくとも精々が人口五千から一万程度のもの。領邦首都ほどの大都市に寄ったことがなく、〝こんな物か〟という下地があったので感動は一入《ひとしお》であった。

昭和の頃、初めて大都会――岡山に非《あら》ず――を見た人間の感動が分かる気がした。早くあの道を歩いてみたいという熱情がふつふつ湧き上がってくる。最初はエリザのための帝都行きだったが、今や私自身がそれを楽しめるようになっていた。

そうだ、こういった興奮が欲しいから、私は冒険者に憧れたのだ。

『おのぼりさん丸出しねぇ……』

アグリッピナ氏から投げつけられる、呆《あき》れたような思念もそっちのけで私は暫《しば》し感動に浸った。だって紛《まが》うことなきおのぼりさんだからな。

時間があって許されるなら、この感動を形にすべく写生の一つもしたいくらいだ。世の人が何にでもスマホを向けるのを冷めた目で見ていた私も、今はあのぴかぴか光る板が手元にないことに身を捩《よじ》りたくなるほどの口惜しさを覚えている。荘《しょう》のみんなにも見せてやりたいなぁ……。

「はー……おっきぃ」

「おっきいなぁ、エリザ！　今日からあそこに住むんだぞ？」

「ほんと⁉　あのおっきぃおしろ⁉」

相変わらず襟巻きのように首に絡みつくエリザが、楽しそうに足をぱたつかせた。こらこら、膝が背中にぶつかってる、痛いって。

「いや、流石《さすが》にお城は……」

『魔導院は南の出城よ』

「えっ!? マ!?」

マ……? という首を傾げるような思念を受け取りつつ、南の出城を観察する。白い本丸とは逆しまに、黒く塗り込められた城館には謎の威圧感があった。そういえば、他の出城に通じる通路には人通りがあるのに、あそこだけは妙に行き来が少ないと思えば〝用事のある人間〟が少ないからか！

凄《すご》いな……あそこに行けるのか。

『南の出城、鴉の巣《クレーエスシャンツェ》と呼ばれているところが魔導院の本拠よ。本館と東西の棟、それに合わせて地下に掘り抜いて造った広大な書架と研究棟があるわ。正しく三重帝国における魔導の中枢ね』

「ふぉぉぉぉ……」

あまりにファンタジーらしい単語の連発にテンションが有頂天だ。今まで世知辛い物ばっかり見せられてきたのもあって、感動と感激で情緒が変になってきた。是非とも観光し尽くしたいものである。どうせ名所とか博物館とかもダース単位であるんだろ？

『ま、各地に支局や出張所もあって、分野によってはそっちのが上って所もあるけれど……研究と教育を含めた機能中枢は本当にここ。見栄《みえ》の都に造った見栄の城だから、相応《ふさわ》しいっちゃ相応しいんだけど』

「見栄の都……？」

『時間があったら教えたげるわ。さ、感動するのも結構だけど出してちょうだいな。今日には着くって手紙出しちゃったから遅れたら厄介なのよ』

気になる単語や、もっと幻想的な都市を眺めていたいという欲望に後ろ髪引かれながらも顧客の指示には従わざるを得ない。

それにエリザが早く行こうと大変やる気になっていらっしゃるので、背中に攻撃を食らわないで済むようにさっさと御者台に座りたかった。だから痛いからやめなさいって。

早駆けしたくなる気持ちを抑えて出した馬車はごとごと丘を下り、南の街道に入った。目的は一六ある大通りから延びる門の内、南南東の門だ。

この門は魔導院関係者の優先出入り口で、夜は閉められてしまう東西南北の大門と違って専用の割符さえ持っていれば常時出入りができる。このように大門以外には関係者のみ使える専用の門として役割が割り振られているそうだ。

また、南東の市壁付近には〝魔導区画〟なる魔導師《マギア》の個人工房や聴講生達《たち》の住居、そして小講義教室や私塾が集められた専用の区画もあるらしい。

魔法の行使は時に危険が伴う。それ故、個人的な実験や研究施設は都市中枢から隔離されているのだろう。

……まぁ、そこはいい。納得だ。暴発したら何人死ぬか想像も付かん魔法が幾らでもあるからな。誤差だよ誤差。貰《もら》った魔導書にも「あの、いいんすかコレ」って真顔で聞きに行った術式が両手足の指で余るくらいあったから。

主要街道から分岐するように繋《つな》がった〝鴉門《クレーエストーア》〟と呼ばれる南南東の門には、豪奢《ごうしゃ》な板金鎧《よろい》を纏った衛兵隊が整然と並んでいた。練度が低い田舎町と違い、誰が見る訳でもないのに一糸乱れず並ぶ様には、鍛え上げられた職業軍人の矜持《きょうじ》がありありと滲《にじ》んでいた。

ただ、それ以上に目を惹《ひ》くのは……傍らに頭が三つある大型犬を侍《はべ》らせていることだ。サイズは大型犬程度だが、明らかにヤバそうな魔法生物を配備されると威圧感が凄い。

『びくびくしないの、警戒されるわよ。単なる〝三頭猟犬《ドライヘッツヤークトフント》〟じゃない。魔導院が作った魔導生物だけど、忠誠心が高くて優秀だし、命令がなければ子犬みたいなものよ』

なんてもん作ってやがる魔導院！　お前のような子犬がいるか！

威圧感に萎縮する体に従僕がみっともない姿を晒《さら》してなんとすると鞭《むち》をくれて居住まいを正してみれば、衛兵は威圧的な外見に反して子供の私にも「割符を拝見」と紳士的に対応してくれた。そして、予《あらかじ》め預かっていた割符を渡せば、魔法的な判別式が組まれているのか、衛兵が持っていた片割れに添えると青色に光ったではないか。

よく見れば青い光は文字列を伴い、遠目にアグリッピナ氏の名前や肩書きが見える。あれで身分の確認をすると共に、都市の入出記録も取っているようだった。

なんだか凄くハイテクだな。凄まじい魔導技術が採用されているとくれば、偽装は殆《ほとん》ど不可能に近そうだ。我々庶民と違い、上流階級《ハイソサエティ》が使う割符には、何重にも防諜《ぼうちょう》対策が施されているのだろうな。

「たしかに。では帝都をご堪能ください」

「ありがとうございます」

チップとか渡さないでいいのかな、と心配しつつも衛兵がさっさと持ち場に戻ったことを見るに不要だったのだろう。むしろ日本の警察と同じで、そういったのを受け取れないのかもしれないな。

『さぁ、華の帝都よ。自称なのが何ともお寒いけど』

「おおお……！」

誰の手によって開かれるでもなく我々を迎え入れる門の向こうもまた美事《みごと》であった。

左右に広がる赤煉瓦の建物は規則的に敷き詰められて一軒たりとも見窄《みすぼ》らしく傷んだ物がなく、諸所に架けられた看板のいずれもが洒落《しゃれ》たデザインで目に楽しい。

轍《わだち》が切られた石畳も街道の時点で剃刀《かみそり》さえ差し込む隙間がないほど整っていたが、巾内ともなれば一層完璧に整備されている上、ゴミの一つも落ちていない清潔さ。冗々懸架装置《サスペンション》のおかげで揺れを殆ど感じない馬車が、まるで滑るかのような滑らかさで走るではないか。

道行く書生風の人々やローブを纏った厳かな装いの通行人は魔導関係者であろうか。色々な種族が行き交っている所は、何時《いつ》までも見ていられそうだ。

そして、何より目を惹くのは門から一直線に延びる通り、その最奥に鎮座する黒い城館であった。

あれが魔導院。壮麗なれど厳かな雰囲気を纏い、静かに佇《たたず》む姿は確かに魔導師《マギア》が集う城と呼ばれて納得の威風であった。むしろ、エリザがきちんと庇護《ひご》を受けられている今だからいいが、然《さ》もなくば魔王城か何かと勘違いしてもおかしくなかろう。

今からあそこに行くのかと思うと、丘の上でこれ以上高まることはあるまいと思っていたテンションが限界を突き抜けていくのが分かった………。


【Tips】魔導院は魔法によって便利な魔法生物を生み出すことが多々あるが、それは原生の魔獣とは明確に区別される。最大の特徴は、魔法生物は使役者が処置しなければ繁殖できない点にある。


帝都には背が高い建物が多いので、おのぼりさん全開で上を見つづけていたら首が変になってきた。如何《いか》に鍛えてても、こればっかりはどうしようもなかったらしい。

まぁ、仕方ないじゃないか。新しいロケーションを見つけたら誰だってテンションが上がるだろう。薄くて高価な本《サプリメント》でステージが追加されたら喜んで新しいシナリオを書き、何時もの面子《メンツ》で遠征するのを企画するのと大体同じ心理である。

「……あれ、衛兵が立ってない？」

馬車に揺られて辿《たど》り着いた魔導院。しかして、鴉の巣《クレーエスシャンツェ》を守る門は無防備に開け放されており、両脇に衛兵や三頭猟犬《ドライヘッツヤークトフント》が伏せているといったこともない。精々がお堀の脇に机を持ち出して陣取り、暇そうに客を待つ代書人くらいしか人気がない。

いや、よく見れば魔法が門に施されていることが分かった。私程度の目でもしっかり分かるほどの痕跡は、相当の大魔法が籠《こ》められているからだろう。恐らくは……。

『割符を持ってる人間か登録された人間以外が踏み込めば、衛兵の詰め所に警報が行く結界があるから無粋な鎧を並べる必要がないのよ』

実に魔導師《マギア》の巣窟っぽいセキュリティでございますなぁ。その後に人件費勿体《もったい》ないしね、と俗な感想が続かなければよかったのに。

人の行き交いも疎《まば》らな橋を渡る最中、道行く人に馬車がジロジロと見られていたが、皆スタール家の家紋に見覚えがないのか直《す》ぐに興味を失っていた。場所が場所だけに貴人が訪れる機会も多いのだろう。

『さぁてと、大体二〇年ぶりね』

今なんと？　二〇年？

確かに長い間戻ってなかったようだし、巡検《フィールドワーク》を終える口実として我々を抱き込んだのは分かっていたが、よくよく考えれば二〇年もフィールドワークに出されるって何やったんだこの人。私は未《いま》だにこの人の専攻が何か知らされていないので想像もできないが、果たして二〇年間も実地にて実験や資料収集をせねばならない命題があるのだろうか？

考古学や民俗学なら分かるが……この浪漫《ロマン》もへったくれもなさそうな実利主義者には毛

ほども似合わぬ分野《ジャンル》だから十中八九違うだろう。あるいは魔獣などの魔法生命を研究してるなら多少の理解も及ぶが、これでインドアな科目だったら本当に何やらかしたのか今更ながら不安で仕方がなくなってきた。それだけの長期間「帰って来んな」って言われる所業、よっぽどじゃないとあり得んからな。どれだけ学閥の長から嫌われればそうなるのか。

馬車は城館正面のアプローチ――ホテルの車が止まるような所だ――へ滑るように進入し、何時ものように揺れもなく停《と》まった。私も少しずつ慣れてきたもので、御者台から降りてタラップを引き延ばしドアを開ける。

貴人はこういった簡単な仕事さえ手前でしないものである。故に何人も従僕を雇い、都度都度専門の役職を与えて侍らせる。雇用を生み出すと考えれば良いけれど、やっている当人はこの大仰さに嫌気が差さぬものなのかと田舎庶民としては気になってしまった。

「ご主人様《マスター》、到着いたしました」

そして、分かりきった到着を告げ、貴婦人らしく着飾ったアグリッピナ氏の手を取り下車の補助につく。別に要らんだろうと思う仰々しい動作なれど、こういう〝無駄な動作《金持ってますアピール》〟が必要な場所というのは往々にして多い。

みんな見栄を張るのに必死なのである。美貌は剣、被服は鎧、そして礼儀作法は障壁だ。最低限それらを構えていなければ、この見えない刃がミキサーみたいな勢いで振り回される領域では生きていけない……と、教えていただいた。

社交界なんて爪の先ほども関係がない所だったからなぁ。庶民的に貧困な知識でイメージする、扇子で口を隠しながらおほほと笑う有閑マダムの園ではなく、実権を巡って当てこすりと探りが飛び交う戦場などと言われても想像がつかん。ただ前世でも教授の閥云々《うんぬん》の世知辛い話を大学に残った同期から聞かされていたので、やっぱり人間のやることは何処《ど》に行っても変わらないのだな。

その点、アグリッピナ氏の武装は完璧であった。何時もの如《ごと》く魔法で――この人、燃費とか考えないのだろうか――整えた髪は銀細工を想起させる美麗さでシニヨンに編み上げられ、身に纏《まと》う大きく肩が開いた緋色《ひいろ》のガウンは間近で見れば、絹の生地に恐ろしく細かな刺繍《ししゅう》が施されていることが分かる。同系色で大人しい色合いにし、ケバケバしく飾らないのが貴族のオシャレなのだろうか。

続いて降りてきたエリザは、きちんと言い含められたのか地に足をつけて貴人らしい歩調で降りてくる。うん、これは努力の成果が出ているな。なにせ少し前までは田舎の子供らしく、外股でドタバタ喧《やかま》しく歩いていたのと比べると大きな進歩だ。

そして不慣れそうに着込む少し前の街で針子を雇って仕立てた服装は、実に可愛《かわい》らしくエリザを飾り立てていた。

ローブは自立した魔導師《マギア》の証《あかし》でもあり、ガウンスタイルのドレスは貴人の装いだというので、代わりにフード付きのケープを羽織り、真っ白なフリルをたっぷり飾ったブラウスと、腰を大きく絞ったコルセットスカートに革の長靴を仕立てて貰い、着崩すことなくきちんと着こなしている。

母譲りの金髪を私が半時間かけて丁寧に編み込んで飾り、しとやかに後ろへ流している姿は名実共に妖精《アールヴ》の可愛らしさだ。いや、控えめに言って天使なのでは？

最初は妙に先進的なデザイン——なんだっけか、童貞を括《くく》り殺す系だっけか——だと首を傾《かし》げたが、最近は農民が着るような簡素なデザインを敢《あ》えて豪奢にするのが中産階級で流行《はや》っていると針子は採寸しながら語っていた。

うん、細けぇことはさっぱどわがんねが、やっぱ家《うち》の妹は世界一だぁ。

私？　私は地味だよ。丁稚《でっち》らしく暗色のダブレットとズボンで小綺麗《こぎれい》に纏めているだけで、目立つ所と言えば少し伸びた髪を後ろに撫《な》でつけたくらいか。丁稚の仕事は目立つことではなく、ひっそり三歩後ろに控えておくことだからな。

まぁ、貴族とその護衛の衛兵以外は帯刀禁止の帝都故、少し余り気味の袖に〝妖精《アールヴ》のナイフ〟を忍ばせているのは……あれだ、チャームポイント的な何かだ。

『じゃ、大人しく後ろをくっついてきなさいな』

「かしこまりました」

口を動かすのも面倒なのか飛んできた思念に答え、口調を謙《へりくだ》った宮廷語に切り替える。さて、こっからは普段と違ってきちんとお仕事と致しましょう。

マスターがエリザの手を引き、私はその三歩後ろに荷物を持って追従する。これが正しい師弟とその丁稚の間合いだと教えられた。

表情はキリッと真面目に。ただし内心で、保全された明治期の建物でもお目にかかれないほど荘厳な建物に心躍らせながら二人につづいて魔導院に踏み込んだ。

　魔導院はライン三重帝国の魔導の中枢であり、研究機関にして知識を収集・保存する学術機関、そして魔導を修めた官僚を輩出するための教育機関でもある。それ故、正面受付を兼ねる城館のホールは騒がしいのかと思っていたが、意外なほどの静謐《せいひつ》だけが黒を基調とした空間に広がっていた。

　出城はいざという時は戦うための施設だというのに、天井まで吹き抜けのホールは古き時代の銀行を想起させる構造だ。来客と職員を隔てる木製のカウンターは、屋根の素晴らしい模様を描く天窓からの光に照らされて軽々に近寄ってはならぬ雰囲気を纏い、明らかに顔採用だろと言いたくなる職員達《たち》がその神聖さに磨きをかける。

　マスターが〝見栄《みえ》の都の見栄の城〟と仰《おつしや》ったのが何となく分かる佇まいであった。

　三重帝国における魔導の中枢だけあって、ここで外からやってくる諸々《もろもろ》を受け、各教授や担当に振っていくのだろう。難しい顔で文机《ふづくえ》に向かう聴講生と思《おぼ》しき人々や、証書挟みを束にして担いだ役人などが目立つ通り事務処理の基点であり、学生のホームグラウンドではない。

　しかし、態々《わざわざ》研究者として籍を置くマスターが足を踏み入れたのは、久方ぶりの帰参ということもあって学閥の長に挨拶をするためだという。自身が属する閥の主人であるのなら直接教授室を訪ねればいいじゃないかと大学時代のことを思うが、ここでも予《あらかじ》め来訪のお伺いを立てるのが〝貴族らしい〟振る舞いだと言われれば納得せざるを得ない。

いやほんと、体面と礼儀だらけで面倒臭い生き物だ。贅沢《ぜいたく》さだけに憧れた者が実情をしれば、軽々に貴種になろうなどとは思えまいな。果たしてこの国に爵位を金で買った成金とかいるのだろうか。そして、それでやっていけるのだろうか。

下らないことに思いを馳《は》せている私を余所《よそ》に、アグリッピナ氏は淡々と手続きを熟《こな》すべくカウンターに赴いて用向きを伝えようとした時……その必要はないとばかりに周囲を風が駆け抜けた………。

【Tips】魔法薬や魔法の手助けを必要とする者は街の個人工房に顔を出し、ここにやってくるのはお役人レベルの依頼があるものだけなので訪ねる者は少ない。特別な用がある一般人は、正門脇の投書箱から依頼をする仕組みになっているため、門の脇にはちらほらと代書人が露店を出している。

魔導院。帝国における魔導の中枢にして魔導師《マギア》共の塒《ねぐら》には、開院以来絶えぬ争いがあった。

どの学問が一番高尚か……という、お前ら小学生か仲良くしなさいと言いたくなる争いは勿論《もちろん》だが、最も根深いのは閥の争いである。

それもそのはず。魔導院は帝国開闢《かいびゃく》と同時に、構成国となった初期の領邦から研究者気質の魔法使いを集めて作ったからだ。全ては帝国の維持と発展に強力な魔法の力を用いるため。

ひいては、強大な力を持つ個を野放しにせず、制度と階級という誇りで雁字《がんじ》搦《がら》めに捕らえ制御するために。

五〇〇〇年前の彼等《ら》はローカルな個人間のネットワークしか持っておらず、魔法使いと魔導師《マギア》の概念もなかったために全員がたかーい矜持《きょうじ》を持っていた。己こそが世界の真理に最も近きものであると固く信ずる、物理的に存在したなら天にも届くであろうプライドが。

そして小さな徒弟制によって技術的な血脈を紡いできた魔法には、権威的な達人を頭とする派閥も双子の兄弟の如く存在していた。学ぶなら腕に優れたる賢人の下がいいと願うのは当たり前なので、余程偏屈でもなくば集まった弟子達で構成される閥を持っていたのだ。

国からの予算や研究場所という飴《あめ》で釣られ、他の魔法使いより優秀だと力を示す好機ですよと煽《あお》られて集まった斯様《かよう》な連中で仲良しこよしができるのか。

トラ模様をこよなく愛する球団の激烈なファンと、オレンジ色をした兎《うさぎ》がマスコットをしている球団を熱烈に信奉する二人が試合を観戦しながら酒を呑《の》み、笑顔で別れる方がまだ難易度も低かろう。下手をすると普通に殺し合いになる。

いやなった。

学閥紛争、と呼ばれるクッソはた迷惑な争いが過去何度となく繰り返されているのだ。

魔導院の成立から程なく、集められた魔法使いの中でも――この時はまだ制度が未確立であり、魔導師《マギア》という尊称はなかった――特に強力な七人を旗頭として勢力が集い、後にそれは各員の〝魔法使いとは斯《か》くあるべし〟という思想に従い〝学派〟を構成する。

学派とは即《すなわ》ちそれぞれの魔法使いが尊んだ在り方にして目指すべき場所。それが七つも乱立するということは、当然ながら一つとして完全に他を認める考えはない。

七つの学派は当初より同じ天を抱き生きることは出来ぬとしか言いようのない緊張関係を抱いて成立していた。

それこそ手袋を投げつけ合ってワンオンワンで殺し合う貴族の方がずっとずっとマシという被害を巻き起こしながら、偉大なる開祖の全てが去って尚《なお》、五〇〇年という確執は今も続いている。本当にどの世界でも人類は度し難い生物である。

そんな魔窟は現在〝五大閥〟と呼ばれる学閥のパワーバランスで均衡が保たれていた。

時代を経るに連れて魔導師《マギア》の個人主義は緩い連帯に基づく協調主義へと移り変わり、何時《いつ》しか一人の教授を筆頭とする閥を構成するようになる。これは無理からぬ話であろう。魔導の研究とは即ち黄金をくべて中身を煮詰める巨大な釜であり、研究を続けるには金を炉に足し続けられる〝身分〟が不可欠になってくるのだから。

組織が巨大化し、魔法使いが魔導師《マギア》となり貴種の権威が与えられるに連れて魔導院の様相も不可逆の変異を遂げる。何時しか学派に従って抗争を繰り広げた魔導の坩堝《るつぼ》は、今や力ある個が君主として配下を束ねる学閥がぶつかり合う戦場となった。

今現在においては七つの学派のいずれかを信奉する教授が率いる、五つの閥が圧倒的権威を持って中小の閥を抱え込み、鎬《しのぎ》を削り合いながら研究を続けていた。

現状の何が性質《たち》が悪いかといえば、連中は一級の魔導師揃《マギアぞろ》いなのだ。区画一つが吹っ飛ぶ核弾頭共が冷戦をしていて、それを監督する帝国の気分がいいはずがあるまいて。

帝国皇帝は連中の致命的な仲の悪さに複雑な外交と同じくらい胃を痛めつけられながら仲立ちをし、各種予算案を通さねばならないのだから、三皇統家が「拷問椅子」と玉座を呼ぶのも得心がいく話であった。いっそこいつら更地にしちまおうぜ、と過激なことを宣《のたま》う皇帝が何代かに一回現れ、結果利益と天秤《てんびん》にかけて断念する様は最早《もはや》コントである。

帝国皇帝のお寒い事情はさておき、アグリッピナが所属する払暁派と呼ばれる学派は〝魔導を以《もつ》て無明を払い、世に更なる豊かさをもたらさん〟という、学閥紛争の度し難さが嘘《うそ》の様な理念を持つ学派であり、主に社会で役に立つ〝実用的〟な研究を行っている。

たとえば空間を超えて魔力を転送し、遠方へ思念を送り届ける魔導伝文機は学派最大の貢献と言って良いだろう。これによって各領邦や同業者組合が高度に連携することが能《あた》い、領邦や国を跨《また》がって活動する冒険者の同業者組合が成立しているのだから。

そして、アグリッピナの籍を置く学閥も当然払暁派の教授が率いる学閥であり、ライゼニッツ閥は他ならぬ五大閥の一角にして……なんと一代閥である。師から権威を引き継いで続く閥ではなく、二〇〇年前にライゼニッツ卿《きょう》その人が一人で立ち上げた閥が抗争を泳ぎ切り、遂《つい》には最強の一角に至ったものである。

では、斯様にして偉大なる閥を創設し、倦《う》むことなく率い続けているライゼニッツ卿の人となりとは如何《いか》なるものか。

果敢なれど精緻、雅量豊かにして労《いたわ》り深く、そして溢《あふ》れる知啓を〝誰にとっても理解しやすい〟形にすることを得手とする天才にして弱者を見過ごせない博愛主義者。

まぁ、これ以上ない麗句を並べてみたが、これはライゼニッツ学閥が語る姿。

では、外から語る物はどうか。

新しい物好きの変節漢、政治家の方が似合いのおべっか使い、口舌の刃で人を斬り殺す通り魔、崇高な物は与えるべきを選ぶ所を無駄にばらまいた結果、迷惑をもたらす阿呆《あほう》。

あとついでに致命的《フェイタル》な生命礼賛主義者。

こんなところか。美点は欠点の裏返し、逆もまたしかりというが酷《ひど》いものである。

そんな二〇〇年を生きる怪物の種族とは一体何か。

意外なことにヒト種《メンシュ》なのだ。

いや、ヒト種《メンシュ》だったと言うべきか。

壮麗なホールに零下の風が吹き抜けた。初夏の暖かさを取り払う、皮膚が切り裂かれるような冷気。訪れていた役人が逃げだし、手続きの書類を書いていた書生が悲鳴を上げて障壁を起こす。慣れたもので、迷惑だなと言いたげな顔をして去る者の姿もあった。

果たして、その渦の中央に座する人物こそ五大学閥たるライゼニッツ閥が誇る天才、マグダレーネ・フォン・ライゼニッツ教授その人であった。

ぱきりとアグリッピナが張った〝不断〟の意を込めた〝概念障壁〟の表面に霜が降りた。

ぎしぎし軋《きし》みを上げる結界を前にして彼女は不敵な……いや、いっそ醜悪なと呼んでさしつかえのない笑顔で美貌を染め上げる。

そして、見本のように慇懃《いんぎん》な態度で一人の、否、空間からにじみ出すように姿を現した一体の〝死霊《レイス》〟へ腰を折った。

「謹んでここに帰参の挨拶を申し上げますわ、尊敬すべき我が師、マグダレーネ・フォン・ライゼニッツ教授」

「どの口で……」

冷厳とした美しい声は、しかして苦悶《くもん》の軋みによって地獄の底から響くようであった。

ただそれだけで、この研究者と学閥の長の確執が窺《うかが》い知れた…………。

【Tips】学閥が制度として公に存在している訳ではないが、名誉ある教授職には貴族位が三重帝国皇帝の名の下に与えられる。ただし、土地＋爵位という領主としての貴族位ではなく、貴族として振る舞え年金を与えられるだけの名誉称号である。

されど、その名誉称号も業績によって爵位が上がれば年金も増え、時には領地を与えられることもあるため決して形骸などではない。

幽霊《ガイスト》という物がこの世界には怪談の種としても、実在する物としても知られている。

私は幽霊《ガイスト》が発生する厳密な理由や原理を知らないが、末期に強力な意志と念を以てこの世に存在を焼き付けることによって発生するそうだ。

そして、往々にして最期の力を振り絞り、もし〝今後普通に生き続けたら生み出すであろう魔力〟を一瞬にして作り出すため、強大な存在になりやすいらしい。

最初は与太話だと思っていた。

だが、魔法使いでも何でもない農民の娘が、自分を弄んだ男の一族郎党を呪いで滅ぼしたり、勢力争いに負けて失意の内に刑死した貴族の無力な娘が城一個を呪って誰も住めなくしたという〝証拠付きの実話〟が存在していると、与太話だと馬鹿にできないなと適当に思っていたものだ。

この話を聞いたのは何時だったか。今よりも幼い時分、子供達が聖堂の僧に教訓話ではなく面白い話をしてくれと強請《ねだ》った時だったはず。あの僧は何を思って〝面白い話〟という要望に対し、身も凍る怪談を聞かせたのか未《いま》だに謎だ。人から恨まれるようなことをするなと警告するには、些《いささ》か以上におどろおどろしい語りであったので、もしかして持ちネタを披露したかっただけなのだろうか。

また、さも恐ろしげに怪談を聞かせる僧は、幽霊《ガイスト》よりも上の存在が居ると続けていたな。

その存在を死霊《レイス》という。死霊《レイス》の発生原理も幽霊《ガイスト》とは変わらない。死の淵《ふち》にて無念と悔恨、そして強い強い憎悪を抱いた者が魂をこの世に現象として焼き付けて発生する。

違うのは、念を残すのが強大な〝魔法使い〟という点である。

ただでさえ魔力を増幅する幽霊《ガイスト》に元より恐ろしい魔法使いが変ずればどうなるか。不義の疑いをかけられた宮廷魔導師が無念の内に処刑され死霊《レイス》として甦《よみがえ》り、七日で国を死者の山に作り替えたという〝歴史〟の存在が嫌というほどの圧を以て語ってくれる。

いや全く、世の中には恐ろしい存在がいるものだ。とはいえ、往々にして幽霊《ガイスト》が発生するにはドロドロとした粘質な情念が渦巻く深い恨みがなければならない。故にのどかで人間関係もよく、敬虔《けいけん》な豊穣《ほうじょう》神の信徒が多くありがちな〝奇祭〟の文化もない田舎育ちの私には縁遠い存在だと思っていた。

それが実際に目の前に現れるまでは。

冷えた風が巻き起こり、彼女が姿を現した瞬間に全ての熱ある存在が悲鳴を上げた。暖まっていた初夏の空気が冷気に震え、凍り付かぬはずの無機物でさえ凍結し、マスターの〝概念を形にする〟とかいう、もうどんな理屈で何があって引き起こされているのかすら意味不明な障壁にまで霜が降りる。

そは正しく女性の形をした死であった。

震え上がるほどの――多義的に――美女であることに相違はない。柔らかで女性的な瓜《うり》実《ざね》型の輪郭の内で、優しそうで目尻の下がった大きな瞳が輝き、鼻梁《びりょう》がはっきりしているものの大きくはない鼻と、ぽってり肉感的な唇が精緻なバランスで配されており、輪郭を飾る豪奢《ごうしゃ》なまでに豊かなブルネットも貴種らしく宝石飾りで彩られていた。

掠《かす》れて背後が透ける姿は、一〇代の後半か二〇代の前半といった所であろうか。すらりとした長身を覆うゆったりしたガウンは慎《つつ》ましく色気を包もうとしているが、女性的で肉感溢れる肢体の麗しさが隠しきれていない。

もしも彼女が生きていれば、世の男達《たち》が決して放っておくことはないだろうと確信させ

る美女である。

まぁ、この腰から力が抜けそうになる膨大な魔力の発露がなければだが。

私が正気を保てているのは偏《ひとえ》にエリザの存在があったからだ。

あの日、この冷気に劣らぬ暴風を纏《まと》って現れたヘルガに立ち向かった時と同じように

〈見えざる手〉を〈巨人の掌《てのひら》〉で拡大した上、多重展開して即席の障壁とする。あまりの

唐突さについていけず、ぼぅと呆《ほう》けていたエリザを護《まも》るため。

されど未熟な私の障壁はあくまで即席。手を重ねただけでは隙間から風が吹き込み、完

全に防ぎ切ることは能わない。それでも私は兄として彼女を抱き留め、自らの肉体すらも

盾として寒さを遮る。

まだエリザが事態を測りかねている内に態勢を整えなければならない。マスターが仰《おつしや》っ

ていた。魔力に目覚めたこの子を刺激し過ぎれば、暴発して酷いことになると。なら、何

に変えても私はエリザを護らねばならない。どれだけ怖かろうが、寒さに身が震えようが。

ぎゅっと顔を胸に押し当てさせて視線を遮り、体で冷気を遮る。真冬が穏やかに感じる

冷気に夏の装いで立ちはだかるのはかなりキツいのだが、ほんと何したんだこの人。学閥

の長とかいう激烈に重そうな役職の人が、恥も外聞もなくキレるとか普通あり得んだろ。

「おやおや、これはまた上機嫌でいらっしゃいますね……如何《いかが》なさいましたか？　何か良

いことでもおありで？」

この期に及んで煽《あお》らないでくれ！　ヘルガや館の巨鬼が送ってくれた経験点は、なんだか勿体《もったい》なくてまだ使っていないんだよ！　これ以上出力を上げられたら、私の即席障壁じゃ気休めにもならなくなる！　普通あり得んからな⁉　形を持たない力場の手に霜が降りるなんて‼

「あっもしや私の帰参でこれほどにお喜びいただけたので？　そうでしたら実に恐悦でございますね」

ああ、確かに私だって過去のセッションで圧倒的格上を煽りに煽り、凄《すさ》まじい譲歩を引き出したり、マジギレさせて全滅し、暫《しばら》く笑い転げたこともあるが、残機がない状態でやられたら全く笑えないんだよ‼

「人の手紙の内容を無視した返事を何度も送りつけてきた挙げ句、帰参の挨拶がそれですか……アグリッピナ・デュ・スタール研究員」

完全にブチ切れている美人というのは、顔の作りが綺麗《きれい》なせいで尚《なお》のこと恐ろしく映るから始末に悪い。泣き黒子《ぼくろ》が映える優しそうな外見なのに、まるで夜叉《やしゃ》ではないか。

久しぶりに外聞もなく泣きそうだ。初期作が終わったくらいのキャラに上級ルルブのハイレベルエネミーを叩《たた》き付けるような所業ばかりで本当に辛《つら》い。せめてあと四人くらいスクラッチさせてくれ、そうしたら何とかガチメタ張った上で囲んでボコるから。

「ああ、我が師よ、感激です、二〇年も放り出した弟子の名をきちんと覚えていただけたとは」

「何をどうすれば貴女《あなた》を忘れられると？　ええ、一日たりとて忘れておりませんよ？　私に投げ寄越《よこ》された司書連からの苦情の数々も、大事な講演の傍ら書かされた頭が痛くなりそうな顛末《てんまつ》書も……」

片や絵にして飾っておきたいほどの邪悪な笑み。もう一方は彫像にして〝赫怒《かくど》〟という感情の見本にしてやりたくなる無表情。

相反する顔を向け合いながら二人は暫く無言でガンを付け合っていたが、ぼちぼち私が何かを代価としてロロットに助けを請うべきかと真剣に考慮し始めるだけの時間が経《た》った後、不意に寒さが和らいだ。

いや、和らいだどころではない。あっと言う間に霧散し、まるでシーンが切り替わったかのように先ほどまで感じていた心地好《よ》い初夏の気候が帰ってきたのである。凍り付いた調度が何事もなかったかのように元の姿を取り戻し、障壁に張り付いていた霜も消え失《う》せる。

後に残るのは、冷え切った後に常温の部屋に戻った時に感じる、堪え難い痒《かゆ》みくらいのものであった。

現象に付帯する結果が消える……つまり、今使っていたのは魔法なのか。魔術であれば発動が終わっても、張り付いた霜や冷え切った空気はその場に残されてしまうからな。

魔法は魔術と比べて軽自動車とスポーツカーくらいの燃費差があるというのに、あんな天変地異に等しい現象を魔法で一息に起こすとはどんな怪物だ。熟練度をどれだけ積んだ一党であれば、真正面から立ち向かって勝てるんだ。

「……失礼しました、幼い子達。つい、この阿呆《あほう》に腹が立って。驚かせてしまってごめんなさいね？」

やっとこ私達に気付いたらしい死霊《レイス》は、マスターの横をするりと通り抜けるとしゃがみ込んで目線を合わせてくれた。そして、不思議と温かい半透明の体で抱きしめられる。エリザを抱きしめた私が彼女ごと、触れれば相当に豊かであったと気付く胸に埋《うず》められた。

え？　何？　物に触れるの？　というか何で温かいし、あまつさえやわらかくて良い匂いがするんだ!?

「ははは、阿呆とはお手厳しい」

「貴女は黙っていなさい」

混乱して頭の中を色々な思考と考察が飛び交い、そこを全部〝おっぱい！　おっぱい！〟との喧《やかま》しいコールで塗りつぶされて頭が完全にバグった私を抱き上げ、幽霊《ガイスト》の美女はお茶にしましょうと宣言した……。

【Tips】帝国戸籍法において死後別の存在として再誕した存在は〝故人〟として扱われ被相続人となると同時に、以後相続人となる権利を失うが、死後手に入れた財産や権利は保障される。

数分後、私達は魔導院の何処《どこ》とも知れぬ部屋に通されていた。

写実的で品の良い絵画などの落ち着いた調度品に囲まれ、見るからに良質な詰め物たっぷりの長椅子《ソファー》だの、それと揃《そろ》いのデザインで無駄に精緻な彫刻が施された机が並ぶ部屋は、明らかに貴人を歓待するための貴賓室である。

そんな所に田舎出しのカッペがブチ込まれて落ち着けようはずもなかった。

それも、ただの歓待っぷりではない。

何故《なぜ》かエリザ諸共《もろとも》、この建物における階級で確実に五本の指に入るだろう人と同席させられて、何をどうすれば平静でいられるのか。たのむ教えてくれ。

ここに通された理由はいい。あのまま散々迷惑をしでかしたホールに陣取れば、鬼のような顔をしてこっちを睨《にら》んでいた受付係諸氏がブチ切れていただろうからな。

あの顔付きは仕事を滞らせるヤツは爵位を持っていようが教授だろうが殺す、そう雄弁に語っていた。魔導の城の顔役をやっているということは、決して顔採用されただけの無力な文官ではあるまいから放つ威圧感も一入《ひとしお》であった。

だが、主催《ホスト》であるはずの彼女がエリザを膝に乗せて頭を撫《な》でくり倒し、私を左側に座らせて肩を抱き胸に顔を寄せさせる意味は一体？

そしてマスター、あんた私の雇用主でエリザの師匠だろう。ニタニタ笑ってないで何とか言ってくれ。お茶のんで「あら、おいし」じゃねぇよ。

「で、説明なさい」

「そう仰いましても、何を説明すればいいのやら」

さも何も悪いことなんてしてませんが？　と言いたげなマスター。人がこれだけ怒るには、何か理由があるとしか思えないのだが。一体何をやらかしてくれたんですかね。ついでとばかりに油ぶっかけるのを止《や》めて欲しい。

帰参に三月もかかった理由です、と低い声が溢《あふ》れて、膝に乗せられていたエリザがビクッと体を跳ねさせた。握らせている手がぎゅっと締まり、一応大人しく膝に乗せられていたとしても、さっきの光景を忘れてはいないようだった。

「あらあら、我が師匠、お忘れですか？　私は足の遅い二頭立ての馬車で旅をしておりましてよ？　これで改めて旅程をご考慮いただければ有り難く存じますわ」

この御仁、日頃の対応が割と軽かったこともあって本当に貴族令嬢なのかと疑ったこともあったが、間違いない、こうやって全力で慇懃《いんぎん》に人を煽っている様は貴族以外の何者でもあるまい。悪徳商人でももうちょっと悪びれるぞ。

とはいえ、旅籠《はたご》を厳選するというクソムーブが入ったのは事実だが、回り道もしていないし、天気による足止めを加味しても旅程は激怒するほど法外ではないと思う……。

あ、まてよ、そういえばこの人、クッソ下らないことに空間移動系の魔法を使っていたよな。まだロックされているから詳細は分からないが、旅籠に向かって走る馬車を簡単に廃館へ引っ張っていくことができたということは、超近距離、あるいは対象が人間一人だけという訳でもなかろうし……。

「貴女こそ、研究者として正式な免状を持つ者が……よもや自分が免状試験の突破に使った、空間遷移術式の特性を忘れたとでも言いますまいね？」

やっぱりか！　馬車で移動するには相応の理由があって、きっと長距離では使えないんだろうなとか思ってたけどブラフかよ！　確かにできるかどうか聞いたことはないが、態々《わざわざ》あんなめんどくさい旅程を旅嫌いが辿《たど》るんだから、疑うという発想にすら至らなかったわ！

それにしても、普通に外出も旅も嫌いだというのに、どうしてこの御仁は三ヶ月もえっちらおっちら街道を辿ったのだろうか。魔法を使えば一跨《ひとまた》ぎで帰ってこられるというのなら、無精の極みである我が雇用主が律儀に地べたを走る義理はないと思うのだが。

「のみならず、態々手紙で私を挟まずに弟子の届け出を出し、あまつさえ御父君の名前までちらつかせて早期に処理させるだなんて」

「おほほ、書類手続きは煩雑でございますでしょう？　なればこそ、早めに済ませてきちんと体裁を整えて提出したかったのです。官僚共に日々厄介な依頼を出され、弟子も抱える師を独り立ちした手前で煩わせる訳には参りませんもの。さ、ご査収くださいまし？」

マスターが手を差し出せば、何もなかった空間に証書挟みが現れた。上質な仕立ての布で覆われたそれはテーブルの上を滑るように進み、ライゼニッツ卿《きょう》の元に辿り着く。

彼女は憎々しげにそれを見つめ、認めたくないという強い意志を籠《こ》めて開き、一つでもアラがあれば徹底的につっついてやろうと視線が紙面を切り刻む。柔らかな感覚を側頭部で愉《たの》しみながら——もう開き直ってやる——挟まれた書類を覗《のぞ》き込んでみた。

……とてもなんかいだ！

私の帝国語の読文は努力の甲斐《かい》もあって〈宮廷語〉が〈熟達《スケールV》〉まで達しているが、それをして頭の中で滑りまくる。婉曲《えんきょく》表現、詩的表現、歴史の引用、慣習がどうのこうの、何十家と名前を連ねた誰それ縁《ゆかり》の某《なにがし》と旧約聖書も真っ青の家系引用、これを全部文章の中にブチ込まれると訳が分からなくて脳味噌《のうみそ》が死ぬ。

あー……行政向けの代書人って凄《すご》い仕事だったんだなー、とか思ってると乱暴に挟みが閉じられた。どうやら学閥の長になるほど優秀な魔導師《マギア》をして、書類に瑕疵《かし》を一つたりとて見つけられなかったらしい。

なるほどね、これ作るための時間稼ぎで馬車を使ったのか。

「確か仰いましたよねぇ、何時《いつ》だったか。ああ、二一年前の夏でしたっけ。あの日は大変暑く、部屋から出るのが本当に辛い日だったのをよぉく覚えておりますわ」

ねっとりした嫌味が垂れ流され、おっかない女性二人に挟まれた私達は縮こまるばかりである。嫌味を脳味噌にねじ込まれても——そも、どうやって思考してるんだろうな、この人——理性がまだトんでいないのか、ライゼニッツ卿が再び冷気を放つことがなかったのは幸いだった。この至近距離でさっきのをやられたら、兄妹揃って凍傷になる。

「責任を持たねばならないような弟子でもとれば、戻ってきてもよいですがと貴女が……

ええ、確かに貴女が仰《おっしゃ》いましたよねぇ？　まさか、お忘れですか？」

　あれあれー？　学閥を二〇〇年にもわたって維持するお方がー？　と口に扇子を添え、畜生全開で煽るマスター。頼む、もうやめてくれ、なんだ、私に何を望む？　事態を穏便に収めてやる代わりに誰か殺してこいってんでも二つ返事で受けてやるぞ。

「こっ、この子は……？」

　絞り出すような声。何かと思って顔を上げれば、おっとりした美貌の死霊《レイス》が私を見つめていた。

「この子は何です!?　百歩譲って弟子をとるのと、教育のため工房に戻ることは許可しましょう！　ですが、この子は書類にないです！　ずるい！」

　ずるいって何が。子供みたいな物言いはやめていただきたい。

「こんなに可愛《かわい》い子を二人も独占するなんて、ずるいです!!　しかも一人は半妖精！　わたし、そんなの弟子にとったことない!!　ここ最近、可愛げもないクソ生意気なデブとか、歳《とし》考えろよっていいたいオッサンばっかりなのに!!」

　あっ……ふーん、そういう……。

　色々と察しながら、私とエリザを抱きしめるライゼニッツ卿の評価を改めた。ただの偉い人じゃなかった。

　滅茶苦茶《めちゃくちゃ》えらい生命礼賛主義者《ロリ・ショタコン》とかいう、この世界でも指折りに始末が悪いアレだった。何でこの人、今日もお天道様の下を歩いてられるんだ？

まぁ、私は〈母親似〉と〈心和らぐ風貌〉を幼き日に取ったこともあり、細面の可愛らしい顔付きだということは分かっている。前世の顔を何故かまだ覚えているので、水に映る自分の顔をある程度客観的に評価できている自信はあった。

流石《さすが》に〝乙女と見まごう〟とまではいかないが、お稚児趣味の人に気に入られそうだなぁと思ったことはあったが、よもやこんな所で妙など真ん中をブチ抜いてしまうとは。

女児なら今頃第二次性徴が始まるが――どうしてこんな時、いつまでも愛らしい幼馴染《おさななじ》みを思い出したのか――私はまだ子供体型から抜け出しきっていなかった。肩幅や体型がシャープになってきたと喜んでいたが、世間様からするとまだ〝かわいい〟ものだったのだなぁ。

「この子、私にくださいな!」

いやです………。

【Tips】残念ながらライン三重帝国には青少年保護条例は存在しない。生命礼賛主義が糾弾されるのは、それが〝行きすぎた〟場合のみである。

私はこれでいて乱読家な性質で、前世ではレーベルを問わず色々読んでいた。で、一時期女性ロールの精度を深めるため――テキストオンセだよ! 裏声《オカマヴォイス》はださないよ! ――女性心理を探ろうとして、何を思ったかハーレクインロマンスにハマっていた時期がある。

まだ若かったのだ。女性向けの本といって思いついたのがそれであり、ヒロインに感情移入すれば女性心理、ひいては女性からして魅力的な男がつかめると短慮をしてしまった。

そんな物語の中でヒロインは魅力的な権力者に見初められ、時に強引に手込めにされたりしつつ関係を進めていくという展開は、男ながらに「こんな完璧な男がいるか」と思いながらも楽しめていた。きっと、ギャルゲーを見た女性も似たような心理になるだろうと理解できたからだ。

さて、そんな展開の中、見窄《みすぼ》らしい有様のヒロインがヒーローに見初められて連れ去られ、贅《ぜい》の限りを尽くし男の好みで飾られるという展開は多々あった。乙女であればシンデレラ的展開に心を高鳴らせるのであろうと理解を示したつもりである。我が身のこととなっても、多少は嬉《うれ》しいのではないかと益体もない想像を巡らせたものだ。

今になって同じ台詞《せりふ》を吐けるかと問われれば、大変微妙である。

いや、嘘《うそ》を吐《つ》いた。ドン引きする。

「師匠、まだ〝それ〟を拗《こじ》らせていらっしゃる？」

「だって、可愛いじゃないですか！　こんな地味なダブレットじゃなくて、真っ白なプールポワンを着せましょう！　ズボンは流行の余裕があるやつじゃなくて、ちょっときゅっとしたやつ！　んで膝まである長靴と手袋!!　あ、いえ、敢《あ》えて半ズボンにしてタイツもいいですね！」

さっきまでテンションを上げてくれた死霊《レイス》おっぱいの柔らかさも、どこか寂しいものに感じられてきた。ああ、何故だか無性に帰りたい。荘《しょう》のみなの顔が見たかった。父母はどうしているだろうか。兄は上手《うま》くやっているのかな、もしかしたらもうミナ嬢の腹が膨らんでいたりして。マルギットは元気かな……。

「この子もセンスは悪くないですが地味過ぎます！　儚《はかな》げで繊細な顔には、もっと豪奢《ごうしゃ》で真っ黒な感じが似合います！　ついでにフリル増やしましょう！　スカートもパニエでふわっふわに！　んで、扇子ですね！　子供に不釣り合いかもしれないけど、それがいいのです!!」

現実逃避していたが、妹から手をぎゅっと握られれば回帰せざるを得ない。なんだってこんな所に私はいるのだろうか。口調がすっごい早口で怖いなこの人。あと、美人って顔が崩れても綺麗《きれい》な分、より酷《ひど》さが際立つというか、残念さが凄《すさ》まじくなるというか……。

登場時の恐ろしげな雰囲気、それから来賓室に連れ込まれた後の雰囲気と今の雰囲気、三者の落差が凄まじすぎて脳味噌がバグりそうだ。せめて、どれか一個に統一してもらいたいところである。

「あにさま、このひとこわい……」

「我慢しような、エリザ」

こっそり話しかけてくるエリザの手を両手で握ってやり、ちょっと我慢しようなと言い聞かせる。私だって怖いんだよ、色々な意味でと弱音を吐くことはできなかった。

「そう仰いましても、エーリヒは丁稚《でっち》として雇い入れる旨、ご両親と契約を交わしておりますわ。そちらの書類も既に万事整っております」

差し出される書類が一束増え、凄まじい勢いで回っていた口が止まった。

「くださいな、と軽々に言われましても……」

「うー……」

低く呻《うな》ってエリザと私を抱く力を増すライゼニッツ卿。あの、ほんと怖いんでそろそろ解放して貰《もら》っていいですかね？　私、まだアレ来てないですよ？

とりあえず、さっさと話の着地点を見つけてくれてないだろうか。ここまで煽《あお》ってことは、何か譲歩を引き出したいのだろうし。だったらさっさと話をつけてくれまいか。

ほんと早くここから出たい。生命礼賛主義者の死霊《レイス》に絡まれるなんて、妹の出自以上に私の経験表が大惨事表になりつつあるぞ。

「まぁ、そこはエーリヒ次第ではあるのですが」

が、期待とは裏腹にマスターはとんでもない爆弾を投げてきた。オイ馬鹿やめろ、こっちにそれを寄越《よこ》すな。

言い終える間もなく、ライゼニッツ卿が私の肩をがしっと摑《つか》み笑顔を向けてくる。どうしてこうなった。

「エーリヒ君ですね。どうでしょう、今なら私の客員聴講生として……」

「ご遠慮致します」

人生でも此処《ここ》までないだろうという滑らかさで辞退の言葉が口から飛び出した。そして、彼女の口を一旦止めたなら、もう開かせてはいけないと直感が騒いでいる。

「この身は丁稚としてスタール様にお仕えするもので、私情を考えましてもその席は身に余るものでして……」

とりあえず稚拙ではあるが、私には丁稚という身分を盾にした正当な理論武装がある。確かに魔法使いとしてステップアップできるような本なんぞが読めたり、技術を仕込んで貰えたらなと期待はしていたが相手くらい選ばせてくれ。

さぁ、このまま押し切るぞと思った時……視界の端っこでマスターが口の端を吊《つ》り上げる嫌らしい笑みを作るのが見えた。

あっ、これ駄目なヤツだ。

「ええ、しかしエーリヒは魔法の才があり、妹の学費を自分で工面しようとする素晴らしい兄でもあります。それ故、幾らか条件を呑《の》んでいただければ、私としては彼にも自由にできる時間を与えたいとおもっているのです」

ええ、自由にできる時間を。そう含みたっぷりの――含み以外に何があるのか――言葉を零《こぼ》し、マスターは外連味《けれんみ》たっぷりの邪悪な笑みを浮かべた。

おい、その〝自由にできる時間〟というのはどういう意味か。誰が、誰を、どう自由にしていいのか是非聞かせて貰いたい。どう考えても私が、私のために自由な時間を堪能できるようには聞こえんぞ。

「……いいでしょう、話を聞かせなさい」

あの外道、私を交渉のダシに……ただではすまさんからな。いつか覚えてろ。

コノウラミハラサデオクベキカと後ろ向きな決心を固める私を余所《よそ》に、奥歯で潰した苦虫を飲み下し損ねたような渋面を作るライゼニッツ卿に向け、この世の外道全てを煮詰めたような長命種《メトシエラ》はいっそ清々《すがすが》しいまでの笑顔を贈った。

「まずは、ちょっと疲れを癒やしたいですねぇ、何分二一年間もフィールドワークにでていた訳ですから」

「……ええ、好きに休むといいでしょう。半年は認めますとも」

一つ目の提案はさくっと呑まれた。まぁ、我々からすると半年の休暇は驚くべき長さであるが、貴族感覚ではごく普通だ。一年ちょっと保養地でのんびりしてきます、なんてのもザラだと聞く。

「あと、二一年分のフィールドワークレポートを纏《まと》め、論文に仕上げる時間も欲しいですねぇ……二～三年いただけたら嬉しいかなぁと」

嘘だぞ、絶対もう仕上がってるヤツだぞコレ。〈真贋看破《しんがん》〉みたいな〈社交〉の高級スキルがなくても分かるわこんなもん。

「二年ですね、いいでしょう、既に出来上がってるのではと疑っておりませんよ？　ええ、ですから二年あげましょう……素晴らしい成果を期待しております」

「おほほ、お眼鏡に適《かな》うように努力致しますわ」

二つ目で合計二年半もの時間がもぎ取られた。長命種《メトシェラ》からすれば瞬きのような時間かもしれないが、それでも何もせずに工房や籍が維持されるとすれば破格の時間である。誰だって二年半も有給取ってブラブラできるなら、大抵のことはやってのけるだろう。それこそ自分の丁稚を売り渡すくらいちょろいもんだろうさ。

あと、この雇用主《クライアント》のことだ。二年半もあれば、何かしら仕事をせずに済む口実の一つ二つでっち上げて、また休日をもぎ取ることであろう。

「それと、そうですわねぇ……レポートが仕上がっても、講義に戻るまで挨拶回りや準備で色々と入り用ですし……」

「ええ、はい分かりました、紹介状くらいなら何枚でも書いてあげましょう！」

どんだけだよこの人。言っておくが私にそこまでの価値はないぞ。おそらく、多分、きっと、いや確実に。エリザならまだしも……。

「いやぁ、そこまでの便宜を図って下さったなら、ご期待に応えない訳には参りませんねぇ。私の世話にそこまで暇もかかりませんし……」

この人、一体何時《いつ》からコレを考えていたのだろうか。元の契約が互いに互いを利用すればいいと結ばれたものだが、よもやコレのダシにできると思って丁稚にされた可能性まで出てくると、あまりの度し難さに頭が変になりそうだ。もう勘弁してくれ、私は単にエリザにきちんとした環境と生存する権利を取り返して、冒険者になりたいだけなんだ。

決して変態とお近づきになりたい訳じゃなかったんだ………。

【Tips】魔導院の研究者や教授には国から多額の研究補助金が支給され、素晴らしい発見をした場合は勲章の授与と一時金の授与、そして年金の支給までもが受けられる。


斯《か》くして、薄ら暗い取引の下に生命礼賛主義者に売り渡された私は……。

何故《なぜ》か帝都北方にある貴族街の服屋に引っ立てられていた。

帝城を起点に一六等分された帝都であるが、その北部域は高級な住宅と邸宅が建ち並ぶ高貴なるお歴々の領域である。庶民層でも高収入によって身を立てる代書人などの高級頭脳労働者を始めとする豊かな者だけが住み、用があったとしても卑しき身分では踏み入るのも躊躇《ためら》われるほどに整備された区域は魔導区画とは違った厳粛な趣がある。

街路は白の石畳で舗装され、道々を行く馬車にはどれも先触れ――街路の群衆を散らさせる先導者――を連れ掲旗《バナー》によって身分を示す青い血が流れる方々が乗っている。時に馬で行き来する軽装の騎手は騎士か名のある貴族の護衛のいずれかであろう。

「まぁまぁ、綺麗な金髪だこと。確かにこれは白が映えますわね。もう少し長ければ、リボンや宝石飾りを編み込めたのに」

「お待ち下さいな、先日西方から仕入れたこの群青の天鵞絨《ビロード》もよく合いましてよ？　刺《し》繍《しゅう》はどうしましょう」

「襞襟《ひだえり》はなにがいいかしら。ああ、でも最近若い子は敢えて装飾を少なくして、すっきり纏めるのも流行《はや》っていますし悩みますわねぇ」

「ここはタイ……いえ、スカーフも悪くありませんわね。白でも蒼《あお》でも差し色には鮮烈な赤などが凛々《りり》しいお顔によく似合うかと」

斯様《かよう》に高貴ならざる身では踏み入ることも畏れ多い場所の一角に建つ、見るからに高価で貧乏人と成金の一見様お断りという店に連行された私は、アグリッピナ氏が仕立ててくれた丁稚仕事用のダブレットをひん剝《む》かれ、肌着姿で四人の針子からよってたかって採寸されている最中だ。

貴種が立ち入るに相応《ふさわ》しい優美なれど控えめな装飾の家具に囲まれた服屋は、我々庶民が世話になる既製品や中古品を売るような店ではない。飾られている服の全ては見本品であり、商品は一から採寸して顧客のためだけに仕立て上げる特注品だけといった被服を商う店でも最上の店である。

確かに貴種は文化的に出来合いの服など着ず、産着でさえ専用に設《しつら》えさせるというが、よもやそんな店に踏み入ることになろうとは夢にも思わなんだよ。

都度都度、触れるのも畏れ多いような反物を持ってきて――おそらく、一巻きで我が家の土地家屋と農地を家人まるごと買い上げても釣りが来る――首の辺りに添えられるのがおっかなくて仕方ない。うっかりくしゃみでもしたら負債が幾らになるのか、想像もしたくなかった。

今すぐにでも逃げ出したいが、顧客からの指示なので姿をくらますこともできず、ただただ耐えるばかりである。

「あにさまぁ、疲れたぁ……」

「もうちょっと我慢だ、後で氷菓子買ったげるから」

なにより、可愛《かわい》い妹も巻き込まれているのに先にケツ捲《まく》る兄貴などあっていいものか。

私はここに立ちはだかり、断固死守する義務があった。

「うんうん、やっぱり東方交易路を再打貫させた今上皇帝は偉大です。この絹の質は向こうでなければ出せません。金色の刺繍で……あー、その糸ではなくて、もっと色が暗い金色がいいでしょう」

苦労の根源であるライゼニッツ卿《きょう》は、私達《たち》を着飾らせる権利をアグリッピナ氏から手に入れてご満悦だ。幾らするかも分からない買い物をコンビニでチョコでも買うような気軽さでやってのけ、あまつさえ注文の付け方が細かすぎて別注料金がどれだけなのか考えるだけで吐き気がする。

いや、まぁ私にもメリットはあるからこそ耐えているのだが。

まず、ライゼニッツ卿は私が丁稚として働き、エリザの学費を稼ぐのだという立場を尊重し、特別に魔導院の御用板を使う権利を与えてくれるというのだ。

御用板とは何かを説明せねばなるまいが、一番簡単に言うとクエストボードだろう。

魔導院は大きな組織であるが、所属する魔導師《マギア》の勢力はピンからキリまで。金がある大家の出身者から道楽が高じて教授になった現役貴族なんぞもいれば、麦粥《むぎがゆ》を啜《すす》りながら苦学して教授になった下層階級出身者まで様々である。

それは聴講生も同じで、官僚になるべく実家から潤沢な仕送りを貰って帝都の一等地からのんびり通うご子息ご令嬢もいらっしゃれば、苦労して金を自弁しながら通っている魔法使いから魔導師《マギア》になりたいと高い意志を持って門を叩いた者もいる。

そんな境遇の差がどうしても存在する中、同胞の助けになればということで、魔導院には魔導師《マギア》が魔導師《マギア》に対して依頼を発注する御用板が設けられているのだ。

依頼の内容は実に様々である。買い物の荷物持ちを募る物から――この時代、信頼して荷物を預けられる人間は希少である――論文の添削、専門知識がなければ採集の難しい薬草の調達、魔法薬の調合助手、果ては魔法の実践に付き合って欲しいやら、極地探索の同行などバリエーションに富んでいる。

中には苦学の学生を助けるため、サロンでの茶会や夕食会を賑《にぎ》やかしてくれ、という金を貰ってついでに食事とお茶を楽しめ、伝手《つて》まで作れる夢のような依頼を出す教授もいるとか。

この御用板は一般に開放されていない。利率の良い仕事を求めて冒険者なんぞに集《たか》られると、本旨を達成できなくなるからだ。中には、この御用板で達成した依頼を閥に招くかの基準にする教授もいるそうな。

私は聴講生ではなく、研究員の弟子でもないが特別に依頼を使う許しを代価に得た。後援者《パトロン》になろうかとも言われたが、後で何を要求されるか分かったものではないので丁重に断りを入れ、代わりに自分で稼ぐ手段を求めた結果である。

　これで空き時間を使って金を稼げるようになった訳だ。とはいえ、身分的な制限もついてまわるが。少なくともさっき例に挙げたような、午餐《ごさん》会を賑やかすような依頼は趣旨から外れるので当然として、正式な身分が伴わねば意味を成さない論文精査なども受けられない。

　されど、収入を得る伝手が出来ただけで上出来すぎる。まずはライゼニッツ閥の研究者や聴講生に名を売って、そこから広くやればいいとアドバイスをいただいたので、堅実にやっていこうと思う。

　これだけでも将来に繋《つな》がる有り難い提案だった。それなら着せ替え人形の前段階として、婦女子の前で半裸にひっぱがれるのにも、時折偶然を装って肌を触られるのにも耐えよう。よもやさっきと同じく、こんな所で女性の気持ちを体験することになろうとは思わなかったな……。

　うん、これ、相手が変態とその賛同者でなきゃ、普通に嬉《うれ》しいシチュエーションなのになぁ。なんか、私の人生って何時もあと一歩で惜しいんだよな。

　それはそれとして、有り難い提案がもう一つ。

　私が魔法の勉強をしているというと、ライゼニッツ卿は中層までの書庫を閲覧する権利を特別にくれると仰《おつしや》るのだ。それも、卿が同行している間だけという制限に見せかけた特典付きで。

考えてもみて欲しい、学閥の長というビッグネーム、それも実力がないヤツは臍《ほぞ》を噛《か》んで死ねという風土の組織で二〇〇年も頭を張っている傑物に教えを請えるのだ。たとえそれが生命礼賛主義者の変態でも――この世界では犯罪者とそしれないのがなんとも――得られる物はあまりに大きい。

ただ膨大な力を持った死霊《レイス》というだけで、閥の長は務まるまい。教育者としても、研究者としても……そして、政治家としても一級品に違いないのだ。醜聞には事欠かないだろう趣味をお持ちなのに、今の立場に二〇〇年も座っていることが何よりの証拠である。

ならば、この恥辱と頻繁に開かれるに違いないお人形扱いにだって耐えてやろう。辛《つら》いバイトで新しい知識《サプリメント》が手に入るならば本望。むしろ、学生の頃は進んでやったものである。

「ライゼニッツ卿、お帽子は如何《いかが》なさいましょう？　やはり流行り物には乗っておかないと」

「ああ、そうですね……あ、この前に晩餐《ばんさん》会で見たアレがいいでしょう！　つばが広くてふわっとしたのが！　羽がついていてとても可愛らしくて……」

……うん、コンビニのレジに突っ立っている方が幾分かどころではなく気楽だが、私は頑張るよ。とりあえず、エリザが凄《すご》い格好にされないよう目を凝らさねば。私には四人付いているが、彼女には六人もの針子が貼り付けられているのだから。

気合いを入れ直し、ふと気になったことを聞いてみることにした。口を動かし、他のことに気を向けた方が暗い将来から目を背けられるので少し楽になれる。

「あの、ライゼニッツ卿」

「ん？　なんですかエーリヒ君。気楽にリーナと呼んでくださって構いませんよ？」

問いかけてみれば、にっこりと凄《すさ》まじいお誘いをしてくるので愛想笑いで誤魔化した。リーナというのはマグダレーネの愛称形であるが、名実共の年長者プラス文字通りの殿上人を愛称で呼びつけるなど田舎育ちの餓鬼に一体どうしてできようか。

話題を逸《そ》らすべく、気になった物を指さしてみた。

「あの、あれって何ですか？」

私の興味を惹《ひ》いたのは見本として飾られたドレスであるが、どうにも見慣れないものであった。

元よりこの世界に近代から古代の――チュニカとトーガのローマ風から、近世アールデコまで――服飾文化が入り乱れているのは分かっていることだが、あれは布地を減らした田舎で出回る装束とは趣が大分違う。

いうなればカクテルドレスとでも呼ぶべき、上等な仕立てなれど豪奢《ごうしゃ》さを控えめにした上品なドレスであった。

「ああ、これは午餐服ですね。田舎ではあまり見ませんか？」

「ええ……というよりも、貴族の方もこういう物をお召しになられるのですか？」

勿論《もちろん》ですよ、と語って彼女は自分の服――そういえば、あれは肉体の一部なのだろうか

──である伝統的なガウンのスカート部分を摘《つ》まんでみせる。

「正装といえば、こういったガウンドレスになりますが、実の所、我らが帝国で貴種が自身を着飾る分には縛りというのは特にないのですよ。ねぇ？」

同意を求められたお針子の一人が微笑《ほほえ》みと共に首肯し、私が興味を示したカクテルドレスを手に取ってよく見せてくれた。

「これはここ数年、気軽な会合に着ていく午餐服の流行になりますね。デザインはシンプルに、丈は短めで足と腕を出すものが特に人気です」

「そこに二の腕丈の長手袋《ロンググローブ》とタイツを合わせるのがよいのですが、肌や手足のラインにご自信のある方は敢《あ》えて曝《さら》け出すこともありますわね」

「破廉恥だと仰るご年配のご婦人方もいらっしゃいますけど、若い時にしかできないお洒落《しゃれ》の一つですものね」

「でも、ほら、この間のお仕事だと思いっきり肩もだしましたよね。もう殆《ほとん》ど肌着みたいな……」

姦《かしま》しく、しかし採寸の手は一切止めずにお針子達が色々なことを語り始める。もう教えるというより、服飾の話をするのが楽しくて仕方が無いといった風情だ。

いいね、心底好きでこの仕事をやっているという感じで。いや、だからこそ貴種が重用するほどの名店になったのかもしれない。

「これも良い出来ではありますね。エリザちゃんには、あと五年もしたらよく似合うかしら」

ちょっと待ってくれ、あと五年してもまだまだ似合う年には遠いと思うぞ。あれか？この人、さっきからもしやと思っていたが、少女には敢えて大人の格好をさせて悦に入る倒錯した性癖も持ち合わせているのか？だとしたら重症どころじゃないぞ。

「でも、ライゼニッツ卿にもお似合いかと存じますわ。こういった物も一着如何です？」

「えぇ？　私、これでも二〇〇歳のおばあちゃんですよ？　流行《はや》り物はあまり似合わないと思うわ」

「でも十九歳の時から外見にお変わりは御座いませんし、この身は十分お似合いになるかと愚考いたしますが」

鳩血色《ピジョンブラッド》の目と嫌に白い肌が目立つ針子の言葉に今度はライゼニッツ卿が愛想笑いを返した。見た目と雰囲気、そしてヒト種《メンシュ》であった頃の年齢を知っているそぶりからして、この人、定命じゃないな。

「あっ、ところでエーリヒ君は、どうしてこれが気になったのですか？」

ハハッ、ワロス。

「もしかして卿に着て欲しいとか？」

話題から逃げるように話しかけてくるライゼニッツ卿と、勝手なことを宣《のたま》ってきゃーきゃー黄色い声を上げるお針子衆。いや、まぁ、確かにさぞお似合いになるでしょうけど、この人にそういう気は一切起きないのでご安心いただきたい。

私が単に気になったのは、アグリッピナ氏の服の用意をした時、夜着以外には正装と言われたガウンドレスとローブしか見当たらなかったことだ。腐っても貴種なのか数だけは多かったが、どれも似たようなデザインで〝攻めた〟斬新な物はなかったため、貴種は決まった正装しか着ないものだと思い込んでいたのだ。

故に貴種しか来ない店にカクテルドレスが飾られているのが不思議に感じたのだ。単に当人が着ないだけで、普通に世間では受け入れられているとは。これは礼節以外にも社交界の知識を教えて貰《もら》わないと、どこかで恥を掻《か》きそうだな。

私の恥は主人の恥になるから、今後気をつけねば。

その旨を説明したところ、ライゼニッツ卿は頬に手を添えて悩ましげに嘆息する。

「まぁ、彼女は面倒くさがりですからね……ガウンドレスは正装ですから、どんな場に着ていっても浮くことはありませんから、大方これだけ揃《そろ》えておけば後は考えなくて良いから楽、くらいに思っているのでしょう」

あー、なるほど……これはちょっと共感を覚えるな。私も前世は服を選ぶのが面倒だったので、これ一揃いあれば何処《どこ》でも大丈夫という物ばかり揃えてしまう心理はよく分かる。

よもやこんな所で雇用主の理解を深めてしまうとは……。

「ローブも一応は魔導師《マギア》の正装ですし、後は杖《つえ》さえ持っていれば全ての催しに参列できるとはいえ……本当にあの子は」

ローブは一端の魔導師《マギア》の証《あかし》であり、魔導院においては魔導師《マギア》を志す聴講生からやっと着られるようになると聞いている。即《すなわ》ち魔導師《マギア》にとっての正装にして制服とも言えるため、これも便利だと思って数を揃えたに違いない。

普段着としては些《いささ》か以上に豪勢な品の数々も、きっと突発的に呼ばれても着替えず出向けるようにとか考えて作ったのだろうな。ほら、あの人たち《メトシェラ》殆ど汗とか掻かないし、老廃物も出ないから洗濯する必要がないんだよね。

「しかし、いつかエリザちゃんのローブも仕立てないといけませんけど、その時は是非私に任せて欲しいですね」

ローブと杖は師か近しい年長者が贈るのが魔導師《マギア》の文化だそうだが、必要になったらアグリッピナ氏に頼もう。また倒錯した大人っぽいものを寄越《よこ》されては困る。

そりゃまぁ、エリザにはどんな格好でも似合うし可愛《かわい》いだろうけど、年相応というものがあるからな。

……しかし、杖か。杖も正装の一つというのは知らなかった。アグリッピナ氏は指を鳴らしたり、呼気や煙に混ぜて魔力を吐いて術式を練っているので使っている所を見たことがないが、もしかしてとっておきの一本があるのかもしれない。

それこそ、あんな地方固有エネミーをやれそうなぶっ壊れ性能なのだ。持っている杖も、きっと格に見合ったドロップしたら小躍りするような逸品に違いない。

私は楽しげな想像で羞恥を誤魔化しながら、採寸の時間に堪えるのであった………。

【Tips】三重帝国の貴族は〝清貧〟を重んじること、と歴代皇帝が命じているが、まともに守られたことは開闢《かいびやく》以来一度もない。

精神を鑢《やすり》でこそぎ落としていくような採寸とデザイン策定の後、私は魔導院の一画に設けられた重々しい昇降機《エレベーター》の前に立っていた。背に疲れ果てて寝入ってしまったエリザを背負いながら。

解放されるまで実に長かった。陽《ひ》はとっぷりと暮れ、午餐《ごさん》の時間も過ぎている。エリザが疲れて寝入ってしまうのも無理はない。正直、私も体自体は動かしていないのに芯に鉛でもねじ込まれたかのように体が重かった。やはり慣れない所で慣れないことをさせられると気苦労で体も疲れてしまうのか。

全く以《もつ》て呵責《かしやく》にも似た時間であった。下手にクシャミもできない環境で数時間気を張るなんて前世でもそうなかったぞ。

なにはともあれ、そんな状態でうんざりしそうなほど階段を上り下りさせられずに済んで本当に良かった。

目の前に鎮座するのは、紛《まが》うことなき昇降機だ。ワイヤーと滑車で吊《つ》り上げられたゴンドラが効率的な上下移動を実現する機構、それが魔法の城に存在していることに何時《いつ》までも驚くほど、私はこの世界に対して無垢《むく》ではない。

ああ、いいじゃないエレベーター。青い飾り《ブルーなリボン》を持ってたら狂った王の試練場でショトカできるんだし、日没後は魔王城そのものな威容の鴉の巣《クレーエスシャンツェ》には実に似合いだろうよ。

体重移動を駆使して片手でもエリザがずり落ちないようしっかり背負い、私は七機も並ぶ昇降機の低～中層工房区向け、と書かれた物のボタンを押した。重い体を引き摺《ず》って帰るのは手間だが、送っていこうか、むしろ邸宅が近いので泊まっていきませんか、とのライゼニッツ卿《きょう》の誘いに乗るよりはずっといい。

まぁ、泳げるほど広いお風呂、という誘い文句には少し迷ったが……リスクヘッジを考えたら軽々には頷《うなず》けないよねって。今までの振る舞いを見ていれば尚《なお》のこと。

澄んだベルの音が鳴り響いて、何処にも出かけていなかったらしいゴンドラのシャッターがするりと開き、物資搬入用のそれに引けを取らない大口をあけて私を出迎えてくれた。

実に不思議な雰囲気の昇降機の中には、ボタンが並ぶ見慣れた操作盤《コンソール》はなかった。ただ、声を吹き込むための穴が開いている。

というのも、あまりに魔導院が広すぎて一々ボタンを作っていれば、壁一面を操作盤にしても追いつかないからである。

「中層工房区画、スタール男爵令嬢の工房」

魔法による制御というものは実に偉大だ。行き先を穴に向かって吹き込めば、昇降機が勝手に向かってくれるのだから。予《あらかじ》め教えて貰っていなければ、使い方が分からなくて困惑していただろう。

「ああ、もし！　待ってくれたまえ！」

扉が閉まろうとする中、唐突に呼び止められた。広い魔導院のホールに響くのは、同年代と思《おぼ》しき子供の声。まだ声変わりをしていないのか、少年とも少女ともつかない声の人物が走ってくるのが見えた。

とりあえず嫌がらせをする理由もないので、穴にキャンセルする旨を伝えれば閉まりかけていたシャッターがするすると開き、年若い彼がゴンドラに滑り込む。

そして、荒い息を整えながら顔を上げた彼は朗らかに微笑む。

「やぁ、すまない君、助かった」

彼？　彼女？　いや、どっちだ？

同年代と思しき彼――便宜的に彼とする――は、聴講生らしく黒いローブを着込み、簡素な短杖《たんじょう》を握っていた。空いた手に羊皮紙の束を持っている所を見るに、何かを受け取ってきたか提出しようとしているのだろうか。

声を聞いた時も少年か少女かはっきりしなかったが、姿を見れば見るほどにどちらか分からなくなる不思議な顔付きだった。艶のある微《かす》かに癖がある黒髪と、愛らしい、しかし微笑めば精悍《せいかん》に映る顔は性という要素を窺《うかが》わせない。外見から察するに普通のヒト種《メンシュ》だとは思うのだが、私は前世を含めてここまで中性的な人物と出会ったことがなかった。

きっと、無性の天使というのは、こういう生き物なのだろう。

「見ない顔だな。聴講生か？」

深い琥珀《アンバー》の瞳が笑みに撓《たわ》むと、少年らしい闊達《かったつ》な印象を受けるが、しかし弧を描く厚い

唇は瑞々《みずみず》しい少女のようでもあった。

「いえ、私は丁稚《でっち》としてスタール男爵令嬢にお仕えしております。背の妹が、そのお方の弟子なのです」

「スタール？　それも聞かない名だな……ああ、足止めしてすまない」

いえ、急ぎませんのでお先にどうぞ、と促すと、彼は君はいいやつだな、と笑って行き先を告げた。教授の工房となると、どうやら羊皮紙は受け取ってきたのではなく、提出すべき課題なのだろう。

「そういえば名乗っていなかったな。僕はミカだ」

差し出される手を握り返しながら、また名前までユニセックス仕様かと感心した。ミカは三重帝国だと男性にも女性にも使える名前として、そこそこ耳にする名前だった。どちらかといえば平民が使う名前なので、貴族の子弟というより地方推薦枠の一般人か。

四方へ振りたくられる不思議な感覚が暫《しばら》く続くエレベーターの中で、私達《たち》は短く言葉を交わし合う。ミカは北方の生まれらしく、聴講生として代官の推薦を貰ってここに来たそうだ。そして〝黎明派《れいめいは》〟なる〝魔法の秘匿と正しい使い方〟を模索する学派の教授に師事して魔導師《マギア》を目指しているとのこと。

「僕は造成魔導師を志望していてね。帝国の北は雪が根深いんだ。それに負けない立派なインフラを作りたいのさ」

誇らしげに語る彼の笑顔を見ていると、今日のゴタゴタで磨《す》り減った精神が回復するかのようだった。そうそう、こういうのでいいんだよ、田舎から出て来た若者が魔導師《マギア》としての夢を語るような爽やかなのが。

誰も生命礼賛主義者の死霊《レイス》とか、度し難い外道の長命種《メトシエラ》とかお呼びじゃないのだ。

「やれやれ、やっと着いたか。では、機会があればいずれ」

楽しい時間はあっと言う間に過ぎてしまった。ベルの音と共に開いたシャッターの向こうには、廊下ではなく扉が現れたではないか。彼はそれを潜《くぐ》り、現れた時と同じくあっと言う間に去って行く。

気持ちの良い子だった……実に新鮮な気分だ。最近はイロモノばっかりで、まっすぐな子から縁が離れていたから、少しだけメンタルが上を向いた気がする。

だからこそ、またマスターと顔を合わせるのが憂鬱だったのだが。

「あら、ご苦労様」

友好的なアグリッピナ・デュ・スタールが現れた。

冗談はさておき、魔法の昇降機で繋《つな》がったアグリッピナ氏の工房は、本当にここが〝どこかの地下〟に造られているのが嘘《うそ》のような佇《たたず》まいであった。豪奢《ごうしゃ》な正面口を抜けて応接にも使える広大な居間を抜ければ、暖かな春の光が差し込み芝生の床がある鳥籠型の温室にしか見えぬ工房に辿《たど》り着く。

この様を見て、一体誰が暗い穴蔵だと想像しようか。

魔導院は美事《みごと》な造りの城であるが、残念ながら容積は普通の城に過ぎない。そんな中へ、何時なんの間違いで吹っ飛ぶか分からない魔導師《マギア》の工房をぎゅうぎゅうに詰め込みたいだろうか？　ほんの一キロもしない所に帝城まで聳《そび》えているというのに。

一つの爆発が連鎖して、落ち物パズルの如《ごと》く弾《はじ》けたならば、それはそれは愉快な光景が展開されるだろう。国が一個物理的に弾ける光なんて、きっと世界の何処からであっても見物になるはずだ。

それへの対策として、魔導院の俊英達は工房を地下深くに設置することを選んだ。空間的に隔絶され、強固な岩盤の中に幾つもの部屋をくりぬき、今やロストテクノロジーに近いという――寝床に行くだけの短距離移動に使っている誰かさんから目を背けつつ――空間遷移の魔法を籠《こ》めた昇降機だけを出入り口とする。

これによって、誰かが〝やらかして〟も帝都は安全でいられるのだ。さもなくば、魔導院は国家安寧のためもっと僻地《へきち》に隔離された、実に不便なものになっていたはずだ。

誰だって何時誰の気まぐれや、ちょっとしたうっかりで吹っ飛ぶか分からん核弾頭の横には住みたくないわな。横に国会議事堂を置くかと言われれば、それこそ正気を疑われる。

まぁ、昇降機本体が事故で吹っ飛んだなら、一体誰がサルベージをするのだ？　という致命的な疑問が興味を擽《くすぐ》って止《や》まないのだけれども。こういったテロリストめいた発想が止まないのもTRPG民の宿命か。

ほら、我々《TRPGプレイヤー》の多くは如何《いか》に戦わずしてエネミーを始末するかを考える習性を持っているからさ。一度もゴブリンが巣くう洞窟を発破して一網打尽にしたり、吸血鬼が住む館に昼の内に火を放てば一挙解決では？　と考えなかったPL《プレイヤー》はいないと思うんだよ。

　ともあれ、中央のハンモックでぶらぶら気持ちよさそうに寝そべって読書にいそしむアグリッピナ氏に促され、長椅子にエリザを寝かせた。全面ガラス張りの外には、どういう訳か穏やかな庭園が投影されているのだが、ほんと技術の無駄遣いが好きだなこの人。

「で、どんなの仕立てて貰《もら》うのよ」

「……聞かないでいただきたい」

　もうね、前世なら似合わないどころの話ではない服のオンパレードだ。少なくとも、私の目には何かを間違ったコスプレとしか映らなかったね。当人達はきゃいきゃいと大喜びであったが。

　特急料金で完成まで約七日……世界で一番胃が痛い七日間になりそうだった。

「ま、損な話でもないし、頑張りなさいな。私は二一年ぶりの工房を堪能するから……あー……きもちぃ……上等なベッドもいいけど、ハンモックも格別よねぇ……」

　工房と言うよりも上等な昼寝部屋という風情の部屋で、色々うっちゃりながらマスターはだらしない笑みを浮かべた。

　確かに損ではない、損では。コストが重すぎるだけで。

　しかし、マスターは私を大人しくさせる意味で一つの交換手段を持ち出してもいた。これが対価をして苦行でしかないあの時間を受け容《い》れる一番の決め手だったとも言えよう。

　なにせ、禁書庫とされる最深層書架から本を見繕ってやる、なんて言われたらね。

これで私はライゼニッツ卿のおかげで、基本的な魔法の知識を好きに仕入れることができ、アグリッピナ氏からは極めて高等な魔法の知啓を受け取れるようになった。

いわば、TRPGの魔法に関する要素をコンプリートしたに等しい。

制度的にそれは問題にならないのか？　と不思議ではあるが、この国は君主制で彼女は権力を握った研究者だ。無理を通す豪腕に自信があるからこそ、斯様《かよう》な無体に近い提案をしてくれたのだろう。

それもきっと、今日みたいに私を使って何かしようと目論《もくろ》んでいるからに違いなかろうが、些《いささ》かの不安は覚えども致し方なし。古来より聖典《ルルブ》は非常に高価――薄いのに平然と三千円を超える――だったのだから。

これでようやっとパワープレイの準備が整った。待ち望んだ本領発揮の時間である。

魔導院故に魔法の知識が求めやすくなると期待し、疎《おろそ》かには使えぬぞと考えて貯蓄し続けてきたヘルガから貰った熟練度の封を切る時が来た。やはり、データマンチとして本気を出すにはサプリを揃《そろ》えないといけないからな。

最低限のルルブで強キャラを作るのも楽しいさ。だが、出ているサプリは〝使うことを想定して〟印刷されている以上、ルールの枠組で見れば合法。なればこそ、それを使い倒し行けるところまで行ってこそのデータマンチではなかろうか？

一つのＰＣ《プレイヤーキャラクター》に注《つ》ぎ込める経験点は有限で、それは私が生涯で稼ぐ熟練度も同じこと。それなら、割り振れる先が多くなるサプリメントを見てから本腰を入れるのは当然だろう。

いや、お前つまみ食いし過ぎという突っ込みを喰《く》らったなら、甘んじて受け入れるけれども……ほら、これは全部必要経費だから。鬼ごっこでも負けたら悔しいから。

何はともあれ、これで私は一つの節目を迎える訳だ。強力な冒険者としてのビルドを見極める、マンチとして大きな節目に。

あとは舐《な》めるように膨大なデータを読み尽くし、可能な限り安価かつ最小限の取得で最大効率を発揮し、事故も少ないコンボを見出《みいだ》すばかり。

いやぁ、実に楽しみだった。今だけは、待ち受ける試練《コスプレのバイト》が安い出費に思えるくらいに。

「なんかニヤニヤしてて気持ち悪いわね……ま、いいわ、はいこれ」

楽しみで笑っていると心ない罵倒が飛んできたが、それくらいで損なわれる程度の上機嫌さではないので気にならなかった。新しいサプリを抱え、キャラを強化できるとワクワクしているＰＬ《プレイヤー》にとって、多少の嫌味などあってなきに等しい。

私は罵倒と一緒に飛んできた物を受け取る。それは一本の鍵であった。

「ちょっと手を回して、下町の方に家を手配しといたから」

「え？　家ですか？　丁稚は住み込みなのでは？」

「ここ、研究者向けの空間だから私の私的スペースや居間に工房あと倉庫……んで、弟子向けの空き部屋が一個しかないのよ。丁稚や使用人を居住させられるのは、規則で教授になってからって決まってるし……何より狭いわよ」

散々規則をねじ曲げといて今更……？　と呆《ほう》ける私を置いてけぼりにして、だから寝起きはそこでよろしく、との投げやりな言葉と共に鍵の上に蝶《ちょう》がとまった。

ただの蝶ではない。一枚の紙を複雑に折り込んで作り上げた、真っ白な蝶だった。いや、これシンプルに凄《すご》いな、どうやって作ったんだ？

導くように蝶は飛び立ち、昇降機の方へ向かっていく。着いてこいと言いたげな姿は、なるほどこれが〝地図〟なのか。

「まだ弟子用の部屋に家具は運び込んでないし、もうそこで寝かしちゃいなさいな。安宿の寝台よりは寝心地はいいでしょうしね。毛布ならそこら辺のタンスを漁《あさ》れば出てくるでしょう」

エリザを置いて行くことに一抹の不安を感じながらも、私は彼女の寝仕度を整えると工房を後にした。旅の荷解《にほど》きや夕餉《ゆうげ》の支度に対して問うてみても、不要だと言われたので自分で手配してしまったのだろうか。

主人から下がれと言われて下がらぬ訳にもいかぬ故、私は蝶の導きに従って自身の下宿を訪ねるべく帝都を行く。

この時代の夜、といえば基本は月明かりと星々が投げかける淡い光くらいしか頼りがなく、懐かしのケーニヒスシュトゥール荘《しょう》においてはカンテラかランプがなければ夜道を歩くのは荘内であっても危険だった。

しかし、帝都は日が暮れて尚《なお》も煌々《こうこう》と明るい。家々から漏れる灯《あか》りや、等間隔で立ち並ぶ魔法によって発光する街灯群のおかげで、普通に前世を思い出すような風情だ。

あの街灯は中に魔晶を弄《いじ》った発光器具が納められており、毎日魔導院の御用板につけて回る依頼が張り出されている。値段的には一つ五アスの計算で、通り一つを灯《とも》せば結構な稼ぎになるらしく服屋に行く前に聴講生達――質素な格好ばかりだった――が御用板に群がっているのを確認していた。

そして、灯りが灯っているのを幸いとばかりにその下で商売をする者もいる。三重帝国人は基本的に朝食と夕食は軽く済ませ、午後に備えて昼食をガッツリ食べる傾向にあるのだが、常時なんか食ってないと保《も》たない燃費が悪い種族向け、或《ある》いは日が落ちてから動き出す種族をターゲットとした屋台が夜中でも普通に商売をしているのだ。

今も鼠人《スチュアーツ》のカップルが、腸詰《ヴルスト》めを茹《ゆ》であげた簡素な食事を大量に買い込んでいった。香草が練り込まれた三重帝国においてメジャーなそれは、恐らく豚肉の腸詰《ヴルスト》めだろう。それを豚鬼《オーク》が茹でている、という姿はなんというか、大丈夫なの？　と聞きたくなった。

「どうだい、そこのお若いの！　ひもじいまま寝るのは辛《つら》いよ！　お安くしとくよ!!」

恰幅《かっぷく》がヒト種《メンシュ》なら病気以外の何物でもないレベルに豊かな、しかし健康そうな肌色の豚鬼《オーク》がたっぷりの洋辛子《マスタード》を見せ付ける商売文句に私は易々《やすやす》と釣られてしまった。いや、恰幅がいい人が何か作ってると、普通より美味《おい》しそうに見えるじゃない。

「おいくらですか」

「一本一〇アス、三本で二五アスにまけとくよ」

わぉ、流石《さすが》都会価格、地方の酒房で頼んだら半値以下だし、一〇アスといったら一本で木賃宿に泊まれるではないか。とはいえ、きちんと看板に価格を書いていてボッていないことは確かなので、私は茹でられる腸詰め《ヴルスト》の誘惑に屈することにした。

今日はとみに疲れたからな。体をいたわって燃料を入れねば明日からのお勤めに支障を来す。体調を管理し、いつでも十全に働けるよう状態を維持するのも社会人の仕事の一つ。

「三本いただけますか？　洋辛子はたっぷりで。玉菜の塩漬け《ザワークラウト》とかありますか？」

「勿論《もちろん》！　けどお若いの、お皿はないのかい？　皿がないと入れ物代で五アス貰うよ」

良い具合に茹であがり、ほこほこ湯気を立てる腸詰め《ヴルスト》を諦めたくないので追加出費に一瞬逡巡《しゅんじゅん》したが、別にわざわざ買わなくても良いことに気付いた。私には熱さもへったくれもない、見えないお皿がついているのだから。

「いえ、大丈夫です」

「おっ、魔法使いか」

ふわりと〈見えざる手〉で腸詰め《ヴルスト》を摑《つか》み上げ、〝二本目の手〟で蓋をする。本当にいい買い物だ。これが六本目までは同じ値段で習得できるのだから、先の探索でも大活躍したし、日常生活でも役に立つとなればコストパフォーマンスの高さは計り知れないな。

宙に浮く腸詰め《ヴルスト》という奇妙な相棒と折り紙の蝶を連れて、魔導区画にまでやってきた。この辺りには聴講生向けの安い下宿や木賃宿も建ち並んでおり、魔導院に住めない身分の人間が集まることから下町と呼ばれるそうだ。

そんな町で蝶が私を導いた先は、建物と建物の狭間《はざま》に造られたこぢんまりとした一軒家であった。

豪勢だなと見上げていると、蝶はお仕事終わり、とばかりに何処《どこ》かへと羽ばたいていく。

丸みを増しつつある黒い月へ向かって飛ぶ様は、白い体と相まって恐ろしく美しかった。

ああ、また朔《さく》の月か。何時《いつ》だって大変なことが起こった日は、あれが私を見下ろしているな。前世からの因果なのかもしれないなぁ。

さて、明日からも大変そうだが、頑張るとしよう。

とりあえず今は、温かい腸詰め《ヴルスト》があるから頑張れるさ………。


【Tips】帝都は良くも悪くも〝政治用かつ外交用〟の都市である。そして、魔導師《マギア》達《たち》の間でも政治は欠かせない要素なのだ。

少年期
十二歳の盛夏

パーティー
【Party】

　冒険者の集団、狭義におけるプレイヤーの集まり。TRPGにおいては面子は構造上固定されており、シナリオによってはサポート役や導入役のゲストNPCが加わることもある。
　TRPGにおける良きも悪しきもを決める最重要の要素。どのような困難なシナリオでもパーティーに恵まれれば、全ては思い出深い旅路に変わる。ひいては悲劇にも通じるが……。

丁稚《でっち》の朝は早い。

何かのドキュメンタリーみたいな出だしだが実際早い。農家のスタイルに合わせた脳内時計に従って起きれば、快適な寝床の外は未《いま》だ薄暗かった。

アグリッピナ氏が手配してくれた家は、家々の狭間にねじ込まれたようなこぢんまりとした二階建ての趣のある古民家であった。長い間手直しされながら残り続けた古い建物であるらしく、周囲の建物と比べると年経て居ることが建材より窺《うかが》える。

しかし家の中は存外綺麗《きれい》なもので、前の住人の荷物がそのままだったため片付けが手間なれど物が足りず不便することもなかった。

まぁ、何よりも、前の家人を追い出した存在が友好的に振る舞ってくれているから、下手すると実家にいた頃より快適なのだ。

いつも目覚める時間より少し経《た》ち、まだ眠いと寝床で丸まっていると肩が優しく揺すられた。ついでに頬が冷たい指で突《つつ》かれる感覚がしたので、仕方が無いと目を開く。

されど、二階の寝室に人の気配は無く、間抜けにあくびを溢《こぼ》す私だけがいる。

だのに、そこには朝の着替えと顔を洗う水桶《みずおけ》が用意されていた。ご丁寧なことに水桶の中は冷たすぎず温《ぬる》すぎぬ丁度良い温度に整えてあり、タオルまで添えてあるではないか。

「ありがとう、お嬢《フラウ》さん」

私は姿が見えない彼女に礼を言い、有り難く使わせて貰《もら》う。良い香りがする薬草を浮かべた水などという気の利いた朝仕度の準備は、当然私が寝る前に整えたものではない。

そう、この家には家事妖精《シルキー》が憑《つ》いているのだ。

家事妖精《シルキー》は少女の姿をした妖精《アールヴ》とも精霊とも、力が弱い善性の幽霊《ガイスト》だとも言われている。彼女達は総じて家に憑き、家人の代わりに家事をする、或いは悪戯《いたずら》をするささやかな同居人だ。勤勉な家人には手助けを、気にくわない家人は怖がらせて追い出すこともある実に妖精《アールヴ》らしい存在。

最初、訪れた時にちらっと見えた灰色の寡婦装束を纏《まと》った彼女は、きっと以前からここに憑いていたのだろう。そして、残された統一感のない荷物を見るに、何人も気に入らない家人を追い出していたと思われる。

家事妖精《シルキー》とは、そういった側面を持つ妖精《アールヴ》でもあるからだ。勤勉な家人には祝福を、怠惰で邪悪な家人は憑いた家に相応《ふさわ》しくないとして懲罰を。決して都合がいいだけの存在でない彼女は、いわば西洋版座敷童《ざしきわらし》といったところであろうか。

それにしても、この時代では一財産である寝台や食器さえ捨てさせる勢いで、魔導区に住まう魔導師《マギア》や魔法使いを追い出すとは凄《すさ》まじい傑物だね。

最初は「今度は事故物件摑ましやがった!?」と憤ったものだが、幸いにも私は嫌われなかったらしく、こうやって毎日甲斐甲斐《かいがい》しく働いて貰っている訳である。貴種もかくやの丁重なおもてなしに毎日頭が下がる思いだ。

トラブルの種にしかならなかった金髪碧眼《へきがん》もたまには役に立つな。

ただ、家事妖精《シルキー》とは気軽に絡んでくる名も無い妖精《アールヴ》達とは違い、随分と奥ゆかしい存在らしく、最初の一回を除いて時折視界の端っこに捉える程度でしか彼女を見たことがない。ましてや声など一度も聞いたことがないくらいだから、名前さえ知らないのだ。

しかし、それでは不便であるため、勝手に〝灰の乙女《グラウ・フラウ》〟と呼ばせて貰っている。今のところ苦情はでていないので、不快に思われてはいないのかな。

さて、着替えて朝食を頂くとしようと思い平服を手に取れば、ほつれていた裾の部分が丁寧に補修されているではないか。故郷より持ってきた作業用の古着も、平素であれば気にしない所まで直してくれる心遣いが実に心憎い。

ただまぁ、一つ注文をつけるとすれば……このお花畑の刺繍《ししゅう》は男の自分に似合わないので勘弁していただきたいが。これが一つの〝いたずら〟なのか、ちょっと判断が難しいところである。

いや、うん、この間の猫ちゃんよりはマシだな。ワンポイントに収まっているのだから決して文句は言うまい。そっと感謝して、私は修繕された服に着替えて身繕いを終えた。

体重移動に気をつけねば酷《ひど》く軋《きし》む階段を無音で降りれば、ささやかな台所からは竈《かまど》の燻《くすぶ》る匂いが漂ってくる。見れば、テーブルに朝食の用意が調えられているではないか。

薄く切ったライ麦のパンは見慣れた物だが、目玉焼きと白インゲン豆の煮物はこの辺りだと珍しいメニューだ。帝国人とは顔付きが異なり、頬が深い北方離島圏の面々が酒房で作っている物とよく似ていた。

一緒に並ぶ黒茶も皿の上の食事も、正にこの瞬間に焼き上がったように熱々だ。

「うん……おいしい。最高だね」

大事なのはきちんと美味しいと感想を告げること。好意で進んでやっていることにしても、相手が当然のように受け取り始めたら気分が悪いことこの上ないからな。

私はアグリッピナ氏から聞かされた妖精《アールヴ》諸般の出来事と経験則から、彼女達との関係と付き合いを誤ることだけは絶対にしないよう細心の注意を払い続けていた。

「灰の乙女《グラウ・フラウ》の深い好意と、美味しい朝食に感謝を」

食べた命への感謝の後、こっそりと家事妖精《シルキー》への感謝を添えておく。彼女の由縁が如何《いか》なるものか知りもしないが、好意には好意で返すのが基本だから。やり過ぎると薄暮の丘でフォークダンスに連行だから、限度は測らねばならないけれども。

忘れぬように出がけに昨夜の内に持って帰ってきていたクリームを一杯カップに入れて暖炉脇に備えておく。貴種の従卒も顔負けの奉仕を提供してくれる彼女には申し訳なくなるほど細やかな代価であるが、これが家事妖精《シルキー》の求めるものだとウルスラから教えられたので仕方がない。

妖精《アールヴ》との付き合いの難しさは、この辺りにも色濃く表れる。我々の価値観でよかれと思ってしたことが、侮辱になることもあるから。

大仰なお礼やお土産は厳禁。お礼を小さく呟《つぶや》き、牛乳かクリームをカップに一杯、それが礼儀であるなら、私の感情よりもそちらを優先するばかり。

ただ、甘い物が好きらしい——甘みが強いクリームの減りが早かった——彼女のため、

〝うっかり置き忘れた〟という体でテーブルの上にお菓子を残していったりはするけどね。

そうすれば、大目に見てくれたのか、悪戯の一環として〝勝手に食べて〟くれるから。

美味しい朝食をゆっくり堪能した後、私は魔導院へと向かった。走って一〇分ほどの道行きは、朝のウォーミングアップには丁度良い。

初夏の心地好《よ》い空気と、早く顔を出す太陽の朗らかな光を浴びながら走れば、町の辻《つじ》を歩き回る聴講生達が見えた。揃《そろ》って窓に向かって何か投げたり、魔法をかけている所を見るに目覚ましのバイトをしているのだろう。ノッカーとも呼ばれる彼等《ら》は、目覚まし時計がないこの時代、寝穢《いぎたな》い町人達に規則正しい朝を伝える重要な役目を担っているのだ。

窓が叩《たた》かれる小気味の良い音を聞きながら魔導院に辿《たど》り着く。朝から気合いの入った聴講生や、暇そうに散歩に出かける教授の横を通り過ぎ厩《うまや》に向かった。

そこには魔導師《マギア》達の騎獣が飼われており、職員として雇用された馬丁達が朝から忙しく駆け回っている。因《ちな》みに彼等は魔法使いでもなんでもない普通の人間だから、危険な魔獣――魔種と同じ要素を持つ原生魔法動物――はここに飼われていない。まぁ、見事な一角馬が繋《つな》がれているので、その棲《す》み分けも大雑把なのだが。

どこの教授に飼われているのか知らないが、あの野郎私に喧嘩《けんか》を売ってくるのだ。近くを通る度に髪を噛《か》んでこようとしやがるとは実に太い野郎である。いつか飼い主が分かったら文句言ってやる。

挨拶を交わし馴染《なじ》んできた馬丁に交じって、私はアグリッピナ氏の馬車を牽《ひ》いていた二頭の黒馬の世話をした。

　実は彼等、ちゃんとした軍馬品種の牡馬《ぼば》で、アグリッピナ氏が魔法で出した物ではない。曰《いわ》く、金で買える物なら金で買った方が手間がない、とのことである。普段死ぬほど下らないことにえげつないほど高位の魔法を使うヤツがどの口で、とは思っても言ってはいけないのだろう。

　飼い葉と水を大量に運び込み、馬房の中に〈清払〉の魔法をかけて敷き藁《わら》を入れ替える。そして、私では背中に届かないほど立派な体軀《たいく》を自分の手でブラッシングしてやる。こうすると大変ご機嫌になってくれるので、私は〝手〟を踏み台としてだけ使い、丁寧に扱ってやることにしていた。

　そりゃあ三ヶ月も旅をすれば愛着も湧くさ。冒険の旅には馬も付きものだし、実家で輓《ばん》馬《ば》のホルターの世話もしていたから馬との繋がりが深い方なのだ。

　私は彼等に密《ひそ》かに名前を付けていた。というのも、アグリッピナ氏がそういうのにとんと無頓着で〝馬〟としか呼ばないから、流石《さすが》に可哀想《かわいそう》になったのである。

　血統的に父母を同じにするということで、双子の英雄に肖《あやか》って私は彼等をカストルとポリュデウケスと名付けた。ちょっと原典からして不穏なところもあるけれど、兄弟仲良くずっと一緒という意味では悪くなかろうと思うし、その勇ましい名前を二頭はきちんと受け容《い》れ、呼んだら機嫌良さそうに返事してくれるのでよしとしよう。

「あー、またか……」

首と鬣《たてがみ》を梳《くしけず》ってやろうとしたところ、鬣が見事すぎる細かな三つ編みの群れと化しているのが分かった。というのも、近所の妖精共《アールヴ》が二頭を〝私の馬〟と認識したのか、悪戯のターゲットに選び始めたのだ。こうなると見た目は見事なのだが、解いてやるのが面倒で面倒で仕方ないのである。多分、手を総動員しても一頭あたり半時間はとられるな。

「お前も誇らしそうにしてないで、抵抗してくれよ」

ま、当の本人は誇らしそうに「おしゃれだろ？」とでも言いたげな顔をしているので、強く出る気はないのだがね……。私も手の複雑な使用で熟練度が稼げると思って自分を納得させるさ。

カストルとポリュデウケスの世話を終え、ついでに他の馬房と馬油だの馬糞《ばふん》だので汚れた馬丁達《たち》に〈清払〉をかけて回り小遣い稼ぎをする。一人当たり二アスで請け負っている小銭稼ぎだが、これが大好評を博しておりいつの間にか終わる頃には列ができるほどの人気になっている。

誰だって汗まみれで馬糞の臭いをさせながら次の仕事にかかりたくはないからな。小銭で気持ちよく次の仕事にかかれるなら安い物さね。

私にしてもかける人数が多いので稼ぎとしても熟練度の蓄えにしても大した儲《もう》けになっている上、関係各所での立場が良くなると一石三鳥だ。

何処《どこ》にいたって名誉点を稼いで損することはないしね。ただし潜入任務を除くが。

奢《おご》ってもらった冷えた水で一息つけ、昇降機でアグリッピナ氏の工房へ。玄関脇でこっそりお仕着せのダブレットに着替えて居間に入れば、驚異的な速さで反応したエリザが胸に突っ込んで来た。

「兄様！」

「こらこら、危ないから飛びながら抱きついちゃ駄目だと言っただろう？」

荘《しょう》を出た頃に比べれば格段に滑舌が良くなったエリザが、首に絡みつくように宙を舞いながら飛びついてくるのを受け止める。結構な勢いなので、しっかり床を踏みしめ〝手〟で体の各所を押さえる必要があった。

「だって、だって……」

「仕方ない甘えただな、まったく」

困ったようなフリをしつつ嬉《うれ》しさ全開で妹を構うも、館での一件以降エリザの学習速度は驚くほど速まったとマスターは嬉しそうに仰《おっしゃ》っていた。

多少無理すれば二人詰められなくもない弟子の部屋に私を住まわせず、態々《わざわざ》家賃を払ってまで下町に詰め込んだ理由もそれだろう。

エリザは妹だ。そして、半妖精、つまり生物としての〝相〟が生きている概念や魔法に等しい物。それ故、概念として〝妹〟と〝娘〟という立場を何より大事にしているのだと分かる。

彼女は心の深い所で願っているのだ。可愛《かわい》い妹でありたいと、家族の皆から愛されるお姫様でいたいと。それはヒトの営みに憧れ、その胎に宿る妖精《アールヴ》として自然な思考のはず。

だから彼女は、私がずっと側《そば》にいたが故に学びが遅かったのだ。未熟で、弱くて、頼りない方が庇護《ひご》の対象として愛して貰《もら》えるから。妹としては、その方が可愛らしいから。そうあり続けるため、妖精《アールヴ》としての何処かが知性の発達を引っ張っていたのだ。

ただ、田舎の荘で小さなヒト種《メンシュ》の子供として生きるのならばよいが、魔法の膨大な才能を秘めた人類として、その生き方ではいけなかったのだ。なればこそ、我々は親元から離れて此処《ここ》にいる。

そして、マスターはそれを見抜いていたに違いない。

私から引き離され、また一緒に暮らしたいなら一人前にならねばならない、そう発破をかけた後は凄《すご》かったとマスターは語る。それこそ、今まで何度やっても覚えきれなかったマナー本を一日で諳記《あんき》し、達者にスプーンを操って音を立てずスープを飲めるようになるほどの成長速度だそうだ。夜中にぐずることもなくなり、一人で手洗いにもいけるようになったそうな。

今や彼女は宮廷語を私的に解釈すると〈手習〉《スケールII》レベルで習得しつつあった。数年の内には、正式に聴講生として魔導院の講義に出るようになるだろうとマスターは評価する。

妹が自立の一歩を踏み出したのが嬉しいような、寂しいような。それでも、まだ懐いてくれていることもあって、ついつい構い過ぎるのが私の悪い癖だな。この可愛がりが彼女の足を引っ張っていたという事実を知れば、止《や》めるべきだと分かっているのに。

しばしエリザと戯れつつ、何をお勉強したのかな？　と聞くことで復習を促してやる。

先週は辿々《たどたど》しかった思い出しつつの話も、たった一週間で〝相手が分かりやすいよう〟頭の中で整理して話せるようになったのだから、やっぱり家《うち》の子は天才だったのでは？　これは将来、偉大な教授様として歴史に名を残す可能性は極めて高そうだ。

「それでね、兄様。初代皇帝様のお話がすごかったの。何とね、皇帝様は最初、小国の王弟様の末息子だったんだって」

彼女が語る内容から察するに、昨日は歴史の講義をして貰ったようだ。魔導師《マギア》にはそこまで必要ない知識と思われがちだが、魔法は歴史に求められて発展してきた経緯がある。

そも、魔導院自体が時の為政者、今エリザが楽しそうに身振り手振りを交えながら話している〝開闢《かいびゃく》帝リヒャルト〟によって作られたのだから、官僚めいた仕事もしている魔導師《マギア》であれば歴史を知るのは必須であろう。

何故《なぜ》にこの魔法が作られ、どう求められて改良されたかの〝道筋〟が分からなければ、将来に繋がる魔導師《マギア》にはなれない。評価される魔法や魔術の技術を読んで研究していくことは出世の評価に欠かせないし、社交界に顔を出す必要性もあるとなればお偉い方々と話す時に絶対必要になってくる。

それに公文書には何故か歴史的な引用がついて回る上、現場を見てきたヤツが生きてて関わってくるともなれば、変な所で地雷を踏まないよう力も入れたくなるよな……。

それこそ、下手に歴史上の登場人物を比喩にしたところ「そいつ俺の政敵だったんだけど？　知ってて褒めてんの？」とか「遠縁だけど親戚なんですが？　私の前で彼を貶《けな》すとはどういうおつもりで？」とブチギレられた日にゃあもう……。

アホみたいな嘘《うそ》で戦争が起こることもあるのだから、歴史ともなれば諍《いさか》いの種になるのは当たり前。我が優秀な妹は着々と貴種としての下積みができているようでなによりだ。

楽しげに首にぶら下がったまま開闢帝リヒャルトの逸話を教えてくれる――私も知っているけれど、大人しく聞いてやるのも兄貴の嗜《たしな》み――エリザに相槌《あいづち》を打ちながら簡単な朝《あさ》餉《げ》の支度を調えた。

支度といっても、既に届いていたものを並べただけに過ぎないが。

インドアな趣味や仕事を持っていたなら分かると思うが、時に人は熱中すれば寝食を忘れることはよくある。ヒト種《メンシュ》でさえ食事を最低限の簡素な物とし、風呂にも入らず、便所に行く手間さえ惜しんでペットボトルに用を足すのだから、元より寝食がさして必要ではない種族や、魔法で代替できる連中がどうなるかは分かりきっているだろう？

極まった魔導師《マギア》が工房に籠もるのはカタツムリが殻を背負うのと変わらぬほど染みついた習性といえる。そのため鴉《クレーエスシャンツェ》の巣に設けられた個人工房には、届け物をする専用の小さな昇降機が台所に備えられている。

そして、そこへ物臭な魔導師《マギア》共の腹を満たすため、御用聞きとして張り付く料理店より食事の配達がされるのだ。アグリッピナ氏が自分で用意する訳もなく、私も簡素な野営料理を作る技能しかないため到着以来お世話になりっぱなしである。

それにエリザも貴族の食事に慣れ、テーブルマナーを無意識の領域にまで染み込ませねばならないため、教材としても貴族の食事はどうしても必要だからね。

「大人しく座っててね」

「はぁい」

まだ語り足りないと言いたげなエリザを居間に残し、工房のドアをノックする。

返事はない。再度ノックを繰り返せば、等閑《なおざり》な返事がやっと返ってきた。

「失礼いたします」

「ええ、おはよう、ご苦労様」

温室にしか見えぬ工房へ足を踏み入れれば、中央に据えられたハンモックで雇用主が転がっている。しかも目に悪いことに薄い夜着さえ脱ぎ散らかした状態で。大方締め付けられるのが嫌で脱ぎ散らかしたんでしょうが、人間性がドブみたいだと分かっていても目に悪いんで止めて貰えませんかね。

しかも、よくよく観察すれば昨日帰った時から本以外の物の配置が全く変わっていない。昨日も一日……いや、もうかれこれ二週間以上、あのハンモックから一歩も降りず過ごしているのだ。ここまで無精ができる生物が他にこの世に存在するのだろうか。寝床で惰眠を貪る竜でも、もうちょっと動いていると思うぞ。

「マスター、朝餉の支度が調っております」

「んー……今日はいいわ。黒茶だけちょうだいな」

今日はじゃなくて今日もだろと思いつつも、おくびにも出さず恭しく頭を垂れて茶を用意する。アグリッピナ氏は工房に戻って以来、食事は昼に気が向いた時食べるだけで、殆《ほとん》どを茶と煙草《たばこ》の煙だけで過ごしている。昔の金のない学生のようだが、こちらは金があっても食うのが面倒臭いから食わないとなれば、度し難さはより高まっているな。

「……ちょっと苦いわね。抽出時間が長過ぎたようね」

「申し訳ございません。精進致します」

用意した茶をハンモック脇の机に置けば、彼女は本から目線を移すことなく〈見えざる手〉でカップを取り上げて一口飲んで苦情と改善点を告げた。ううむ、やはり簡易的な調理のスキルではなく、きちんとしたスキルを取得すべきか……。

田舎から出てきて半年経《た》たない丁稚《でっち》が貴種を唸《うな》らせる茶を然《そ》う然《そ》う煎れられる訳もないので、アグリッピナ氏も拘《こだわ》っている様子はないのだが、やはり饗《きょう》する側としては満足して貰いたいと思ってしまう。

なにより、私の労働の価値が高まれば、それだけ早くエリザの学費も貯《た》まるのだから。

暫《しば》し熟練度の使い道の一つを考えながら、散らばった本を整理し――積み方で読んだか読んでないかは大体分かるようになった――エリザが使う文机《ふづくえ》と椅子を用意した。こうやってハンモックで寝ている師の前に机を並べ、教えを請うのがいつものスタイルである。尚《なお》、その際も全く内容に関係が無い本を読み続けていられるのは流石《さすが》というべきか。

「ああ、食事は食べてっていいわよ」

有り難いんだか有り難くないんだか判別し難い下げ渡しを受け取り、私はそっと工房を後にした。そして一緒に食事が食べられると喜ぶエリザの天使度合いに精神力を回復させつつ、次の仕事の準備をする。

美味《おい》しい食事と得難い同居人。そして幸せなエリザのおかげで、忙しいながらも丁稚としての日々は思ったよりも充実していた…………。

【Tips】帝都には魔導院の工房に引きこもる、もとい忙しい研究者や教授をターゲットとした料理店の職員が常駐しており、毎日注文に従って近くの店から貴族も唸る料理を配達している。比較的簡素で作業中も食べやすいものから、コースを揃《そろ》えた正式な晩餐《ばんさん》も用意できるため三食をこの店で賄う者は多い。言うまでもなくアグリッピナはこの店の重要顧客《ヘビーユーザー》である。

朝のお勤めの後、私はプラプラと受付のホールを歩いていた。最近は顔と名前を覚えられてきたのか、時折挨拶してくれる人がいるのが嬉しい。

人気の少ないホールの片隅、空いた来客向けの椅子に腰掛けて暇を潰す。聴講生達が講義などでやってくるラッシュは過ぎているここで待つ理由は一つだ。

紙束を持った職員がやってくる。彼女の行き先は、そう、御用板《クエストボード》であった。

魔法で用紙が手早く貼り付けられていく様は、数多《あまた》読み漁《あさ》り、何度となく耽溺《たんでき》した物語の中で繰り広げられた行為。この中に潜り込んで、目当ての依頼を取りやすくするというロールのためだけに窃盗技能を取るヤツとかいたな。GM《ゲームマスター》によっては、ここで行為判定振らせてセッションの難易度を決めたりして、サイコロの出目に一喜一憂したのを覚えている。

ここに集い、仕事を得ようとする者達《たち》も、そんな気分を楽しんでいるのだろう。職員が最後の一枚を貼り終え、出来映えに納得して立ち去るのを見届けると、私は直《す》ぐに御用板へ……向かわなかった。

同じように待っていた、正規の聴講生諸氏がいらっしゃるからだ。

私の立場は、これでいて相当微妙なものである。二〇年以上も巡検に出ていた長命種《メトシェラ》研究者の丁稚であり、その弟子の兄にして、学閥の長が猫かわいがりするお気に入りの一人とくれば風当たりが変な具合になるのは想像に難くない。

あまりの意味不明な存在具合に真っ当な聴講生諸氏であれば、反感の一つも覚えようもの。本来学生でなければ使えない御用板を使う権利を与えられている上、割の良い仕事を浅ましく漁っていけば必ず何らかの反目を得てしまう。

そんな中で排斥されず、和を保って生きて行くのには気を遣うもの。本来、彼等《ら》の生活を助けるために産まれた制度に対し、外様《とざま》の私ががっつくのは風聞にもよくあるまい。

確かに権力者がバックにいるのを良いことに無茶苦茶する、あるいは力をひけらかして一時的に黙らせるのは簡単だが、そういうのは小物の仕事だ。往々にして斯様《かよう》な阿呆《あほう》はシナリオの半ばくらいにPC《プレイヤーキャラクター》達に良いように利用されるか、後半に憂さ晴らしでぶっ殺されることになるのだから、お約束《テンプレート》を分かっている私は自重するとも。

GM《ゲームマスター》として数多のチンピラ、悪党を用意して演じてきたけれど、それらは最終的に気持ちよく討ち果たされるべく配置しただけに過ぎず、別に好きでPC《プレイヤーキャラクター》達に嫌がらせしていた訳じゃないからな。

それに雑貨屋の息子みたいな嫌味なヤツが現れて、虐《いじ》められた訳でもないのに子供と張り合うのもアホらしいことこの上ない。中身は大人なのだから、後ろの方から頑張ってるなと眺めるのが正解だと思う次第である。

ま、実際に絡んできたら、流石に〝社会勉強〟をして貰うことになるが。

「やぁ、エーリヒ、いい朝だな」

しかし、こういう絡みなら歓迎だがね。

「ああ、ミカか。おはよう、いい朝だな。講義はいいのかい？」

気軽に返せば――謙《へりくだ》った態度は止めてくれ、と二回目に会った時に言われたのだ――彼は自然に私の隣に腰掛け、教授は昨今晩餐会で人気らしくてね、と爽やかに笑う。

所作や口調がイケメン過ぎて、この世界に〝主人公〟がいるのなら彼なのでは？　と最近思うようになってきた。もしくは乙女ゲーの対象として攻略される側かもしれない。

ただ、流石に「君性別どっち？」と無粋な質問をすることができず、ずるずると今まで来てしまったせいで、未《いま》だに確信できていないのだけれども。

「なるほど、教授は晩餐会で〝知見〟を得てしまわれたと」

「ああ、きっと今頃新しい地平を見ていることだろう。シーツの海に溺れながら」

知見を得る、とは官僚として晩餐会《えんかい》や食事会《のみかい》に出ることが多い教授が宿酔《ふつかよい》でぶっ倒れることに対する宮廷語的な言い回しだ。お酒を召してお倒れになるなんて、三重帝国の貴種ならばあり得まい、きっと素晴らしいアイデアが湧いて手が離せないのだ……と、誰かが半笑いで言い出し、慣用句化していったのだろう。こういう皮肉が効いたユーモア、私は大好きだよ。

「さて、ぼちぼち空《す》いたかね。参ろうか？　エーリヒ殿」

「ああ、参ろうミカ殿、今日も糧を得に」

二人して格好付けて言って、一瞬の後にくすくす笑いながら立ち上がった。どちらから始めたかは忘れたが、こうやって遊ぶのが最近のお約束になりつつあった。

たまのお休み、私も彼も吟遊詩人の詩が好きなので、広場で講演している詩人の詩を聴きに行ったことがある。その後、感想で盛り上がったのが始まりだったはずだ。どこの世界でも学のある人は引用がお好きという法則は変わらないらしく、以後事あるごとに〝それっぽい〟発言を交わして遊ぶようになった。

さて、私は楽しいのだけど、一〇年くらいした頃に彼がふと思い出し、枕に八つ当たりしなければいいのだが。

「……お、薬草採取の依頼があるな。わざわざ野生の物を指名する理由はなんだろうか」

「ふむ？　富栄養化しすぎた土地で育った薬草を使うと、効果が変わると聞いたことがあるからかもしれないね。それよりエーリヒ、これはどうだい？　簡単なお遣いだが……」

「すまない、できれば日帰りで終わらせたいんだ。朝と夜のお勤めがある」

「ああ、確かにこれは些《いささ》か遠いか。なら、その薬草採りにしないか？　僕も近々薬草学の講義を取ろうと思っていてね」

　是非ご指導いただきたい、そう芝居めいた言い回しと仕草でなされる提案に私は乗った。これもまた遊びの一環だ。彼はハインツ兄と違い、濁流の河を渡る勇者のため魔法で橋を渡した魔法使いに感銘を受けていたので、発言はよりキザな方に振れる傾向がある。

　大変似合っているので全然構わないのだがね。ただ、君はそれご婦人に対して気軽にやらない方が良いぞとその内に警告しておかねばなるまい。イケメンがやると〝多義的な勘違い〟を引き起こしかねないからね。

「えーと、茴香《フェネル》、苦蓬《ニガヨモギ》……洋茴香《アニス》と忍冬《スイカズラ》……？」

「……これは魔法薬というよりも、薬草酒《リキユール》でも造るのかな？　一緒に番紅花《サフラン》でも差し入れるかい？」

「それは洒落《しやれ》てるが……いや、この大飛燕草《デルフイニウム》は毒草だ。オマケに鳥兜《アコニツム》なんて漬けてみろ。坑道種《ドウエルク》でも泡を吹いて倒れるぞ」

　リストを引っぺがし、根まで含めて綺麗《きれい》に採取すればそれぞれ幾ら、という内容を一緒に見つつ、依頼の目的を想像して遊ぶ。帝都周辺の森林で採取できる薬草揃《ぞろ》いであるが、その面々から用途を推察することはできなかった。単に必要になりそうな物を片っ端から挙げているだけやもしれないが、考えるだけで楽しいし学びになるのだ。

色々な薬草酒や薬の名前を出し合いながら、私達は厩舎《きゅうしゃ》に向かった。

帝都は政治的に良好とされる地を切り開いて造った都市であり、市壁の外は僅かな耕作地帯と数キロの空隙地を除いて森林が広がっている。これは寄せて来る敵が大規模な陣を敷き辛《づら》くするための施策らしく、その多くが保護森林として伐採を禁じられ生きたまま管理されていた。

ただし、禁じられているのは伐採だけということもあり、魔導師《マギア》達はこれ幸いと色々な地方から有用な薬草を引っ張ってきて繁茂させたという。今より薬草園を効率的かつ安価《ローコスト》に造営する能力がなかったため、彼等は空いた所に繁殖させることで本拠から離れた地でも安定して材料を確保しようとして努力したのだ。

その結果もあって、今も保護森林の中では様々な薬草が息づいている。偉大な魔導師《マギア》達が環境を調整し、行使した魔法の数々が今も働いているから本来の生息地から離れても尚多様な薬草が採れると、この森の存在を教えてくれたミカは語った。その熱い語り口には、彼が尊び学ぼうとする魔法への熱意が滲《にじ》んでいるかのようだったので、よく覚えている。

斯様な森であるため、薬草の採取となればここになる。基本的に誰が管理している訳でもないので、常識さえ弁《わきま》えれば無料で採取が許されているし、帝都間際ということもあって至極安全。一日で往復できるとなれば私的にも依頼でも活躍する訳だな。

ただ、流石に距離があるため徒《かち》だと行って帰って来るだけで結構時間がかかる。だから、アグリッピナ氏からは使う予定もないし好きになさいと言われているカストルとポリュデウケスに乗っていくのだ。

実はホルターを扱うために幼少の頃に〈騎馬〉のスキルを〈熟練《スケールⅣ》〉まで取っていたりする。輓馬《ばんば》の彼を先導するにも技術が必要で、〈騎乗〉よりも安く済む〈騎獣先導〉でもよかったが、こっちでも援用が効くなら役に立ちそうな方を……と思って取得していた。

実際、〈騎乗〉を取得していて良かったと我ながら思う。御者をやるのにも援用できて仕事に役立てたし、こうやって遠出の足にも不自由しないのだから。

なにより彼等は大型の軍馬だ。たまには走らせてやらないと体が鈍《なま》るしストレスも溜《た》まろう。ずっと椅子に座っていたり、寝台でゴロゴロしててもストレスが溜まらないのは一部の出不精だけなのだから。

競って俺に乗れと誘ってくる二頭と、釣られてテンションを上げ「俺！　俺俺！　俺でもいいよ！」と寄って来る他の馬を抑え、今日はカストルの背に鞍《くら》を乗せた。昨日は私の練習を兼ねてポリュデウケスに付き合って貰《もら》ったので順番だ。

「ちょっ、わっ、やめ！　やめないか！　また君か！　こら！　あっ、ちょっと、きたな……助けてくれエーリヒ！」

鞍帯の具合を確かめていると、ミカの悲鳴が聞こえてくる。何事かと思えば、彼はいっつも私の髪を噛《か》んでくる一角馬に絡まれていた。角で突っつかれているのではなく、ちょっと癖のある黒髪を私のように噛まれたり、顔を舐《な》められたり、終《しま》い口は背中を首でぐいぐい押されて転びかけていた。

またか、あの野郎。何かしらんが、私達が通ると毎度毎度ちょっかいかけてくるの止《や》めて貰えませんかね。どっかにヒト種《メンシュ》のままで、〈信仰〉カテゴリに触らなくても取れる〈馬語〉みたいなスキルないのか。いや、あれ一応は魔獣分類らしいけど。

友への無体を止めようとするも、結局私も一緒くたに噛み倒され、二人揃って〈清払〉が必要になるほど痛めつけられた後で馬丁が助けに来てくれた。ありがとうお姉さん、流石にここで馬に面傷《おもてきず》を付けられてしまったら、冒険者になっても格好がつかないからな。

あの男の顔の傷？　そりゃ変な一角馬に絡まれただけさ。なんて笑いの種にされたら憤死するわ。激戦の末に付いたならまだしも。

互いに〈清払〉をかけ合って汚れを落とし、カストルに跨《また》がり出発だ。ミカが馬に馴《な》れて、一人で乗れるようになったら二人で遠乗りするのも楽しそうだな。

二人乗りでゆっくりと街路を歩く。街の人も貴種の伝令や先触れで馬が通るのは生活の一部らしく、商店街を走る自転車を避けるような気楽さで通してくれるから有り難い。

「あ、エーリヒ、昼食を買わないか？」

ふと思い出したのかミカが道々の露天を指さして言った。この時間帯には温かい昼食を売る店が多く出ており、店の前の簡素な椅子に座って食べることもできれば、持ち帰って弁当にすることもできる。

彼は焼きたての串焼きに興味があるらしく、最近保温術式を覚えたので温かいまま持ち運べるぞと自信ありそうに言ってくれる。

「ふふ、今日は特別なのだよ、我が友」

が、友に負けぬ自信たっぷりさで私は鞍の荷袋を指さした。そこにはアグリッピナ氏の工房から持ち出した籠が一つ収まっている。下げ渡された食事をお弁当にしてきたのだ。

うん、朝食は普通に灰の乙女《グラウ・フラウ》が作ってくれたからね。お腹《なか》一杯だから、要らんと言われても私も食べられないのだ。それも貴族仕様の食事は普通に量が多いから、元から一人で食えと言われてもキツい量なので、友人に奢《おご》ってやろうと思ったのである。

「我が主人からの下げ渡し品だ。白いパン、作りたての腸詰め《ヴルスト》、美味《うま》そうなすりおろし野菜の汁物《ポタージュ》と上等な乳酪に果物が沢山。ついでに葡萄酒《ぶどうしゅ》の小瓶付きだぞ」

「素晴らしいじゃないか……なにか勲章でも貰うようなことをしでかしたのかい？」

「なに、家《うち》の主人は長命種《メトシェラ》でね。気分で食べないことが多いのさ」

「ああ、なるほどね……」

ならば昼食が楽しみだと話し合いながら、市壁の外に出てから速歩で軽快に駆ける。ゆっくり走ればママチャリと大体同じくらいの速度なれど、凄《すさ》まじく上下に揺れるので慣れてないと腰とケツが逝くので馬という生き物は存外扱いが難しい。その証拠に、未だ慣れてないミカは必死に腰へ手を回して抱きついている。

……何か良い匂いするな、と思ったのは一生の秘密だ。

帝都外縁部は草原になっているのだが、たまに軍事演習で使うとかで結構綺麗に均《なら》されている。なんでも定期的に造成魔導師と呼ばれる、公共インフラだの何だのを大規模に修繕する専門の官僚が手入れしているそうな。そう、ミカの進路希望先である魔導師達《たち》だ。

そんな先達の仕事に憧れつつも、見ている余裕のない道連れと共に駆けていたのだが、しきりにカストルが私を気にしているように見えた。

ああ、これはあれだな、おねだりだな。アップは終わったから、さっさと本気を出させてくれという。

「ミカ、大丈夫か？」

「あっ、ああ！　平気だとも！　ちょっと腰が痛いけど！」

「だから、腰はちゃんと衝撃を殺すように使えって教えたろ」

簡単に言わないでくれ！　という悲鳴をさせておいて、私は万が一がないように〝手〟の術式を練り上げてから、カストルの腹に蹴りをくれた。

嘶《いなな》きが草原に轟《とどろ》き、襲歩の勇ましき馬蹄《ばてい》音に交じるようにして絹を裂くような悲鳴が響き渡った…………。


【Tips】帝都市街で馬を常歩以上で走らせた場合、一リブラ以上の罰金刑が科される。


「君はたまにああいう強引な所があるよね……」

「いや、その……何かごめん」

達成感に満ちあふれた顔をするカストルとは対照的に、馬上から私を恨めしげに見下ろすミカから逃げるように先を行く。こら、手綱を摑《つか》む手を噛もうとするな、もっと走りたいじゃないよ、怒られただろ。

……はい、どう考えても私のせいです、本当にすみませんでした。

何かテンション上がるんだよな、二人で遊ぶと。確かに狐とガチョウで隠れ鬼《かくれおにごっこ》だの特性だのを取ってしまったのと同じく、体に引っ張られて子供っぽくなることが多いが、どうにもいかんね。

この何をしても楽しい、というテンションに覚えはあるのだ。そう、新しい卓で新パーティーを構築した時に似ているからだ。

自分の特性を説明しつつ、卓に集まった他の仲間の練り上げたＰＣ《プレイヤーキャラクター》を知っていくのは実に楽しい。これから、この面子《メンツ》で何をやるんだと考えるとテンションが何処《どこ》までも上がっていってしまう。

それも、見ていて気分がいいほどの人物が一緒なら特に。ミカは今まで私の周りにいなかったタイプだからなぁ。

弁当の乳酪を一欠片《ひとかけら》譲ることで手を打って貰い、薬草採取を始めた。

魔導師《マギア》にとって薬草は重要な品だ。主な用途は二つある。

一つは魔法薬《ポーション》を作成し、二つは〝触媒〟として活用すること。

魔法薬とは、文字通り〝現象〟に過ぎない魔法を薬という形でこの世界に固着させたものだ。元々持っている薬草や鉱石、果ては肉から菌類なんぞの〝要素〟を抽出して、魔力に溶かし込んで純化させ、薬として完成させる技法。

これの良い所は瞬間的に魔力を持って行かれないことと、世界にとって単なる魔法の行使よりも違和感が少ないのか〝元に戻ってしまう〟までの期限が長くて、一〇年二〇年の保存が利くことであろうか。

一番分かりやすい形で活用されているのが治療薬である。

魔法には当然肉体を癒やす術式もある。最も一般的な物は人間が持つ免疫や細胞分裂を活発化させ治癒力を高めるものと、薬効を高めるか吸収を効率化させるものであり、これらは一番魔法薬としての活用がし易《やす》い。

薬草に魔法を掛けて成分を抽出させ、薬品として安定化させることによって効果が高まると同時に取り置くことができるようになる。即《すなわ》ち、魔力を消費するものの、発動を先送りにすることができるのだ。

そして、魔法の発動自体は既に済んでいるため、塗り薬にせよ粉薬にせよ〝使う〟という発動条件が設定されているので、非魔法使いであっても使いさえすれば同じ効果を発揮させられることが最大の利点だ。

また、封じ込められるのはなにも治癒術式に限ったものではない。〝魔法か魔術〟でさえあれば、少し素材を考えて工夫すれば様々な魔法を保存することができる。

油を精製し強大な火の呪文を込めることや、鉱石の粉末に早く乾くようにする魔法を込めてコンクリートやモルタルを素早く乾くようにすることもできれば、大気に触れた瞬間に通常の何千倍もの速度で気化させることも能《あた》うほど魔法薬の用途は広い。

故に魔力の貯蔵量に自信が無い魔導師《マギア》は、元気な内に大量に生産してストックし、本番で大盤振る舞いとすることがあるそうだ。

とはいえ、手間も材料費も馬鹿にならないので、その場合は文字通り金を叩《たた》き付けて戦っているような有様になるが……まぁ、どんなゲームでも錬金術師《アルケミスト》とはそういった仕様になる宿命なのだろう。

第二の用途である触媒だが、これは私に指輪をくれた老翁の魔導師《マギア》がやっていたように〝魔術〟や〝魔法《おこ》〟の補佐をする道具である。

たとえば火を熾すにしても、マッチと、そこらの棒きれでは難易度が違うだろうし、その後も湿った木を使うのと乾いた薪を使うのでは燃える具合が全然違う。

触媒は、それと同じく魔法や魔術が起こりやすい環境を用意してやる物だ。

一握りの火薬があれば、変性させて花火にするのは容易《たやす》い。確かに熟達の魔法使いなら、魔力によって虚空から光を発散させて花火と同じ現象を起こすことは能うだろうが、手間も増えれば燃費が悪いし大変疲れる。

楽で簡単な方法と難しくて疲れる方法、二つあるなら前者を選ぶのが普通だろう？

だから魔法や魔術の行使に際して、〝世界を納得させやすくする〟補助輪として機能する触媒を持ち歩くのだ。一回気まぐれにやるならいいが、領主や代官から依頼を受けて何十発も上げるとなれば実に骨が折れるし。

うん、膨大な魔力でゴリ押ししてくるヤツも珍しくないがね。私の雇用主みたいに。

ともあれ、今回は魔法薬の原料を集めるための依頼採取なので、要望通り傷つけないよう丁寧に根っこごと掘り起こし、標本でも作るような丁寧さで集めていく。一体何に使うかは知らないが、御用聞きにやってくる商人や薬草商を訪ねるより、注文を付けるなら御用板を使う方がお安いということだけは確かだった。

今回は普通の薬草だから、まだ楽な方だ。中にはその辺の土ごと纏《まと》めて持ってこないと魔法的な意味を発揮しないくせ者から、別の魔法薬で満たした円形のフラスコに根をつけ込みながら持ってこないと二分で枯れる難物なんかもあるからなぁ。そういうのは金貨が飛び交う品だが、往々にして子供の足で採りに行ける場所にないのが困りものだった。

うーん、カストルやポリュデウケスに乗るのも楽しいが、やっぱり欲しいなぁ……〈空間遷移〉。瞬間的に長距離を移動できる魔法の強さというのは筆舌に尽くしがたいものがあるからなぁ。それこそ、コイツがパーティーにいるならこのセッション成立しないじゃん……とGM《ゲームマスター》が苦悶《くもん》するくらいの強力さだ。

昼過ぎくらいまで頑張って、それぞれ銀貨何枚分かの稼ぎになる頃に遅めの昼食としゃれ込んだ。ミカは飲み込みがいいのか、薬草の特徴と質の良し悪《あ》しをすぐに覚えてくれたから先生としては歯ごたえがあまりなかったな。いや、彼のようなあり方こそ、いい生徒と思うべきなのかもしれないが、やっぱり手がかかる方が可愛《かわい》いと思ってしまうのは……

「で、薬草そっちのけでスモモを集めていたエーリヒ君」

「なにかね、ブーツ一杯は埋まるくらい木イチゴを集めたミカ君」

　弁当を堪能した後、デザートとして互いの〝戦利品〟を囓《かじ》りつつ、大きな木に背中を預けて、盛夏の暑さから体が解放されていく感覚を愉《たの》しむ。この掻《か》いた汗が気化して体が冷える心地よさは、この時季特有の快感だ。楽しく遊んだ後でそれに浸るのは、本当にいつだって気持ちいい。

「美味いな」

「ああ、美味いね」

　顔をつきあわせて答えれば、暫《しば》く笑いが止まらなかった。何故《なぜ》だかこういうとりとめのないやりとりが楽しくて仕方がない。

　ふと、〈気配探知〉に反応がある。眉尻がぴくりと上がり、〝手〟が常に袖へ仕込んである妖精《アールヴ》のナイフへと伸びるが、ゆっくり上空から近づいてくる気配に敵意はなかった。

　いや、むしろ薄い気配しか纏っていないそれは、生き物ではなかった。

「おや、珍しいな、手紙鳥じゃないか」

　飛び込んでくる小さなそれは、小鳥の形に折られた手紙だった。本物と同じような動作で飛ぶ紙の小鳥は大変見覚えがある。

　一週間前に最初の〝羞恥プレイ《ファッションショー》〟をやらされた時、お誘いで来たのと同じヤツだ。

案の定、鳥は私の膝に着地すると独りでに広がり、用件を記した紙面を晒《さら》す。ライゼニッツ卿《きょう》の花押が捺《お》されたそれは、第二回のお願いと共に、待ち望んでいた図書館へ同行するお誘いが記されていた。

ああ、そうだ、結局前回はライゼニッツ卿の興が乗りすぎて時間が足りなくなり、図書館行きは延期になってしまったのである。それに臍《へそ》を曲げた私の意を酌み、第二回は私が前の服屋で服を受け取って着替え、魔導院に赴いて行うことになったのだ。

これは、それを明後日《あさって》にでもやりましょうかと問いかけるもの。内容はさておき、私のような丁稚《でっち》相手にでも期間に余裕をもって確認してくるのは、流石《さすが》お貴族様というべきか。

手紙の内容を見て眉根を寄せる私に――しかし、決して紙面をのぞき込むようなことはせず――ミカは呆《あき》れたように言う。

「払暁派はアレだね、やることが一々派手だ」

「黎明《れいめい》派は違うのかい?」

「少なくとも、常人が目で見えるようなやり方は好ましくない……とされるね」

言われて、ふと今更ながら学派のことをよく知らないなと気付いた。アグリッピナ氏には、魔導師《マギア》になる訳でもないから同学派以外は〝仲がよろしくない〟くらいに思っておきなさいとしか言われていないけれど、帝都における無二の友が違う学派の所属であるとなれば尚更《なおさら》気になってきた。

「ねぇ、我が友よ、今更ながら学派というのは、どういう違いがあるんだい?」

「ん？　知らないのかいエーリヒ」

「私はただの丁稚だからね。主人も政治に関わらせる気もないようで、詳しくは聞いていないのさ。精々、魔法に対するスタンスの違いくらいの認識だよ」

ふむ、と顎に手を添えて少し考えた後、では教えて進ぜようと指を一つ立てた。

「まず、最初の七人の偉大なる魔導師《マギア》が起こした学派、これが七大学派だ。他にも亜流とかはあるけど、細かい趣旨の違い程度だから気にすることはないね」

一本目の指を立てたまま、彼はまず〝黎明派〟の話をした。

曰《いわ》く、知は愚昧なる者の下では無知よりも罪深き物となる、として魔導の拡散を最低限に抑えるべしと考える学派だそうだ。魔法の知識はそれを正しく使う理知的な人間にのみ教えるべきと考え、後進の育成に余念が無いものの厳しく選定し、世に出す魔法も厳粛な審査の下で決めなければならないと考えているらしい。

ただ〝隠者気取り〟と揶揄《やゆ》される黎明派であるが、新しい魔導の開発には払暁派にも劣らぬほど熱心であるし、必要な物は世に出し世界を便利にすべきだと考えているため言葉尻から受けるような引きこもり体質ではないらしい。

まぁ、確かにアホは時に思いつきもしない物の使い方をして大惨事を引き起こすというからな。どんなに便利な物でも用途を誤れば大惨事を引き起こすのだから、凄《すご》いの思いついた！　と軽々に光の下に晒すべきではないという考えは少し同意できる。

それこそ、凄い爆弾が出来たで！　と作ってみたところ、あまりの威力に開発者達は見るからにヤベーから本当に使うことはなかろうと考えていても、認識の甘さから為政者が使ってしまった「アホかな?」と思う前世を知っている私からすれば納得の論法である。

　二本目の指と共に挙がった名は払暁派。雇用主《フォン・ライゼニッツ》やコスプレ趣味の変態がはびこる魔窟が掲げるのは発展と合理の極致である。

　踏み出した先が断崖であろうが、飛べると信じ発展を続けるなら道は拓《ひら》けると標榜《ひょうぼう》する連中は、科学者と魔法使いを混ぜたような合理主義者の最高峰。より新しい技術を、より素晴らしい発展を、より高い効率を求め常に最新をひた走り、少しでも有用だと思えば発表し普及させ、世界を前に回そうとする技術の過激派。

　故に現在最も帝国に貢献する技術を開発し、公表しているため覚えは良いものの、同様に〝まかり間違っても発表してはならない〟技術にも多額の予算をぶち込み帝室を悩ませる問題児でもある。

「まぁ、だから家《うち》の最大敵対派閥でもあるんだよね……」

　うん、残当。右派と左派どころではない不倶戴天《ふぐたいてん》っぷりだ。前世の人間を殺した数スリートップに並ぶ独裁者連中と同じくらいに相容《あいい》れまいよ。

　それに続いて三本目の指が示すは中天派、魔法でできることは魔法で、それ以外のことはそれ以外でと考える中道左派的な学派である。過ぎたるは及ばざるが如《ごと》しを体現し、魔法の採用にも人材の登用にも必ず良い塩梅《あんばい》というものがあると信ずる彼らは、他の学派から蝙蝠《こうもり》と揶揄されながらも目に見えて強く敵対する派閥を持たない唯一の学派だとか。

そのため帝国内でもハト派の保守層から根強い支援を受けており、魔導院唯一の良心とも言われているとか。

四本目に立てられた指と共に語られるは「秘められし深奥にこそ誉れあれ」を標語とし、魔法を技術として活用するのではなく概念的により深く理解し、生物として更なる高みに進化することに重きを置いた学派。落日派だ。

彼らはより魔法の技術を発展させるというよりも、魔法という〝概念そのもの〟への理解を深め、世界のもっと深いところを理解し、更なる上位存在に至ろうとする集団だ。払暁派と黎明派が狂科学者《マッドサイエンティスト》の巣窟だとするなら、こっちは過激派宗教《カルト》の信徒とでも呼ぶべきか。

だったらンなやべぇ連中さっさと追放するか処しちまえよと思わないでもないが、なんとも性質《たち》が悪いことに利益も大きいらしい。数多《あまた》の禁忌とされる技術を考え出しながらも、今日に伝わる四肢再生術式や内臓再構築術式は全て彼らの手――そして、無数の罪人の骸《むくろ》――によって開発され、衛生維持に関わる技術の特許も多く握っているため殺したら殺したで不備がでるそうだ。

なにより、辛うじて嵌《は》まっている首輪を敢《あ》えて揺らして、外れるか外れないかに賭ける頭の悪い度胸試しをする必要もなかろうて。むしろ、監視下に置けるのであれば置き続けるべきヤベー連中の集まりであるからして、大人しく魔導院の内側にて自家発酵を続けていただきたい。

だって、塔に籠もって死体を弄《いじ》り不死を目指す敵《エネミー》に近いだろ。野に放たれては無辜《むこ》の一般市民としては大変困ってしまう。

ただ、微妙な顔をしている私を更に微妙な顔にする事実が告げられた。なんでも落日派も少し……いや、かなりネジを外した効率主義者であるらしく、技術発展にかける情熱からして払暁派と割と仲が良いそうな。

五本目の指が表すのは東雲《しののめ》派。基底現実――いわゆる物質世界――以外にも魔法は干渉し得るものであるため、魔導に通ずることは世界の全てを見通す技術だと考え、落日派とは異なるアプローチで精神や魂、そして世界という概念への造詣を深めようとする学派。

魔力の流れに集中し、それを読むことで過去視や未来視を実現させようとしてきた背景を持ち、一種の霊感めいた予言技術を開発したことで名高いらしいのだが……如何《いかん》せん臨床結果《エビデンス》がフワッとし過ぎているため、霊感に振れすぎて頭がアッチの方に行ってしまった連中とも思われているそうな。

時に重大な予言を当てることもあり、一部から評価はされているものの、未来視や過去視そのものに対する評価は大きく割れるところである。

ただ、彼らには魔導哲学なる、人類は魔法とどのようにして付き合うべきかを哲学的に論ずる文化もあり、その姿勢に関しては極めて真摯で崇高であるため、どの学派からも評価されている。

「この五つの学派が今のところ、五大閥と言われる魔導院で大きな勢力を誇る学閥の教授が所属する学派の所だね。あと二つの烈日派と極夜派は小さな閥だけがあって、ここ百年くらいは全然元気がないけれど」

七大学派といっても五大閥に影響し、権勢を保つのは五つだけと言って人差し指が折られる。烈日派は魔法という一つ知れば百を成せる技術に偏重し、魔法によって全てを片付けようとする一種の魔法過激派だ。彼らは魔法の万能性に中毒を起こしており、技術の発展・研究に興味はあるものの、選ばれた者だけがより高みに登れば良いと考えている傾向が他学派より強く、新し物好きなのに秘匿主義という割と性質の悪い集団らしい。

しかし、現在では秘匿主義が行きすぎて目立った貢献が無いため斜陽気味だそうだ。魔導院も権威はあっても実績が無い連中にくれてやる予算はないと、かなり塩っ辛い対応を見せており、金がない所には才能ある人間も行きたがらないので新人獲得にも苦戦し……と見事な負の螺旋《らせん》っぷり。おまけに天台宗の如く全方位に喧嘩《けんか》を売っているため政治的にも孤立しているためどうにもならんとか。

魔法の城の世知辛い現実を見た気分であった。

「最後の七大学派は極夜派……まぁ、僕が言うのも何なんだけど、この人達《たち》も大分癖が強いんだよね。魔導師《マギア》なのに魔法嫌いだから」

なんじゃそりゃ、と思わせられる極夜派という学派は、魔法は時に世界へ不可逆の爪痕を残すことを憂いて結成された学派だという。

制御に誤った魔法や意図せずして強い魔力を込めすぎた魔道具は、本来の用途を超えた、出力で暴走したり残留魔法としてその場に残り続けて害をなしたりと大変危険である。一見万能にも見える魔法の暗い側面に注視した彼等《ら》は、魔法なんてどっちかといえば無い方がいいんだという魔導師《マギア》としては実に変わったスタンスをとっているそうだ。

現に魔法を使えない人達も立派に生きているのだから、こんな取り扱いを誤ったら凄《すさ》まじい事故を起こし、何万も死にかねない技術を野放図に使ってはならないと考える。しかし、使う者が居る以上、その危険性を知った我々がなんとかせねばならないというのが極夜派の主張である。

至極真っ当なことを仰《おつしや》る彼らは残留魔法の除去・浄化、及び魔法の影響を撥《は》ね除《の》ける結界などに一家言を持つ対魔導技術の専門家集団となった。元々厭世的《えんせいてき》で魔導師《マギア》社会における交流を好まないため、現在も閥の規模は小さいものの、国家として大変重要な技術を扱うため影響力は低くないそうだ。

そして、その魔法嫌いも同族嫌悪的な反発と他派閥から見られているのか、ツンデレを眺める主人公みたいに生暖かい目で見られているそうな。

「以上が魔導院が誇る七大学派だ。どう思う？」

長い語りの後に感想を求めてくる友人に対し、私はなんというか……。

「過激派かカルト多すぎない？」

「あー……言われちゃったかー……」

たはー、と言わんばかりに額に手をやってミカは笑った。一つの技術に専心し、洗練していこうとする集団は往々にして色んなネジを飛ばしがちというのは歴史からも明らかだが、本当に端から聞いているとヤベー奴《やつ》しかいなくて草も生えない。

　よくぞ我が友はそんな変態のごった煮の中に放り込まれながら、歪《ゆが》まず真摯に育ってくれた。今後も是非、爽やかな彼のままで居てほしいものだ。

「ところで、返事を書かないでいいのかい？　何か主張しているけど……」

「おっと」

　つい気になったことを聞き入ってライゼニッツ卿からの手紙に返事を書くのをすっかり忘れていた。膝の上で広がった用紙がぺしぺし角っこで叩《たた》いて「はよ、返事はよ」と催促してきている。

　とりあえず目立った予定も入れられていないため、添えられた木炭片で了承の返事を記すと、手紙は再び鳥の形に折り上がり飛び上がっていった。

「ま、随分と洒落《しゃれ》ているとは思うけど。こう言うので夕食の誘いを受けたら、殿方でもご婦人でも心が躍るんじゃないかな？」

「はは、なら私は珍しいその例外という訳だ。これ、滅茶苦茶《めちゃくちゃ》気が向かないんだ」

　二人で飛び去っていく折り紙の小鳥を眺めながら、ふと一つの懸念がわき上がった。

　この見目麗しい友人を、絶対に卿《ロリ・ショタコン》に引き合わせちゃいかんなと………。


【Tips】払暁派の最大対立学派は黎明派である。

昼食の後、遅くなる前に帰参と相成った。今度は私が調子に乗らないよう、ミカにカストルの手綱を預けての相乗行だ。彼の腰に手をかけるのは、行きの事もあって少しドキッとするのだが、よくある「お前女だったのか!?」みたいな展開はなかった。

腰のくびれとか、腰骨の形が女性のそれとは大分違ったからだ。女性であるなら、この辺はボーイッシュであろうと誤魔化しようがない。私が一生懸命女装しても、首や膝頭に腰のくびれ、手首の形を見られたら一発でバレてしまうのと同じように。

「そういえばエーリヒ、君、髪を伸ばすのかい？」

一安心しつつ夏になると汗が大変だと話していると、彼は汗で張り付く私の半端に伸びた髪へ言及した。

ああ、妖精《アールヴ》のご機嫌取りも兼ねて伸ばし始めて以来、鬱陶しいのを我慢しながら継続中だ。ただ、私自身のせいなのか、妖精《アールヴ》が何か梃子《てこ》入れしているのか伸びる速度が結構早く、荘《しょう》を離れた頃には短かった襟足が背中にかかりつつあった。

……エロいヤツほど髪が伸びると聞いたが、違うと思いたいな。拗《こじ》らせてエロありのテキストセッションとかしたことないし。嘘《うそ》じゃないぞ。

「まぁね、魔法的にも髪は意味があるんだろう？」

「そうだね。触媒としても、魔種の魔晶に次ぐ魔力の貯蓄器官としても優秀だよ。男性のは微妙らしいが、女性が皆長い髪を誇るのはそれが理由さ」

なるほど、言われてみれば私が知るぶっ壊れ共は、みんな髪を伸ばしているな。アグリッピナ氏の髪は魔法を使わないと手入れが死ぬほど面倒だろうし、ライゼニッツ卿《きょう》は死霊《レイス》だが、生前の姿を映すとする姿の髪は腰元より尚《なお》長い美事《みごと》なブルネットだった。

なれば、私もあそこまでやらないといけないのか？　それはちょっと面倒だな。〝手〟のおかげで編み上げるのは何とかなりそうだが、風呂で盛大に持て余すぞ。なすがままに湯へ浸けておく訳にもいかないし、かといって束ねたら頭が重そうだった。

「何処《どこ》まで伸ばす予定かな？」

「……ま、上限で背中の半ばまでにしようかと」

「それはいい、君の髪は奇麗だ。きっと映える。今日の汗を掻《か》いた君は、中々に様になっていたからね」

……大変余計な世話やもしれぬが、この子の将来が心配になってきたぞ。私を褒めてどうしたいんだね君は。しかもそんな一瞬ドキッとくるフレーズを使って。もうこれ、私が女の子ならヒロインルート一直線ではなかろうか。怖いなぁ……。

これだからイケメンは狡《ずる》いのだ。本当に。

「君の髪も中々だと思うけどね。こうも艶やかな黒髪には中々お目にかかれない。一体どんな手入れをしているのやら」

美少年から容姿を褒められる気恥ずかしさを誤魔化すように褒め返してやると、彼も恥ずかしそうに――後ろから見える首筋に微《かす》かに朱が差した――応えてくれる。

「普通に風呂で洗うだけさ。髪油は高価だから手は出せないし、少しだけ石鹸《せっけん》を背伸びしているけどね。君こそどうしてるんだい？」

「え？　普通に公衆浴場で洗って自然乾燥だが」

「……それ、絶対にご婦人の前で口にするなよ」

妙に迫真の声で言われて、ふと思い出す。彼と公衆浴場に行ったことがないなと。

帝都にはなんと公衆浴場が七軒もあるのだ！　内、恩賜の無料開放浴場が二軒あり、安価に風呂に入れるとあって大変有り難い環境である。また、五アス払えばゆったり入れる大きな浴場もあるし、奮発して二〇アス出したなら、変わった浴槽が多々備えられた浴場を心ゆくまで堪能できるのだから、風呂好きとしては堪《たま》らない都市であった。

あとの三軒は富裕層向けだから、縁遠いので遠目に眺めたことがあるだけで行ったことはない。二軒は公衆浴場というよりも高級なスパという風情で、入るだけで大判銀貨が必要になるお大尽仕様だから将来的に成功したら絶対に行こう。最後の一軒はちょっと特殊なので、まだ近寄らない方がいいのだろうけど……そっちも〝一切の〟興味がないと言えば嘘になるんだよなぁ。

「なぁ、ミカ、帰ったら風呂に行かないか？　汗も掻いたし、魔法だけで綺麗《きれい》にしても味気ないだろう？」

「えっ？　あっ、風呂か……すまない、ちょっと僕は風呂に連れ立っていくというのがどうにも苦手でね」

折角思いついたこともあり、裸の付き合いに誘ってみたが、残念ながら答えはＮＯだった。風呂に入る時は誰にも干渉されず、のんびり足を伸ばして瞑想《めいそう》する心地で浸《つ》かりたいと彼は言う。孤独に美食を楽しむオッサンがいるのなら、孤独に温泉を堪能する美少年がいても不思議ではないか。

ふむ、それはそれで気持ちよさそうだし、個人の嗜好《しこう》を邪魔するべきではないな。一緒に行って別々に入り、出るまで言葉も交わさないというのも何のために行ったんだという話になりそうだ。

無理に押しても仕方がないので、その話は終わりとし、速歩の練習がてらカストルを駆けさせて私達は帰路を辿《たど》る。中天から傾きつつあった太陽を追い、やがて背に負うようになる頃に蹄《ひづめ》は町の敷石を踏みしめていた。

思う存分走って満足したカストルを厩《うまや》に帰し、荷を持って受付に赴けば、そこは私達のように依頼を受けた聴講生達で賑《にぎ》わっている。

「ああ、盛況だな。さて、私達のこれはどう役立てられるのやら」

「そうだね、是非とも魔導の深奥を叩くことに役立てて貰《もら》いたいものだ。新しい知見を得るためではなくね」

冗談を交わしつつ列に並び、受付に依頼票と目的物を渡すと笑顔で受け取ってくれた上、一人一個ずつ飴《あめ》をいただいてしまった。蜂蜜を溶かし込んだそれは、受付職必須の喉を労《いたわ》る装備なのだろう。

甘い蜂蜜の味は、汗を掻いて疲れた体に染みるような心地であった。

さて、依頼は基本的に受付で受理され、受付によって評価が下され、そして受付から金が支払われる。

これは上級生にあたる長く魔導院にいる聴講生が、新入の聴講生を体よくパシリにするのを防ぐための措置だそうだ。というのも、昔実際にあって結構揉《も》め、結果学閥の長同士による決闘一歩手前の事態に過熱して、最終的には皇帝が出てくる大騒ぎに発展したという。子供の喧嘩から頭同士での殺し合いに発展するとか、お前らは鎌倉の武士かと。

所詮人類はどうあっても野蛮なんやな、と思い知らさせるエピソードは兎《と》も角《かく》、裁定と支払いは明日以降になるということで整理の割符を受け取る。カラコロと飴を舐《な》めながら、私達は受付に礼を言ってその場を辞した。

「さてと、じゃあ私は夜のお勤めの前に風呂に行ってこよう」

「そうかい。僕は今日教えて貰ったことを纏《まと》めたいから、書架に行くよ。また会おう」

そして私は風呂に、ミカは勉強にということで魔導院の前で別れた。夏の長い日のせいで実感し辛《づら》いが、時刻は既に夕刻。お勤めの前に身綺麗《みぎれい》にしておくのは、マナー云々《うんぬん》以前に人としてどうかの領域だ。

それに二週間もここで暮らせば、少しずつアグリッピナ氏の仰る〝見栄《みえ》の都の見栄の城〟という言葉が分かるようになってくるもの。それならば、この都市の意味に合わせる重要性と必要性が分からないほど私は阿呆《あほう》ではないし、厭世的でもないつもりである。

家からタオルや桶《おけ》に垢《あか》すり――金属の棒みたいので、体を擦《こす》るのだ――を持って恩賜浴場に向かえば、この都市が何のために造営されたのかよく分かる。

基本的に綺麗すぎるのだ。

確かに今まで立ち寄った中から小規模の都市も綺麗だった。三重帝国では下水と上水インフラをきっちり整備することを国法で定めており、どの都市にも上下水は勿論《もちろん》、くみ取り式だがきちんと公営の屎尿《しにょう》集積人が管理する公衆便所があるなど、私が想像していた中世暗黒期のヨーロッパとはほど遠い有り様である。

しかし、それでも帝都と比べれば幾段落ちるものだ。帝都ほどそこらに水飲み場や井戸がある訳ではなく、皇帝恩賜の無料浴場などあっても人口二万以上の都市になってからなので、風呂代をケチって結構な臭いを漂わせる住民も間々いる。

だが、帝都にはそれがないのだ。街路の清掃を専門とする魔導師《マギア》を用意し、更に二軒もの恩賜浴場を用意して風呂に入らないヤツは帝都市民として相応《ふさわ》しくない、という気風を作るのは偏《ひとえ》に見栄以外のなにものでもあるまい。

ここは、外交用の都市だとアグリッピナ氏は仰った。ならば、外交における武器である見栄を張るのは至極当然の流れであろう。贅沢《ぜいたく》をする余裕があるというのは、国力をひけらかすのに一番の手段なのだから。

一体誰が崇《あが》められよう、ゴミだらけで汚い町に住み、見窄《みすぼ》らしい宮廷にてこぢんまりと佇《たたず》む君主を。一見無駄にも思える装飾の数々や長大にも過ぎる絨毯《じゅうたん》、そして絢爛豪華《けんらんごうか》なもてなしは全て攻撃である。

臣民には権威を以《もつ》てして自らの君主が頼りがいのある存在であると焼き付け、諸外国の者にはこれだけの贅《ぜい》をこらす力を持つ者を相手にできるか？　と恐れさせるための。

見栄は国際社会においては立派な武器。見栄が張れなくなった国は容易《たやす》く食い物にされるが故、帝都は今日も異質なまでの清潔さを湛《たた》えてそびえ立つ。

そして、風呂好きな私はその恩恵を有り難く受け取るのだ。

魔導区画にほど近い、労働者向けの下町に位置する公衆浴場は勤め人が仕事を終える前ということもあって空《す》いていた。これがあと少ししたら、人でごった返して入場制限がかかるほどだから丁度良いタイミングだったようだ。夏の市民プールみたいな芋洗い状態で湯に浸かっても、癒えるものも癒えまいて。

番台で市民証となる割符を見せ——割符だらけで懐がじゃらつくのが、この都市の欠点だな——ロッカーの鍵を受け取った。基本的に無料の浴場なので、貴重品は手前で管理しろというスタンスなのだ。

行為判定を試みれば容易く壊れそうな鍵のロッカーに荷をしまい、手早く服を脱ぎ捨てる。この適当さを見るに、ロッカーの鍵は入湯者の私物を守るよりも、規制人数に達したか否かを数えるためのようにすら思えた。

まぁ、このロッカーをこじ開けたところで、夕飯分の銅貨数枚しか盗《と》れまいて。ここに訪れる客層を鑑みるなら、鉄鎖刑——鎖で手や足を繋《つな》がれたまま生活をさせられる、一種の見せしめ刑――を覚悟するほどの価値は全くない。

間口の狭い浴場の入り口を潜《くぐ》れば、そこは湯気に支配された薄暗い空間であった。

恩賜浴場は広大さの割に簡素な造りをしている。高い天井が聳《そび》え、その諸所に切られた天窓から未《いま》だ元気な夏の光が降り注いでおり、けぶるように湯気の中に明かりを落とす。その下に造られた浴槽の中で思い思いに時間を過ごす人達《たち》は、湯の中に疲れや悩みを溶かしているのではと思うほど脱力し、思い思いに湯を楽しんでいた。

冷水、温《ぬる》め、熱めのお湯を湛えた三つの浴槽は、荘だとお目にかかれない贅沢品。洗い場で体を軽く流してから、最初に熱めの湯に浸かって体をほぐし、皮膚表面の垢をふやかしにかかった。

「くぅ……あぁ……」

見栄はどうあれ、いい湯であった。我々庶民にとっては、そのおこぼれにあずかれるなら、内実なんて割とどうでもいいことなのだから。

それよりも、昼間からずっと落ち着いて考えたいこともあったのだし。

ぼんやりと湯の温かさに身を任せつつ、脱力すれば体が浮かび上がる。背が高く、湯気でけぶる天井を見やりながら、私は一日の成果を確かめるべくステータスを呼び出した。

「……さぁて、どうするかな」

三ヶ月前、私の過ちを雪《すす》ぐ戦いは望外の熟練度をもたらしていた。本気の稽古がよい経験値を産むなら、己の命を最後の一滴まで絞るような死闘が更なる効率を秘めるのは自明のことであろう。

そして、私が現在ストックしている熟練度は、一つの高み……〈優等《スケールⅦ》〉に達した〈器用〉を〈寵児《スケールⅨ》〉に引っ張り上げてあまりあり、あるいは〈円熟《スケールⅥ》〉に達した〈戦場刀法〉を一足飛びに〈神域《スケールⅨ》〉へ至らせるほどに呻《うな》っていた。

最初に確認した時は驚いたものだ。あれほどソシャゲの苦行周回かよと思った必要値が満たされたのだから、思わず寝床から転び落ちかけた。恐らく、ありったけの思いを込め満身創痍《まんしんそうい》になるまで戦ったことと、ヘルガ自身の強大さによりボーナスが入り、神童が毎度のエグい補正をかけてくれたのかもしれない。次以降もこうだろうと楽観できるほど、一度で獲得できる熟練度ではなかったのだ。

以前なら、その二つの選択肢で私は悩んだだろうが……今は、幸いなことにも選択肢が増えている。

一つは、このまま伸ばしていた強みを更に伸ばすこと。

二つ目は、弱点を埋めること。

三つ目は、もっと新しい何かに手を出すこと。

二つ目と三つ目が、明日手に入る。あの手紙を手に入れて以降、ミカと仕事をするのに集中しようとしても、どうしても気になって気になって仕方がなかったのだ。

友達甲斐《がい》のないヤツと笑われても仕方がなかろう。しかし、それは予約したゲームのために誘いを断ったことのない者だけが貶《けな》すが良かろう。

莫大《ばくだい》な経験点を積まれたデータマンチが、心躍って色々と投げ出さない訳がない。

良い具合の湯で血行が強まり、脳の活動が活性化していくのが分かった。

さて、のぼせる限界まで、楽しい楽しい思考に沈むとしよう…………。


【Tips】帝都において入浴せず異臭などを放つ者は、風紀を乱した罪に問われ罰金刑に処される可能性がある。


データマンチとして、データが完成に近づくにつれ壊れていくキャラの強さを眺めるのは心躍る一時である。

多少の優劣はあれ、初期作成のキャラクターは五十歩百歩であることが殆《ほとん》ど。確かに時折とんでもないスペックの代償として、下手するとシナリオに絡めなくなるくらいのデメリットを持つ種族の登用で最初から壊れることもできるが、それは〝局地的な強さ〟であり私の美学にはそぐわない。

完成したデータが魅せる〝問答無用の強さ〟は、ちょっと地方が変わっただけで町の入り口でオタオタするしかできなくなったり、ダンジョンに入った途端観光客か、ちょっと魔物に詳しい人になるようではいけないのだ。

まぁ、そんなのも時折サプリで脱法してくることもあるが、今は良しとしよう。

ぷかぷか風呂に浮かんでいたために血行がよくなって脳味噌《のうみそ》が回り、テンションというオイルをさされた思考がちと空回っている気がするが、楽しいから大丈夫だな。問題ない。

ともあれ、私の個人的な信条に過ぎないが、やはりデータマンチとしては〝これってこわれてる〟という強さは万能とはいかないまでも、色々な状況に対応できてほしいのだ。

高機動の後衛に引き撃ちされると詰むじゃんと戦士一本の前衛を軽んじる気はないし、爆発的な火力を一発ぶちかました以後何もできなくなる魔法使いを誹《そし》りはしない。探索パートや推理パートで輝くが、戦闘となればリアクションしかしない非戦闘特化のキャラも、強さという概念を当てはめれば立派な強キャラと言えよう。

またチームプレイこそが本旨のTRPGにおける、一個のパーティーが一つのキャラの如《ごと》く連携して頭が悪いダメージを叩《たた》き出すコンボ的な挙動だって大好きだ。その証拠に、自分は一点のダメージすら与えられずとも味方のダメージや判定を大幅に強化するサポートキャラだって必要に応じて何度も産みだし、演《ロールして》じてきたのだから。

だが、やっぱり私は欠点が少なく、もうアイツが突っ込みゃ割と全部終わるじゃねぇかという壊れ方が好きなのだ。勿論、卓は選ぶが、今の私が自重せねばならない理由が見当たらないのだから、好きにやらせて貰おう。

さて、それを踏まえて、現状私のステータスは荘《しょう》を出た時から大きく変動していない。

〈器用〉と〈耐久力〉が一番高く、上から三つ目の〈優等《スケールⅦ》〉評価であり、ついで〈持久力〉と〈瞬発力〉に〈記憶力〉が〈精良《スケールⅥ》〉を満たし、残る〈膂力《りょりょく》〉〈免疫力〉〈思考力〉〈魔力貯蔵量〉に〈瞬間魔力量〉の五つが〈佳良《スケールⅤ》〉という良好な数値を叩き出している。

単純に全ての能力が平均のヒト種《メンシュ》より優れた地力を持つ、と考えたら大した物だろう。伊達《だて》に五年間真面目に――無駄遣いから目を背けつつ――やっていた訳ではないと、数値で証明できて私は満足だ。

これを踏まえて先の一つ、持ち得る長所を伸ばすことについて難しく考えることはない。〈器用〉をいよいよ一つか二つは欲しいと思っていた〈寵児《スケールⅨ》〉の頂に引っ張って行くこと。これで〈艶麗繊巧《えんれいせんこう》〉により益々《ますます》実力で殺しに行く固定値ビルド感が増すな。

また〈器用〉の代わりに私のメインウェポンである〈戦場刀法〉を〈神域《スケールⅨ》〉の域まで伸ばし戦闘単位としてより完結した高みを目指しても良い。主力武器の精度と威力が上がり、安定性が増すのは固定値信仰にも即している。

些《いささ》か不敬に過ぎる考えやもしれぬが、神の域だけあって本当に神族へ切っ先が届くようになるのだろうか。

二つ目の弱点を埋めることだが……では、私の弱点とは何かという話になるが、柔らかいことだと思っている。

〈耐久力〉を〈優等〉まで伸ばそうが、所詮ヒト種《メンシュ》はヒト種《メンシュ》、逆立ちしたってドラゴンにはなれない。圧倒的な質量を叩き付ければ赤い染みになり、馬蹄《ばてい》に踏みにじられればダメージを弾《はじ》ききれず、逆に弱点じゃない属性ってなんだよという、人類有数の脆弱《ぜいじゃく》さを誇る。日光浴で火傷《やけど》する脆《もろ》さは、ちょっと他の種族では中々見られないだろう。

そりゃ合金の骨格だの金属混じりの皮膚だの燃えたぎる血液だとか、魔法を弾く鱗《うろこ》なんぞと比べるなとの話ではあるが、やはり一発被弾で終わる危険性は怖い。誰だって単位一個落としたら終わりの生活を味わいたくはなかろう。

まぁ、色々な特性をかみ合わせれば耐久にガン振りし、他種族と遜色ない不沈要塞めいた構築にできないこともないのだが、単独で動くことが多い私が火力不足であった場合、最大の目的である敵を倒せないという残念っぷりになるので可能性としては無いな。

それこそ極論ではあるが、私を殺そうと思えば物理的に〝回避不可能《リアクション不可》〟な攻撃さえできれば容易いのだ。その内の何発かがブッ刺さるだけで行動不能に陥り、当たり所が悪ければ呆気《あっけ》なく即死するのだから。

多分、というか確実にアグリッピナ氏レベルの壊れなら、その手の殺し方は幾つも握っているだろう。むしろそこまでせずとも、今の私なら戦列一個並べられたらケツ捲《まく》るしかなくなるからな。どんな達人とて、刃が伸びるとか空間ごと叩き切ってみせるとか、或《あ》いは全方位の攻撃を一息で全部弾くくらいの離れ業がなければ槍衾《やりぶすま》の前には無力なのだ。

では、飽和攻撃と暴力的物量への対抗策とは何ぞや、という話になる。

一つは回避スキルではなく防御スキルが考えられる。優れた装甲点とダメージ軽減技能による受け流し、そんな所だろう。ただ、やはり技量にしても肉体にしてもまかなえる限界があるため――流石《さすが》に隕石《いんせき》が降ってきたらどうしようもなかろうよ――元の柔らかさを根本から克服する最も効率の良い手段は魔法を除いて他にない。

現に魔法には、その手のスキルがわんさと存在するのだ。私が〈見えざる手〉を無理矢理工面してやっているような物理障壁から、物理現象の上書きなどの魔法障壁、果ては〝概念〟を障壁に仕立て上げるとかいう、今の私のおつむではちと理屈が理解できない代物まで様々だ。

これはライゼニッツ卿《きょう》におねだりすれば幾らでも講釈して貰《もら》えそうだし、アグリッピナ氏からも有用なアドバイスや情報が貰えるだろうから、選択肢としての確度はかなり高い方と言えた。

二つは根本的な解決にならないこともあるが――バックアタックこわい――殺される前に殺す範囲攻撃である。これは強い魔法使いムーブとして実に分かり易《やす》いものの……私の〈瞬間魔力量〉には些か荷が勝ちすぎる。

ヘルガの宝石のおかげで月の指輪の出力は、下手な杖《つえ》にも並ぶほど高いものとなったが、それでも私自身が強大な連中と並べるとへっぽこなので微妙でしかない。

ちょっとカルマ値とか法律的にどうなんだという点に目を瞑《つぶ》れば、〈転変〉系列の魔法で物騒《ガス》な気体を合成するお手軽な殲滅《せんめつ》魔法も考えたが、これはフレンドリーファイアが怖すぎるから論外か。無関係な人間まで巻き込むのはちょっとどころではなく拙《まず》いし、各自生命抵抗頑張って、という投げっぱなしもよろしくないな。

「そこでわたくし達のお仕事よ、愛《いと》しの君」

「……男湯なんだけど、ここ」

常識と効率の間で悩んでいると、額にふわりと降りてくる感覚が。視線を上げるまでもなく分かる。ウルスラがちょっかいをかけに来たのだ。

人のデコにケツ乗せるとはふてぇやつだな、まったく。

「妖精《アールヴ》に男湯もなにもないわよ。暖気を好む妖精《アールヴ》や水気の精霊が漂ってることくらい、見えておいででしょ？」

こともなげに言われてしまったが、事実その通りなので何も言えない。ここをふわふわして下らない悪戯《いたずら》――洗《あら》い桶《おけ》の湯を水に変えるとかいうご老人にやってはいけない所業――に精を出す妖精《アールヴ》は少なくないのだから。

行きたい所で振る舞いたいように振る舞う、妖精《アールヴ》の有り様としてはそれが自然なのは理解するが、もうちっと隣人を気遣ってくれてもバチは当たるまいに。

「お悩みのようだったから、アドバイスに来てあげたのよ。私と踊ってくれるなら、素敵な魔法を授けてあげてよ？　あらゆる〝物理的な干渉〟を妨げる、素敵な素敵な妖精《アールヴ》のおまじない」

物理無効、というのはＴＲＰＧに限らずあらゆるゲーム好きの心を擽《くすぐ》る単語だな。防御キャラの一つの到達点であり、意外とあっさり抜かれることに定評のある耐性。しかし、妖精《アールヴ》が持ってくる物にシンプルな善意はあり得ても、致命的な悪戯心が仕込まれていることを忘れてはいけない。

どうせ〝妖精《アールヴ》にしてあげる〟とかそんなんだろう。その対価にして手法のため、私が頷《うなず》いてしまったら薄暮の丘にご招待されるに違いない。

「気がついたらウン百年経《た》ってました、というのはゾッとしないなぁ」

なぁんだ、オチを知ってるならつまらないわね、とゾッとしないことを宣《のたま》う夜闇の妖精《スヴァルトアールヴ》。

本当に勘弁してくれ、タイムスリップという言葉にはロマンが擽られるが、私は家族や友達を置いて姿を消してまでぶっ壊れたくはないぞ。

「もうちょっとマイルドなのはないの？」

〈声送り〉で独り言とも呼べない小声を届け、湿った髪で遊ぶウルスラに問うも、対価なしに物あげると怒られるのよねとの小言が返ってきた。永遠に踊って遊ぶ妖精達《アールヴたち》も、存外世知辛い上司部下の関係に悩んでいるのだろうか。

「そうねぇ……ま、薄暮の丘に連れて行くまでいかなくても、幾つかお願い聞いてくれるだけで勘弁してあげてもよくってよ？　夜闇の妖精《スヴァルトアールヴ》ならみぃんな使える、素敵なお散歩の仕方を教えてあげる」

少し惹《ひ》かれる提案であった。彼女の言うお散歩の仕方とは、間合いを詰められた事実を視認できているのに〝認識はできない〟という独特の移動法だろう。原理は全く不明だが、夜闇という無明の〝何があるか分からない〟場所に住まう彼女達が使う分には極めて自然なそれは、防御手段としては実に優れているだろう。

戦闘中の隠密《おんみつ》は微妙、と以前に語ったことがあるかもしれない。ただ、限定的な回避に使うのでは悪くないのだ。

対象《対象：シーン全体》を範囲で焼き払う攻撃以外は、基本的に誰が何処《どこ》にいるか認識して放つ物であり、たとえ広い範囲の敵に追尾して叩き付ける魔法でも、いない物と認識される限りは命中しようがないのだ。なにせ、自分に向かって飛んでこないのだから。

つまり、そういった変則的な回避運用において、戦闘中即座に隠密状態になれるのは決して弱くないのである。

まぁ、別の味方にタゲが飛ぶだけなので、あくまで弱くない止まりであり、往々にして「んなこたいいから火力上げろアホ」と言われるのだが。そうだよね、アサシンなら一発の爆発力の方がみんな重要視するよね……。

とはいえ、私はアサシンではないし、悪くないお誘いなので考慮に入れておこう。

「で、何をやれば、そのご褒美が貰えるのかな？」

「そうねぇ……妖精《アールヴ》にちょっかいかける、変な魔導師《マギア》の首とか？」

本当にこの黒ロリはえげつないことばっかり言う。故郷の幼馴染《おさなじ》みも過激ではあったが、もうちょっと迂遠《うえん》で慎みがあったんだがなぁ。いや、慎み深い物騒さとは何ぞや、と問われたらそれはそれで困るけど。

「まだ日の高い内から出て来て、物騒なお願いはやめてほしいなぁ」

「えぇ？　日が高い？」

ふわりと彼女は舞い上がり、浮かぶ私の前に姿を現す。いつも通り、髪の毛だけで際どい所を隠した――角度によっては無意味だが――彼女は、露骨に変な物を見るような目で私を見ていた。

「もぉとっくに日暮よ？」

「はっ!?」

慌てて起き上がってみれば、さっきまで閑散としていたはずの浴場にぼちぼちの客が来ているではないか。突然大声を上げた私を見て訝《いぶか》る彼等《ら》は、暇を持て余して風呂に来たご老人や子供ではなく、日々の勤めを終えて疲れを癒やしに訪れた労働者ばかり。

いかん、あまりにも楽しすぎてのぼせかけていることに気付かないどころか、時間の流れすら認識できていなかった！

「やっば！」

「あーもー、前くらい隠しなさいな」

お勤めのために風呂に入りに来たのに、そのせいでお勤めに遅れるとは本末転倒過ぎて、煽《あお》られても何も言えなくなる！

私は最後の一つ、自分に新しいエッセンスを追加するという困難ながらも楽しい思考を打ちきって、脱衣場へと駆けだした……。


【Tips】奇跡的に秀でた肉体と特性の恩恵により、ヒト種《メンシュ》の頑強性を大きく超えたヒト種《メンシュ》も存在する。

種を最後まで明かさないからこそ、魔法は魔法なのである。

あの気にくわない隠者気どりの〝黎明派《れいめいは》〟の中で、アグリッピナが唯一認める大家の言葉は、改めて真実なのだなと実感していた。

目の前を色々な物が飛び交っていく。食器、雑貨、換えの蠟燭《ろうそく》、果ては本。しかしながら、それは一見無秩序に放り投げられているように見えれど、全てが〝規則正しい混沌《こんとん》〟の絵図を描いて飛び交っているのであった。

先ほどまで茶が入っていたカップは玄関口へとカッ飛んでいったかと思えば、鋭角に軌道を変えて工房脇の台所へと消えていく。弟子が途中で歴史上の登場人物における〝解釈違い〟が発生したために起こした癇癪《かんしゃく》で魔法が暴発し、本棚から散乱してしまった本も凄《すさ》まじい速度なれど軟らかく受け止められて本棚へと規則正しく帰っていった。

現象を客観的に見れば何処かの幽霊《ガイスト》が暴れているのでは、と錯覚する光景なれど、事実はより単純である。

「あの子も、もうちょっと腹芸覚えさせないと駄目ねぇ。頭は悪くないのに……」

すっかり定位置と化し、根を張ったように動かなくなったハンモックの上でアグリッピナは煙草《たばこ》の煙に混ぜて独りごちた。

彼女の丁稚《でっち》たるエーリヒが大遅刻に慌てて、今日のお勤めを〝スペックの限り〟を尽くして片付けているのが騒動の原因だ。

確かに彼女はエーリヒのスペックを知っていた。三ヶ月前の魔物狩りに端を発する壊れた妖精《アールヴ》との邂逅《かいこう》——あの宝石は今でも少し惜しい気がした——と先だっての旅程で間々あったゴタゴタまで含めて全て見ていたからだ。自分がイラっときて本気で遊んでやろうと思ったチンピラを一瞬で畳んだところは、彼女をして評価するに足る働きであった。

しかし、今の挙動は以前にもまして、いや比べ物にならぬほど洗練されていた。

彼女の長命種《メトシエラ》として培ってきた魔力の迸《ほとばし》りを捉える目ならば分かる。以前よりもエーリヒの〈見えざる手〉は数を増し、正確性が高まっている。その上、増えた手をきちんと処理できる思考領域を一体どうやって稼いできたのか。

要領のいい子供だということは分かっていたが、やはり彼は異常であった。普通の人間は、こんな長命種《メトシエラ》じみたことはできない。時折〝天才〟とでも呼ぶしかない、ヒト種《メンシュ》の領域を大きく逸脱した者が現れることはあれど、それをして長命種《メトシエラ》が感嘆する業を成すことは稀《まれ》なのである。

何故《なぜ》なら、長命種《メトシエラ》のマルチタスクとヒト種《メンシュ》のマルチタスクには大きな隔たりがあるのだから。

多かれ少なかれ人は複数の作業を並行して行える。手を動かしながら話をしたり、別の用件を考えながら単純作業に没頭するように。

だが、魔法を並列稼働させることとは、そんなチンケなマルチタスクとは訳が違う。文字通り複数の〝思考〟を併存させるような所業は、ヒト種《メンシュ》の脳構造であれば普通はかなり持て余すはずなのだから。

工夫してヒト種《メンシュ》の身であっても魔法を多重展開させる傑物は多く居る。ただ、アグリッピナをして多数の手に同時並列で違う仕事をさせながら、自分も忙しく動き回るエーリヒは感嘆に値した。最早《もはや》、長命種《メトシエラ》に近い所業とさえ言える。

だが、それをこうも堂々と晒《さら》すのは大きく減点だった。たとえそれが雇用主や妹の前であっても。

魔法使いや魔導師《マギア》は、基本的に初見殺しを得手とする職業なのだから。

魔法と魔術は対処が難しい技術であり、知識がないまま立ち向かったなら、歴戦の兵士でも目覚めたての魔法使いを前にして屍《しかばね》を晒すことが普通に起こりえるものだ。

しかしながら、それは対処不能を意味しない。絶対的な正義や悪という概念が存在しないことと同じく、完全無欠の魔導師《マギア》もまた存在しないが故。

たとえば魔法の深奥に触れた、概念レベルの炎すら操って物理的に燃えない物であっても〝燃やす〟達人がいたとしよう。

普通ならば優秀な戦闘魔導師をして「いや、これどうやって殺すんだよ。闇討ちしていいの？」と戦略レベルでの対処を考えるところであるが、やはり切り札や戦闘スタイルが割れたら人は何かしらの対処を思いつくものである。

それこそ牽制《けんせい》レベルの魔術であれば燃素を消し去って鎮火してしまえばいいし、普通の魔法も逆位相の魔法を叩《たた》き付ければ対消滅し、必殺の炎という概念そのものも魔法障壁の相性如何《いかん》によってはきちんと無力化ができる。

これらは全て、凡百の魔導師《マギア》でも相当数が束になって術式を練れば、えっちらおっちらやれなくもない戦法だ。後は手数の多さと体力比べの泥仕合が待っているだけで、そこには最早技巧が絡む余地は殆《ほとん》どない。

つまり、種の割れた魔導師《マギア》というのは、たったそれだけで相対的に弱体化するのだ。ひいては種の割れていない魔導師《マギア》の恐ろしさと言ったらない。存在するだけで敵を威圧し、一挙を誤るだけで回避不能の死を押しつけてくる敵の強さは筆舌に尽くし難い。

だからアグリッピナは本気を出さないし、専攻を声高に喧伝《けんでん》することはなく、論文でさえも言葉を濁し、本旨を躱《かわ》させ、真意に嘘《うそ》を滲《にじ》ませる。

これは彼女に限ったことではなく、魔導師《マギア》全てに言えることだ。彼等はもしもに備え、全員が悪辣な〝分からん殺し〟や〝初見殺し〟を抱えている。何時《いつ》の日か、研究を続ける上で一番重要な〝己〟というパーツを保全する必要がでた時に備えて。

誰一人として、この魔導院で本当の意味で自分を晒している研究者や教授はいるまいて。それに比べれば、アグリッピナでさえまだ〝清純〟な方なのである。

親の葬式に呼ばれようと魔導師《マギア》はそうそう本気を出さない。が、丁稚の慌てぶりは筋金入りの魔導師《マギア》である彼女をして滑稽に過ぎた。たかがそれくらいで本気を出さなくとも、まー次から遅れないようによろしく、の一言ですませてやったというのに。

エーリヒの〝手〟は悪くない。〝初見殺し〟として十分通用し、もう少し捻《ひね》れば見せ札としても使え、そこまで晒した上で理解させぬまま殺す〝分からん殺し〟にだって昇華させられる素養がある。

だのに、こうやって堂々と晒しては台無しであった。

それもこれも魔導師《マギア》としての教育を施していないからであろう。本当に彼は良きにせよ悪《あ》しきにせよ、ただの子供で魔法使いに過ぎない。

さて、そんな子供にどんな隠し種を握らせればいいのか、アグリッピナは久方ぶりに愉快ささえ覚える悩みを抱いた。

これは彼女からして、想像と言うよりもちょっとした予言なのだが、魔導師《マギア》としての戦い方を教えたら、きっとアレは中々に〝手が付けられない〟存在と化すだろう……………。

【Tips】真の意味で魔導師《マギア》が著した論文を読むのは、人生を賭す必要があるほどの難事である。彼等が真意を隠しつつ執筆した論文は、決して嘘は書かないため却《かえ》って難解な存在に成り果てる。複雑な文章に真意を滲ませるのは、一種の自己顕示欲であろうか。

魔導院の地下深く、岩盤をくりぬいて造り出された〝大書庫〟の威容は見惚《みと》れるを通り越して、理解を超えるほどの偉大さに信仰さえ抱かせるものであった。

いかなる手段をとれば、これほど広大な空間を地下に用意できたのかと、ただただ感心するばかりの書架では本棚が一つの山脈を築き上げている。

古紙と木や金属が入り乱れる色彩豊かな山脈は、あまりのスケールに眺めていると遠近感が狂ってくる。

いや、実際にヒトと変わらぬほど巨大な本を収めた家にも比する大きさの本棚や、掌《てのひら》に乗る大きさの本が詰め込まれたミニチュアじみた本棚が無秩序に散らばっているため、そのスケールにもまして目を惑わしてくるのだ。慣れた司書のガイドなく彷徨《うろつ》けば、餓死体として帰郷することになるという噂《うわさ》が与太話として笑えない魔境であるに違いない。

山脈を彩る一つ一つの棚が空気を遮断する青い膜で守られながら、微睡《まどろ》むように揺蕩《たゆた》っている姿は〝知識〟という巨人が浅い眠りの内に横たわっているかのようでもある。

あらゆる本好き、そして幻想的な風景を愛する者を魅了する光景であった。

まぁ……アホみたいな格好で訪れることを強いられねば、私ももっと素直に感動できたのだろうにね。

湯船で妄想して時間を忘れるという、考え得る限り最低の遅刻をかました翌々日、私は招待に応じて書庫を訪れていた。

今日の格好は深い青の生地に目映《まばゆ》い金糸で複雑な刺繍《ししゅう》をこれでもか、と施したプールポワンだ。ズボンは少し前の貴種の流行であった半ズボンで、素足を晒すこと無く真っ白な絹のタイツで覆っている。足下は膝丈の鹿革製長靴で固めている。

それにつばが広くて鳥の羽で装飾された帽子なんぞを持たされたら、一体なんの仮装行列かと問いたくなった。

鏡の前で暫《しばら》く悶《もだ》えたね、これは酷《ひど》いと。

一体何をどうすれば人間の尊厳をここまで破壊できるのか。せめて帽子はもうちょっと小さくして、このウザったい羽を取っ払ってくれ。あと肩口に詰め物を詰めて無駄に肩を膨らませるのも止《や》めてほしい。動きにくいし、帽子と相まって某漫画の神様が描いた少女騎士みたいな様になってんだよ。

　帝都の称号は伊達《だて》ではないらしく、流行の最先端を行くご婦人が、貴種住まう北方区画には大勢いらっしゃる。つまり、そんなマダムや、彼女達《たち》に付き添う紳士はファッションにも目を肥やしているはずなのだ……が、それをして注目されるって一体なんなの？　私、こんな仕打ち受けるようなことしたか？

　目立つのは嫌いじゃないが、悪目立ちは好きじゃないのだ……。どうせなら、もっとかっこいいことで目立ちたかったなぁ。泣きたくなる。

　昨日私は自分の弱点を柔らかいことと言ったが、そこにメンタルの強さも含めるべきだろうか。

　その嫌な注目は逃げるようにやってきた魔導院に着いても続き、この聴講生では教授の許可、もしくは同伴がなければ立ち入れない〝中層書架〟を訪れてやっと逃れることができた。これ、噂になりそうだし暫く近寄らん方がいいだろうか。

「あら、可愛《かわい》らしい」

　そして、そんな評価を司書さん……おや、この人あれだな、普段は受付に立ってて顔を覚えている人だな。もしかして持ち回りなのだろうか。

　とにかく、今後も顔を合わせるであろう人から斯様《かよう》な評価を頂戴し、平静でいられるほど私は強いメンタルを持ち合わせていなかった。

「に、二番の個室はどこでしょうか……！」

真っ赤な顔を帽子で隠し、待ち合わせの場所を告げる。すると彼女は、微笑《ほほえ》ましそうに私を先導してくれた。

もういっそ殺せ。

「おおー！　いい！　いいですよこれは！　なんというか、どっちでもいい！　どっちでもいいって感じで！　やはり腰と首筋を隠して性差を隠しつつ、膝だけは少年だと分かるよう晒したデザインは大成功ですね！　この危うい感覚といったらもう‼」

対してこの、わかった黙れ、もう殺す、と開き直ってやりたくなるライゼニッツ卿《きょう》であるよ。

これはきっと、私の敵意が彼女をエネミーだと精神に認識させているが故、ＴＲＰＧプレイヤーとしての本能が、とりあえず殺すか殺せるようになれ、と囁《ささや》いて折れかけた気骨を補強してくれているに違いない。

間違いなくコネクションの紙面ではなくアンデッド系エネミーの項目に名を連ねている変態は、しばし私の周りをふわふわちょろちょろ飛び回り、あろうことかポーズをとるようにリクエストまでつけてきやがった。

勿論《もちろん》とったさ、できるだけ自然な笑顔を意識して。

魔法の知識という代価に比べれば、安くはないが――強さと尊厳を天秤《てんびん》にかければ、断

然前者をとるのがマンチという生き物である――支払っても惜しくはない。持っていくがいいさ、プライドなんて軽い物だ。私のは特に。

うん、実際安いからな。データ的にちょっと厳しい場合、PL《プレイヤー》という生物はいとも容易《たやす》く唾棄すべき外道行為に手を染める。

毒を盛る、人質を取る、土下座からのバックアタックは軽い方。拠点ごと火にかける、支流から水を引き込んで水没させる、あるいは疫病持ちの死体を放り込みまくって疫病でダウンさせるなんて畜生行為は一欠片《ひとかけら》のケーキが如《ごと》し。

そんな行為をセッションの目的達成による経験点ボーナスのため、数分の相談でやってのける連中にプライドなど有ろうはずがない。なら、媚《こ》びたポーズで二〇〇年熟成された変態に笑顔を向けることの何処《どこ》に不可能性があろうか。

オカマ口調で詩を吟じる一席よりも人生でなかったことにしたい一時を終え、私はようやっと目当ての物を得ることができた……。

魔法の知識、そして、なんやかやで二〇〇年も学閥の長という立場を守り抜いた魔導師《マギア》の助言を。

「戦闘向けの魔法、ですか？」

「はい。いつか冒険者になりたいと思っておりまして」

「ええ……？　近侍か従士の方がいいと思いますよ？　エーリヒ君は魔法も達者ですし、礼儀作法も立派に修めていますから。なにより、あのちゃらんぽらんな耳長は、アレでいて身分を保証する者として過不足はありませんよ？」

　割とまっとうなことを言われて、この人が教育者であることを思い出した。色々ネジが外れた変態として振る舞うのなら、最後までそうすればいいものを。

　昔からの夢なので、と言うと彼女はその内に諦めたのか小さく嘆息――呼吸などしていようはずもないのに――して、幾つかの魔法書を用意してくれた。

「では、エーリヒ君には戦闘向けの魔法というよりも……魔導師《マギア》の戦い方を教えてあげた方が良さそうですね」

　ぞわり、と背筋が粟立《あわだ》った。この怖気《おぞけ》はマルギットの脳味噌《のうみそ》を撫《な》でるような甘い声とは違うベクトルの物だ。

　ああ、最初にウルスラと出会った晩、初めて魔物と戦った時に覚えた恐怖。

　そして強大な巨鬼の盾を切り刻む雹《ひょう》と雪の暴風。

　抗し得ない、そう実感できる〝ナニカ〟と相対した時の感覚。

「まぁ、これは私の持論というよりも〝払暁派〟の魔導師《マギア》、それも同派閥の戦闘魔導師全員に言えることなのですが」

　何度も貸し出されたのか幾たびもの修繕を匂わせる本を前にして、彼女は表情を整えて居住まいを正す。ただそれだけなのに、この部屋にいるのが生命礼賛主義者の死霊《レイス》ではなく、教授位を戴《いただ》く指導者だと自然と認識させられる。

　ああ、偉大な人間ほど何かを拗《こじ》らせているのは、私に対する嫌がらせなのだろうか……。

「エーリヒ君、生き物はどうすれば死ぬと思います？」

実にシンプルな問いであった。戦闘魔法を求める術者の目的は、確かに行き着くところまで突き詰めれば正にそれ。

そして、私は答えを知っていた。

「殺せば死にます」

一部の人からは答えになってないと言われそうな回答であるのだが、こと〝払暁派〟の人間に対して投げかけるのであれば、絶対に間違っていない自信があった。

「ええ、そうです、生き物なんて殺せば死にます。なにより、私のような死に損ないでさえ、世には殺す方法がありますからね」

ライゼニッツ卿は回答を肯定し、優しい笑みを作った。そして、文字通り透き通るしなやかな指で己の首を撫でてみせる。

「殺せる存在には必ず弱点があります。人類種であれば首や脳、魔物や魔獣もそれに魔晶が加わる程度。私のような生命としての〝相〟が肉を持つものと違う存在でさえ、存在骨子という中枢がある……なら、魔法や魔術にも同じことが言えるのですよ」

そこを抉《えぐ》れる知識があるなら、卵を食べるスプーン一つで全ては事足ります。惚《ほ》れ惚《ぼ》れするほどの笑顔で宣《のたま》い、ライゼニッツ卿……いや、教授は本を開いた。

「さて、少しグレーな領域であるのは確かですが、どうせここには私達しかいませんし、少しだけ講義してあげましょうか、冒険者志望さん」

ぴっと指を立て、教授は実に楽しそうに語り始めた。そして、やっと私が感じていた何かが、初めて概説を聞いた時から〝払暁派〟に感じていた感情の質が何か分かったのだ。

「魔法で戦うということと〝魔導師《マギア》〟として戦うことの違いを。払暁派戦闘魔導師の手管をどうぞご覧あれ」

払暁派。魔導によって世に利益をもたらし、発展の光を世にもたらさんとする者達。彼等《ら》は紛《まが》うことなき効率厨《ちゅう》にしてロマンビルドの信者。

いわゆるデータマンチの同胞であろうと………。


【Tips】大書庫。聴講生や一般官僚向けの〝浅層〟、一定以上の魔導を修めた者自身か、または修めた者の監督なくば危険極まる〝中層〟。そして、立ち入ることさえ死のリスクを伴う禁書庫にあたる〝深層〟によって構成される。この五〇〇年という三重帝国が魔導を追い求めて以後、蒐集《しゅうしゅう》し続け膨れあがった眠れる知識の巨人は、司書連の長曰《いわ》く「帝国をグロス単位は更地にできる」特大の爆弾でもあった。


精神魔法、あるいは感応魔法、という分野の魔法が存在する。

学術の探究、そして技術の発展においては多少のヤンチャも許容する三重帝国において、数少ない〝禁忌《エビデンス》〟とされる魔法だ。心理という本来不可侵の領域に触れ、記憶という自我を保証する証拠を改竄《かいざん》せしめる技術は、そんな三重帝国人をして尚《なお》も〝触れがたい〟とされている。

とはいえ、帝国語における〝禁忌〟とは、得てして「未熟者の使用を禁ずる」や「必要に応じ、相応の倫理観を持つ人間が適切だと判断した時以外の行使を禁ず」というニュアンスで語られる、実行はおろか口にさえしてはならぬといった部類の禁忌ではない。

あくまで忌まわしいが故に禁ずるも、それを怯《おび》えて無視すれば、追いやった忌まわしきナニカに襲われた時に対応できなくなる。それに〝禁忌〟として遠ざけ過ぎれば、人は忘れっぽいので必ず〝禁忌〟の理由を忘却して、無謀にも再度触れかねないため知識は維持され続けねばならない。

ついでもって、知識を得たら使わないのは勿体《もったい》ないから、あわよくばいい面だけは使ってやろう。

そんないいとこ取りができれば迷わずやる、おおらかな、悪く言えば無遠慮な国民性が良く表れた観念であった。

それ故、精神魔法に触れた文書は極端に少なく、私も概略としてヒトの根幹に触れる、最も繊細で最も複雑な魔術という知識しか持っていなかったのだが……。

よもやコスプレの御代《おだい》として、その深奥に触れることになろうとは思いもしなかった。

私は今、一つの視界を共有している。誰かの記憶を見せられているのだろう。

私が目を借りた〝誰か〟は、実に絶望的な光景と対面していた。

荒涼とした平野の一角、ぽつんと放り込まれた異物のような巨岩の上から眺める地平は、黒い何かでびっしりと埋め尽くされていた。

鼠鬼《ジエンキンス》だ。鼠人《スチユアーツ》が鼠《ねずみ》の要素を持つ亜人だとすれば、それは鼠に近しい魔種。魔種の中では小鬼《ゴブリン》以上に小柄であり、卑にして粗と評される、直立した鼠といった風情の彼等はヒト種《メンシユ》以上に脆《もろ》い種族である。繁殖力以外に秀でた所はなく、人類で最も弱い種族を考える中で単純な個のスペックだけを考慮するなら、中々に良い線をいってしまうほどに弱々しい。

国を持たず、集団になることはあっても部族を作らず、多くの種が貴種として列せられる三重帝国においてさえ貴種となる個体が生まれぬ彼等は、中央大陸において取るに足らない存在として知られている。

だが、ここまで群れれば話は違うだろう。ああ、これが噂《うわさ》に聞く魔物の大発生《スタンピード》か。

繁殖力に優れた一部の魔種は、魔物と化しても繁殖欲求を喪《うしな》わないと聞く。

そして、欲求に駆られた彼等は欲望のままに増え続けるのだが、当然ながら産まれてくる子供も生まれながらにして狂した魔物である。あまつさえ、餓《う》えず死なないという魔物が持つ最悪の特性まで引き継いでいるのだ。

斯様な性質《たち》の悪い怪物が、淘汰《とうた》されず増え続けることが希《まれ》にある。何かの偶然で入り口にフタがされてしまった場所で、彼等は安全に増え続ける。

そしてある日、フタに限界が来るか、幸運にも――あるいは不運にも――フタを開けて貰《もら》えた時、彼等は増えすぎた窮屈さと、内に押し込めた欲求に任せて進み始める。

堪え難い飢えを満たし、更なる広い地で繁栄するために。

地平を埋め尽くす数、数、数……計上することが馬鹿らしいこと極まりない鼠の群れ。その対岸とでも言うべき逆の地平より何かが飛来してきた。

水蒸気の尾を引いて高高度をカッ飛ぶ姿はなんだろうか。一瞬、戦闘機を想起したがスチームパンクが絡まないファンタジーの世界に飛行機は存在しない。だが、あの影は間違いなく空を飛んでいた。

その黒点から、何かが分かたれる。一回り以上小さなそれは、雲の軌跡を敷く何かに置いて行かれたかと思えば、凄《すさ》まじい速度で地面に近づいてきた。

自由落下の加速に従って墜《お》ちるそれは、距離が詰まるにつれて形がしっかりし、何か分かるようになってきた。

人だ。紛うことなく人であった。

「ああああああああ!?」

尾を引くような悲鳴を上げ、落下する男は手足をばたつかせながら必死に何かの術式を行使しているらしく、緩やかに減速しつつ、海原が如き鼠鬼《ジエンキンス》の陣に突っ込んだ。

普通ならば、ここでお終《しま》いだ。鼠を何匹か巻き添えにし、残念だったね、次は頑張ろうねと新しいキャラ紙を貰って文句を言いながらサイコロを転がす作業が待っている。

「あんのクソアマ！　本気でやるか!?　ざっけんな!!」

が、どういう訳か、その男は着地点に無残な圧死体を量産しながらも生きていた。ぴんぴんと元気そうに去って行く天空の影へ怒鳴り声を上げ、豪奢《ごうしや》な甲冑《かつちゆう》にへばり付く臓物を引っぺがしたかと思えば、右手を勢いよく振り下ろした。

そうしたならば、何もなかった掌《てのひら》に一本の長剣が現れたではないか。簡素ながらも膨大な魔力を纏《まと》った剣の周囲では大気が凍り付き、断末魔を漏らすように軋《きし》みを上げる。

「帰ったら絶対泣かす！」

もう一度、大地を割るほどの声量で叫びを上げて、男は黒い魔物の海に突っ込んだ。

凄まじい戦いっぷりだ。斬る、躱《かわ》す、受け流す、基本の三動作を延々と繰り返しているだけなのに敵が加速度的に減っていく。そして、偶然完璧な槍衾《やりぶすま》が構築されたり――あの狂奔度合いからして、連携などとれてはいまい――魔法を操る特異個体が現れる度、男はちっぽけな魔法を行使することで全てを蹴散らしていった。

一つは激しい発光。指を一つ打ち鳴らすだけのシンプルな動作に合わせ、左手の中指に嵌《は》めた指輪から発される指向性の光が敵の目を焼き、反射で槍衾を乱れさせて彼に斬り込むだけの余裕を与える。

二つは実にシンプルな障壁。籠《こ》めた魔力の強さ分だけ確実に魔法を弾《はじ》く、捻《ひね》りも工夫もない障壁は間合いを埋める一瞬を作り出し、一刀で敵の首を浅く裂いて絶命させる。

三つ目は、どうしようもなくなった時の回避手段なのだろう。気合いの声と共に大気をブチ抜く衝撃波が半円形に広がり、陣形を突き崩して体勢を立て直す間を稼ぐ。

やっているコトはシンプルを通り越して単調でさえあった。剣を振るい、魔法を使い、敵を殺す。基本を〝完璧に〟成功させ続けるだけで、敵が死んでいくのだ。

彼は使いこなしている。己を、己が扱う魔法を戦闘に最適化させているのだ。

所詮、人間が同時に発動させられる魔法など高が知れている。千の魔法を知ろうと、万の術式に精通しようと、億の深奥に達せようとも真の意味で同時に発動できる魔法は一つに過ぎない。

ならば、その一瞬一瞬に最適な魔法を必要なだけ叩《たた》き付け、効率的に余分を出すことなく殺していくということこそが、本質的な意味で〝魔導師《マギア》として戦う〟ことなのだろう。

彼は何刻ほど戦い続けただろうか。屠《ほふ》った屍《しかばね》が絨毯《じゆうたん》の如《ごと》く敷き詰められ、臓腑《ぞうふ》が海のようにのたうち、その合間を大海と化した血潮が埋める。凄惨な光景を生み出した弧剣の魔導師《マギア》は、賦活呪文を己にかけて萎えかけた体を立ち上がらせた。

対する敵は雲霞《うんか》の如く、未《いま》だ絶えることを知らぬとばかりに立ちはだかる。狂った魔物の本能に従い、どれだけの同胞を喪っても引くことはしなかった。

「ったく、数だけは一丁前だ……キリがねぇな」

返り血だけで瀕死《ひんし》の怪我人《けがにん》と見まごうばかりの朱に染まった魔導師《マギア》は、口の中に溜《た》まった血を気持ち悪そうに吐き出して剣を担ぐ。そして、剣がほの白く発光し、悲鳴を上げるような震えを帯び始める。紛れもなく、雑魚をまとめて吹き飛ばす大技の予備動作。

そんな時、遠方より三つの煙が立ち上った。

同時に甲高く空気を裂く音は、軍勢の到来を報《しら》せる鏑矢《かぶらや》の絶叫。高く高く打ち上げられた鏑矢には煙を発する魔法が付与されていたのか、天高く飛びながら等間隔に三つの赤い煙を天に敷く。

馬蹄《ばてい》の響きを伴って、魔物の群れと比べれば悲しくなるほどの寡兵が地平より姿を現す。されども、絢爛《けんらん》な鎧《よろい》と騎馬で身を飾った彼等は、騎士とその配下たる騎手ばかりなのだろう。全員が一分の隙もなく武装し、実に高い士気を誇っていることが分かった。

「なんでぇ、折角置いてきたのに馬鹿共が……無駄に命を危険に晒《さら》す必要もあるまいに」

騎兵の到来に男は皮肉気に顔を歪《ゆが》めた。ああ、彼は実に美しい男性だった。男の私をして見惚《みと》れる彼は、年の頃一五から六といったところか。しかしながら、未だ幼さを残す顔の中で妙に毅《つよ》い瞳だけが爛々《らんらん》と輝いているせいで、全く印象が定まらない。

無垢《むく》な子供のようであり、研ぎ澄まされた大人のようであり……。

彼は腰をまさぐると、折り畳まれた一つの布を取り出した。そして、近くに転がっていた素槍《すやり》を取り上げれば、その先端に無理矢理括《くく》り付けて広げてみせたが……。

「ありゃ？」

全身が血まみれになるほどの戦いの中で、ポーチの中身も無事で済むはずがなかった。元は豪奢な刺繍《ししゅう》で彩られていた形跡の残る布は、染み込んだ血で真っ黒に染まり、元の図案が影さえもつかめない。

「あっちゃー……これじゃ何も分からんな。ああ、いや、もういいや、これが俺ん旗ってことにしとくか」

困ったように顔を顰《しか》めて、血で台無しになった旗を眺めていた彼は良いことを思いついたとばかりに言って笑い、旗を天に突き上げた。

「どうせ、何度も血にまみれんだ。それなら何度も作り直すのも不経済だし、返り血で黒くなった旗こそが俺に似合いだわな」

唸《うな》りを上げ続ける剣は次第に光をましてゆき、ついには視界を塗りつぶすほどに達したそれが剣へと収束せんとした瞬間……私の意識は、首根っこを引っ張られるような唐突さで現実世界へと引き戻された…………。


【Tips】大暴走。幾つかの悪条件が重なって発生する最悪の災害。雲霞の如き魔物が大地を貪り尽くし、荘《しょう》も町も呑《の》み込んで、国が滅ぶ遠因、それどころか直接的に滅ぶ原因にもなり得る。


〝少しだけの講義〟は実に印象深く、半ば回答を得たに等しい経験であった。

あの美しい男の戦い方は、一つの完成形だ。極論、全ての行為判定に成功し続ければ負けることはない。そして、面倒になったら雑魚を散らせるだけの大技を一つ抱え、後はボスとの――いるならば――一騎打ちに持ち込んで殴り殺す。個として完成したマンチビルドのお手本みたいな男であった。

実に無駄がない。スキルを最小限に留《とど》めるということは、補助特性に全部を贅沢《ぜいたく》にブッ込める訳だから、あとは実数をガン上げして「は？　サイコロ？　なにそれ」とピンゾロさえ振らなければ何とかなるという構築は運に薄い私にはドストライクである。

それを勘案し、私に足りない物は障壁と雑魚散らしであり、ひとまずの完成はそれを得た時だと分かった。ならば、今の経験点を使って頭の良い出来上がった構築を見出《みいだ》し、そこからじっくり高みに上り詰めていけばいいだろう。

あの後、記憶の出所については質問禁止、という一言を受けてから、実用的ながらシンプルな魔法を教えていただいた。魔力を込めるだけで――燃費はアドオンなりで改善する必要がある――出力の増す障壁やシングルアクションで強い発光を引き起こす魔法は、今の私と相性も悪くない。

後は既にある強みと絡めることで……。

「ん？　なんだ？」

帰り道、興奮を抑えて歩き、後は寝床に入って妄想もとい構想を練ろうとしていたところ、〈気配探知〉に引っかかる弱い感覚。目の前に興味を惹《ひ》くが如くひらひらと舞い降りた真っ白な蝶《ちょう》は、紙で折られた例の蝶だ。

導くでもなく、ただ私の前をひらひら飛ぶ姿に手を伸ばせば、それは月明かりの下に開く花のように元の紙へと回帰する。

何の変哲もない紙には、幾つかの術式が書き付けてあった。シンプルで必要最低限の内容が書いてあるそれは、私のクライアントの筆跡。

急に何を思って送りつけてきたのだろう。魔晶の街灯が淡い光を投げかける方へ向かい、私と同じく帰路に就く群衆の邪魔にならない位置へと陣取りざっと目を通す。

基礎理論、術式構築、魔法の骨子たる援用する、あるいはねじ曲げる世界の法則の数々と、それらを騙《だま》すための効率が良い形式。

何というか、実にとっちらかった書き方をしたメモだな。知識があっても真面目に考えないと読み解けないように書かれているが、間違いなくコイツは魔法のレシピだ。ただ、この適当具合は、いわば説明書なしにプラモデルのランナーをぶちまけるようなものだ。一体何ができて、どう組み上がるかは読み込んで考えないと分からない。

えーと……ん？

あー、いや、ここの理論軸はコレか。本題のように書いてるのが横筋で、しかしその横筋が分かってないと本旨には触れられないけど、逆にそっちばかり見てたら永遠に正解に辿《たど》り着かないとかどんだけ性根が曲がってんだ。

おん？　えー、ということは、こいつはつまり……。

二秒後、私は自制が利かずに「何てモン送りつけてきやがる！」と往来にも拘《かかわ》らず大声を上げ、奇妙な格好で興味を引いてしまったという事実から顔を真っ赤にして逃げ出すのであった………。


【Tips】余程の理由がなければやってはならない、ということは、「きっと面白そうだと思ったから」とか「可愛《かわい》い子に好かれたかったから」みたいな頭の悪い理由で絶対にやるなという意味であり、そこをはき違える人間は決して熟達した大人とは呼ばれない。

少年期
十三歳の秋

レコードシート
【Record Sheet】

レコ紙とも。1セッション中におけるHPやMPの管理、消耗品使用の覚書からその他のリソース把握にまで使われる。またGMから配布される経験点を書くチケットを兼ねることもあり、物語の流れを書き記す手記のようなものでもある。
　経験点チケットはいうまでもないが、メモ欄にはセッションの覚書をすることも多いため、いつかの旅を思い出すため大事に保管しておこう。

豊かに麦穂が実り、黄金に輝くその身を温《ぬる》んだ風に揺らす頃、帝国は最も活気づく季節を迎えていた。豊穣《ほうじょう》神が豊かな金髪をいただく女神であるとされるのが納得のいく時節、刈り取りの時季である。

荘の農民達《たち》は一年の成果を誇るように働き、今年も穏やかな夏が去り、嵐とは縁遠い秋が来たことを言祝《ことほ》ぐ。辛《つら》い労働も今ばかりは後に待つ大きな喜びもあり、流す汗が甘露の如《ごと》く感じられるだろう。

年貢として差し出される穀物や物納品を満載した馬車が街道を行き交い、季節の品を買い込んだ隊商が列を成す。春よりも活気づく街道には各地から警邏《けいら》の巡察隊が頻繁に飛び交い、勇ましくも賑《にぎ》やかな馬蹄の響きが絶えることはない。

だが、そんな季節だからこそ、多少の無理を押しても仕事をしようと企《たくら》む阿呆《あほう》は尽きぬのであった。

帝都から延びる主要街道の脇道、取り立ててこの先に何があるという訳でもない道を一つの集団が見張っていた。両脇をなだらかな丘陵に挟まれた浅い谷間は、微《かす》かな平地を縫うように走っていることもあって死角の多い難所だ。

そこを張る彼等《ら》は、傭兵《ようへい》の一団であった。

といっても、この時代は基本的に〝バレねば何をしても良い〟と考える人間は多く、殆《ほとん》どの場合は根切りにして《皆殺し》しまえば情報も伝わらないために傭兵業が転じて野盗業を兼ねることも珍しくはない。冬の間、越冬の飯の種にされて干上がった荘が春になってやっと代官に泣きつくも、巡察隊が訪れた頃にはもぬけの殻になっていたなんてことは、毎年のように何処《どこ》かで起こるありふれた悲劇なのである。

この三〇余名からなる歩卒で構成される傭兵団も、それと同じ手合いであった。

この道は小さくも、先に幾つかの荘と街がある。それ故に年貢を運ぶ馬車も少しは通るし、過疎地ならば却《かえ》って需要は高かろうと奇をてらって大量の物資を抱えた――主に他地方の珍味や酒で、これが収穫祭向けによく売れる――隊商が通るのだ。

また、巡察隊はどうしても主要街道と重要な都市間の交易路に張り付けられ、このように発展途上、あるいは開発から置いて行かれて見捨てられた街道を訪れる機会は少ない。それ故、彼等はもう今秋で三回も仕事を成功させていた。

一つは年貢を運ぶ馬車の群れ。二つは小規模な隊商。たった四〇人足らずの腹を満たすには多すぎる獲物を平らげて尚《なお》、彼等は次の獲物を欲していた。

年貢はつまらないことにライ麦と飼料向けの烏麦《からすむぎ》を積載し、隊商が運んでいたのは南内海の干した魚の数々だが、彼等の口にはイマイチ合わなかった。最後の一隊は酒を運んでいたので彼等としては満足だが、多くが質の良くない酸味を帯び始めたエールだったために十分とは言い難かったのだ。

それに女がいないのもよくなかった。いるにはいたのだが、どれも魔法使いで死ぬまで抵抗し続けたため、〝遊べる〟状態で手に入らなかったのは痛恨である。

そして、そんな鬱屈した彼等の前を二人連れの旅人が行く。

簡素な旅装を身に纏《まと》った小柄な二人は、しかしてその身に反した立派な馬に跨《また》がっていた。見惚れるような軍馬種の黒い馬で、爽やかな秋風の下で汗を流しながら征《ゆ》く姿は武人としては見惚れざるを得ない堂々とした出《い》で立《た》ち。どう見ても子供としか思えない二人が乗るには〝過ぎた〟代物であった。

まぁ、彼等に相応《ふさわ》しいかと問うたところで、馬達は不服そうに鼻を鳴らしただろうが。

馬だけでも獲物として十分に相応しいが、漸《ようよ》う見れば彼等は身なりも良かった。旅装は綺《き》麗《れい》に整えられており、油染みや染みついた汚れとは無縁に見える。つまり、身なりに気をつけるだけの余裕がある身分ということだ。

誰かが言った。ありゃあきっと貴族の御落胤《ごらくいん》か何かだろうと。

軍馬は国家戦略上の重要な位置付けを占めるため、軽々に市場に流れることはない。そんな見事な軍馬に跨がり、綺麗な服を着ているということは相応の身分。大勢の護衛を引き連れた馬車で移動していない所を見るに、金はあるが権力まではない立場と考えるのが妥当であろうか。

つまり、彼等にとっては美味《おい》しい獲物ということだ。全員の口が嫌らしく歪められ、懐に呑んだ財布の中身を想像して嫌らしい笑いがこぼれ出る。

浅ましい欲望に従って、彼等は慣れた布陣をとった。少数が後背から射かけて目標を追い立て、谷間の出口で半包囲陣を敷いた本隊へ誘い込むひねりもなにもない布陣。

だが、布陣は単純であれば単純であるほど強い。なにせ人類は発祥以来変わることなく、畢竟《ひっきょう》敵を囲むことに心血を注ぎ続けたのだから。

岩陰に伏せた八人は、二人連れが通り過ぎたのを見届けるとその無防備な背中に矢を射かけた。近くを掠《かす》めるように、しかし決して高価な馬には当てぬように気をつけて。

それでも効果は十分に期待できる。人類は往々にして痛がりで、驚いた時は一目散に逃げるか、愚直にその場に留まろうとするかの二択が殆どだから。仮に護衛として傭兵や冒険者を引き連れた隊商であっても、真っ向から斬り合って得をしない連中は得てして撤退戦を選択し、攻撃の始点から遠ざかることを好む。

もし仮にそれを罠《わな》だと判断されても抜かりはない。馬車は旋回半径が大きく、緩やかとはいえど丘陵のせいで転進することも容易ではない。転進を試みたなら試みたで、縄に木の杭《くい》を括《くく》り付けた即席の馬防柵を展開して足止めするだけの時間は余裕であるし、のろしを上げれば後背を叩《たた》くよう取り決めてあるので直《す》ぐに本隊が駆けつけてくる。

後はトロトロ尻を向けようとする獲物に喰《く》らい付くだけ。ともすれば、こっちの方がずっと楽でさえあった。今回は小回りが利く荷駄を牽《ひ》かぬ馬ばかりなれど、小勢であれば追い立てる役の八人でも十分過ぎるため、どうあれ対処は簡単だ。

なんと単純でやりやすいことか。今日もまた矢が狙い通り、脅威を感じるが決して当たらぬ位置へ飛んだことに傭兵達は会心の笑みを浮かべた……。

が、いつも通りなのはそこまでであった。

何があったのかは知らないが、矢が虚空で止まったのだ。四本は〝何かに捕まれた〟かのようにその場で静止し、四本は目に見えない壁に阻まれて明後日《あさって》の方向へ弾《はじ》かれた。

舌打ちが溢《あふ》れる。たまにあるのだ、めざとい隊商の魔法使いが見えない壁——彼等は堅苦しい障壁という呼び方を使わない——を張って、初撃を防がれることが。それと同じく、あの子供二人もどちらかが魔法使いなのだろう。奇跡的に察知されたかもしれないが、所詮はそこまで、子供ならば臆して罠へ飛び込んでいくはず。

だが、楽観はあっさりと裏切られ、二人は馬首を巡らせて街道から外れたではないか。

しかも、一頭は雄大な体をうねらせて、丘陵を一気に駆け上がってきた。一方は辿々《たどたど》しく後方へ逃げていくばかりだが、離脱する道連れを庇《かば》うように腰を浮かせる奇妙な体勢で素早く馬を奔《はし》らせる騎手は、間違いなく彼等に照準を合わせているのが分かる。

二度舌打ち。八人の内、指揮を預かっている副長格の男は苛立《いらだ》たしげにつばを吐けど、好都合だとばかりに配下に号令を出した。獲物が近づいてくるなら却って仕事が楽になる。欲しいのは馬だけなので、乗っている余計な者は叩き落としてしまえばいい。

さしもの彼らも人質商売には手を出していなかった。アレは成功すれば実入りは大きいものの、実に難しくノウハウがなければ中々成功しないものなのだ。捕虜を売り渡すのとは訳が違うので、サクッと始末して埋めてしまうのが一番賢い。

勇ましくも無謀に突っ込んでくる騎手へ号令一発、七本の矢が驟雨《しゅうう》の如《ごと》く降り注ぐ。空気を裂いて飛ぶそれを、リネンの旅装と外套《がいとう》だけで止められるはずもなく、魔法障壁であっても囲むように投ぜられた七本の矢を一息で払うことは並の魔法使いには能《あた》わない。

それが並の魔法使いであったなら。

影の腰元から銀色の光が迸《ほとばし》り、三本の矢が容易《たやす》く切り払われ、残った矢は空中に止まって即座に投げ返された。如何《いか》なる技法によって為《な》されたか彼等には想像も付かぬまま、返された四本の矢が四肢の何処かに刺さって四人が継戦不能に陥る。

瞬く間の出来事に、反応できた者がどれ程いただろうか。

舞い散る血液と共に生まれた間隙を縫い、騎手は中腰の姿勢から鐙《あぶみ》を外して鞍上《あんじょう》より身を躍らせる。そして、本来起こりえない〝中空での更なる跳躍〟を経て、一番手近な部下に斬りかかったではないか。

起こりと残心の間が読めぬ一刀が、惰性で握られていた弓諸共《もろとも》に親指を叩き落とす。これでまた一人が無力化され、残るは三人。

あまりに現実的ではない光景を受けて、尚も剣を抜けた二人の傭兵は末代まで讃《たた》えられて然《しか》るべきだろう。流石《さすが》は準専業軍人であり、戦闘に長じぬ魔法使いならばわけなく屠《ほふ》る殺しの輩《やから》。

されども、その牙も騎手――今やしっかりと二本の足に頼っているが――の前では無力であった。

複雑な軌道を辿《たど》る、しかし直線の組み合わせではない有機的な剣戟《けんげき》が剣を宙へと弾き上げる。悲鳴が張り上げられ、空を舞う剣を追うようにそれぞれの〝親指〟が同じ軌跡を描いて穏やかな青空を剣呑《けんのん》に彩った。

残るは副長格の男が一人。彼の中にあったのは、部下七人をあっと言う間に屠られた驚きでもなく、ただ恐怖であった。

俺は一体何に喧嘩《けんか》を売ったのだ？

外套のフードの下で、碧《あお》い何かが鈍く光るのが見え、背筋が震え上がる。そして彼の本能は、戦場で彼を生かして来た最善の手段を無意識にトレースした。

腰からぶら下げておいた、いつでも発射できる状態のクロスボウを手に取ったのだ。

頼りになる重さが、手の中で武威を誇るかの如くずしりと伝わる。戦場において〝騎士殺し〟として知られる貫徹力は、魔法使いの見えない壁にも十分有効である。剣や矢を止めるに足る壁であっても、同じだけの防御力を誇る甲冑《かっちゅう》を薄紙のように抜くボルトの前では頼りないものだ。

慣れた感覚と本能に従って目当てがつけられ、機構が跳ねる。ただの弓とは比べ物にならぬ初速を誇るボルトは、殆ど一投足の間合いにある状態で回避は不可能である。人の反射が間に合ったとして、その体が鳥より素早く飛翔《ひしょう》するボルトに追い付く道理がない。

しかし、倒れていなければおかしいはずの騎手は何事もなかったかのように刃を振るい、剣で副長の側頭部を強《したた》かに打ち付けた。

激痛と衝撃で白む視界の中、彼は数秒前の自分が見た光景を錯覚だと思い込んだ。

虚空に産まれた黒い〝ほつれ〟にボルトが呑《の》まれ、消えていったなどと……。

【Tips】三重帝国法においては貴種の責務に基づいて、貴種の監督下にあるはずの年貢が〝略奪〟された場合、その者の不徳として年貢は〝正当に支払われた〟と見做《みな》され、荘《しょう》への追加課税は固く禁じられている。

それ故、収穫期に活動する野盗においては、平時にはないボーナスを課すこともある。


のろしも上がらず誰もやってこない事態に焦《じ》れ、傭兵団の頭は自らが率いる二〇余名の手勢を連れて街道を進んでいた。待ち伏せ地点に来ても誰もおらず、ただ鼻孔に感じるのは血の残り香ばかり。

殺《や》られたのか？　と懸念が過ぎるが、可能性は低いはずだ。

追い込み役は八名と寡兵ながら、その欠点を補うために腕利きを集めているし、彼が信頼する副長は兜首《かぶとくび》を五つ積み上げた実力をもつだけではなく、目端も利く猛者だ。こんな田舎にふらっとやってくる獲物、それも見るからに子供としか思えないカモに負けることがどうしてあろうか。

だが、事実がどれだけ認めがたくも配下は姿を現さない。これは何かあったと見てかかるべきかと嫌な思考を巡らせた瞬間……一団の先頭に矢が降り注いだ。

山なりの軌道で飛ぶそれは、多くが兜の丸みや装甲の厚みで弾かれる。絵巻物や英雄譚《たん》に語られる絵面と違い、実戦用の甲冑や兜は重力を味方に付けた矢さえもきちんと弾くのだ。さもなくば、こんな重たい物を担いで態々《わざわざ》戦場まで行く者は早々に絶えただろう。

あってもなくても刺さるなら、身軽な方がずっと気軽なのだから。

悲鳴を上げるのは、運悪く鎧下《よろいした》だけで守られた部分や、装甲の隙間に鏃《やじり》が飛び込んだ者ばかり。

数名の被害が出たが、頭は迷わずに防御姿勢を取ることを命じた。射点を読んで盾を掲げ、密集することで流れ矢の被害もカットする。何が起こったかを悩むのはいいが、まずは体に染み込んだ防御姿勢こそが重要だった。生きていなければ、奇襲を仕掛けていた自分達《たち》が奇襲を受けたことに対する疑問を解決することもできないのだから。

頭は驚くほど冷静であった。彼は歴戦の傭兵《ようへい》であり、戦場では全てが流動的であるが故に奇襲を仕掛けていたと思っていたら、奇襲を仕掛けられていたなんてことは幾らでもあったからだ。

彼はまず、見つけた美味しい獲物が釣り餌だったのではないかと疑った。

どうやら少し派手にやり過ぎたらしい。昔どこかで聞いたことがあるのだ。大規模な巡察隊に引っかかり辛《づら》い野盗を釣り上げるため、あえて弱々しい疑似餌を放ち、それに食いつくのを待って襲いかかってくることがあると。

巡察隊は馬鹿正直な連中が多いが、そういった悪辣な方面には頭が回る。こと捜索とあぶり出しに関しては正規兵以上の鋭さとさえ言えるだろう。年がら年中寝ても起きても野盗狩りを考えているのだから当たり前かもしれないが、追われる側からしてはたまったものではなかった。

とすると、今度は……。

挟撃に備えよとの号令を受け、頭を背後に残った配下は密集陣を敷いた。敵を一所に足止めしたなら、次にすることなど同じ戦う者にとってお見通しである。

これで出鼻を挫《くじ》ける。そうしたら後は隙を突き、包囲を脱する他あるまいと覚悟を決めた頭であるが、彼の期待はまたしても裏切られた。

なにせ、突っ込んで来たのは〝美味しい獲物〟から変わっていなかったからだ。

だが、目に映った光景はあまりに異質であった。光の反射を捉えた脳が、それを疑ってしまうほどに。

なにせ、剣を担ぐように構えて疾駆する彼の周囲には、誰もいないというのに〝六本の剣〟が虚空に浮かんでいたのだから。

孤影の群れは滑るような足取りで肉薄する。まるで、担い手のいない剣の一本一本に虚《うつ》ろな剣士が伴っているかのような、謎の威圧感があった。

あれは伊達《だて》や酔狂で浮いているのではなく、きちんと此方《こちら》を〝斬り殺せる〟存在なのだと、血の臭いが染みついた場所で生きる男達にはありありと感じられる。

異様な光景に意表を突かれながらも、既に迎撃の準備を整えていた傭兵達は盾を密に並べ、槍《やり》の穂先を揃《そろ》えてそれを迎え撃たんとした。

確かに謎の恐ろしい威圧感こそあれ、所詮は〝剣〟だ。それを七人の剣士と見たところで高が知れている。一体どうして単なる武人が、槍衾《やりぶすま》という数千年続いて尚《なお》も揺るがぬ戦術を打ち破れるのか。

しかし、穂先があと数歩で突き立つという段に至って、孤影の剣士は空手の左を前に突き出す。それは、無防備な体を穂先から遠ざけようとする、滑稽にして無謀な試みとして彼等《ら》の目に映ったが、実際は異なる。

そして、次の瞬間、世界は雷光を想起させる圧倒的な光に塗りつぶされ、脳髄を劈《つんざ》く轟《ごう》音《おん》で世界が割れた………。


【Tips】魔法は物理法則を援用しながらも無視をするため〝完全な指向性〟を現象へ付与することが能う。それが熱であれ振動であれ、光でさえも。


何が起こったのか、傭兵の頭には理解できなかった。

数多《あまた》踏んだ戦場の地で、轟音を聞いたことは幾らでもある。耳を劈き、脳を侵し、意識を引っ掻《か》くような音は幾らでも。

魔法使いがぶっ放す攻城術式が弾ける音や、最近は魔法がなくとも城壁を崩せるとして普及し始めた〝火砲〟だとかいう玩具もかなりの音を発する。

しかし、これは別物だった。

低く轟《とどろ》くのではなく、甲高く脳を〝裂く〟ような音は視界だけではなく、世界を揺さぶってきたのだ。己を取り巻く全てが激しく揺れ、あまつさえ地面が〝起き上がって〟顔を殴りつけてくる。

いや、これはそんな大仰なものではなく、倒れただけなのか？　彼は背中にのし掛かる別の重みを感じながら首を回そうとして、それさえも失敗した。

どのみち、この白く感光して役立たずになった目では、確認することもできまいが。薄暗い部屋から昼間の太陽に晒《さら》された瞬間を何十倍にも酷《ひど》くしたような視界は、何度瞬きしようとも消えてくれない。性質《たち》の悪い客として荘や他国の村に居座ったこともあるが、彼等はこんな心地だったのだろうかととりとめのない思考が頭の頭を染めた。

もう、それくらいしかできることがないから、脳が論理的な思考を放棄したのだろう。世界が揺れる気味の悪さに胃が蠕動《ぜんどう》し、奪った略奪物を返却する。

それでも音と光の残響が彼を解放することはなかった。お前は命乞いを聞くような殊勝な男じゃなかっただろう？　そう言わんばかりに。

耳鳴りの向こうで剣戟の音が聞こえる。まだ配下が抗《あらが》っているのだろうか。だとしたら、この感覚を耐える、あるいは防ぐ方法を後で聞かねばなるまい。

それにしても妙だった。唯一まともに残った触覚さえもが、仕事を放棄し始めたのだ。

短い芝のような植物が生えた草原の壁――もとより彼が倒れただけだが――が緩み、泥濘《ぬかるみ》と化し始めたのだ。雨が降り、何百人もの男達が行進したせいでぬかるんでしまった後のように。

顔が浸《つ》かって溺死するのを必死に避けながら藻掻《もが》く頭であったが、顔の間際に誰かが倒れてきて顔が泥で埋まった。そして、狙い澄ましたように親指に激痛が走り………。

【Tips】親指は物を持つ基点であり、これを喪《うしな》った際は行為判定に大きなマイナス修正を受ける。鋤《すき》、鍬《くわ》の類いならば何とか扱えるだろうが、最早《もはや》剣を振るうことは能わない。そして、魔導師《マギア》や神官の扱う高度な再生施術は魔導院と聖堂の許可がなければ使えない、極めて高度にして政治的な施術である。

お遣い《クエスト》の最中に厄介ごとに出くわすのは、最早古来から決まったお約束なのだろうか。天上にまします誰ぞかがサイコロを振り、またしても私の道中表はよくない結果をもたらした。誰もボスも大目的も設定されていない、単なるお遣いに〝ミドル戦闘〟なんて求めてないいんだよ。この調子で〝クライマックス戦闘〟まで発生したらどうしてくれる。

「ほんと、たまには何事もなく行って帰って来たいもんだが」

私は血糊《ちのり》を振り払い〝送り狼《シュッツヴォルフ》〟を鞘《さや》へと収めた。それと同時に〈見えざる手〉を〈多重併存思考〉と〈遠見〉の術式を併用することで、剣を振るう一本の腕として扱う術式を霧散させる。

流石《さすが》に自分の体と同時に六本の腕を扱うのは結構な無理があるのか、脳味噌《のうみそ》の後ろ辺りがズキズキ痛む気がした。八本の腕――自前の二本を含む――に複雑な挙動をさせるという前提のせいで、体力と魔力の消耗が激しく、燃費もあまりよくないのだ。〝手〟に自前の手と同じだけの技量を持たせ、〈艶麗繊巧《えんれいせんこう》〉を乗せて〈戦場刀法〉を〈達人《スケールⅧ》〉の鋭さで全力可動させるのは五分が限界といった所だな。

　これがもっと手加減して、単純な刺突や振り下ろしだけ、或《ある》いはざっぱな狙いで〈短弓術〉を使うだけなら、一時間でも二時間でも耐えられるのだが。

　やはりコンポビルドの欠点は、継戦能力の低さという形で露骨に現れる。魔晶を砕いたら魔力が回復する仕様だったらよかったのに。

「一々こんなのに足止めを喰《く》らっていたら冬が来てしまうではないか」

「エーリヒ、三〇人から斬り伏せておいて、ちょっとした回り道を強いられた程度の物言いをされると……なんだ、すまないが流石の僕もちょっとひくぞ」

　かっぽかっぽと蹄《ひづめ》の音を鳴らしながら、私が飛び降りた後で安全圏に避難したポリデュウケスを拾ってきたミカがカストルに跨《また》がってやってきた。その凛々《りり》しくも愛らしい、毎度の如《ごと》く性別不詳の美貌は困ったように歪《ゆが》めても様になるのだから不思議である。

「いや、それは地面を〈転変〉と〈遷移〉の複合術式で〝モルタル〟に作り替えて、ねずみ取りにしてみせた君が言っても同じだぞ」

　ただ、その物言いには一つ抗議させていただきたい。このミドル戦闘には君も関わっただろうに。

　君も大概なのだぞと反論してみれば、空から舞い降りた黒い影が苦情を投げかけるように耳障りな声で鳴いた。

主人に文句を言うな、と言いたげに鳴いたのは一羽の渡鳥《ワタリガラス》であった。鳥類の中では大柄な、我が友と似合いの濡《ぬ》れたような光沢の美しい羽を持つ鳥は彼の〝使い魔〟である。

使い魔とは魔導生命体の一種であり、魔獣以外の獣や鳥、虫を魔法的に改造したものだ。普通は何代も掛けて魔法に慣らし、少しずつ魔法を刻み込んで普通の動物が持たない機能を埋め込んでいくため手間が掛かりすぎるとして今では斜陽にある技術の一葉。

「……また君の使い魔は主人に甘いな」

「いいだろう？　僕のフローキはとても良い子だからね」

自慢げに胸を張る友は、そうだろうそうだろうとでも言わんばかりの顔をする使い魔の嘴《くちばし》と顔の境目を撫《な》でてやっていた。あの使い魔は伝書と伝言、そして〈視界共有〉の術式を組み込まれた典型的な伝書使い魔であり、その使い勝手の良さは胸を張って自慢したくなる気持ちも少し分かるほどに高性能だ。

こんな上等な血統の使い魔、さぞ高価であろうだろうに下げ渡して貰《もら》えるとは、我が友も随分と師から愛されているようだな。

しかし、君ね、忘れてはいないか？　そもそも、師匠の伝手《つて》で貰った使い魔を嬉《うれ》しそうに飛ばして野盗共を見つけ出したのはいいけれど、何ならば成敗してやろうじゃないかと調子に乗ったのも君だというのに。別に私は道なき道を行ってもよかったのだ。

いやまぁ、ＴＲＰＧ的には野盗を倒して小遣い稼ぎ、もとい善行を為《な》すのは冒険者的思考でいうと当然のムーブだが。

意外と血の気が多かったのか、はたまた一四歳前後で発症する例の病気を患ったのか、乗り気だったのはミカだった。そして、鴉《からす》の目で陣形を偵察してくれた彼の情報を使って、戦略を立て二人で上手《うま》いこと野盗を全員生け捕りにしたのが私の所業である。

「分かった分かった、使い魔殿に免じてどっちが怖いか論争は私の負けにしておこう」

「譲って貰うのではなく、絶対に君の方が強いと思うんだけどなぁ……」

二対一では分が悪い。それに友人から強いと認めて貰って悪い気はしないのだ。ただ、これは口にしないが、多対多の状況になったら君の支援魔法の方が絶対に悪辣だからな？　移動困難地形を作り出して敵を足止めし、遠距離攻撃ができる面子《メンツ》で釣瓶《つるべ》打《う》ちにすれば一方的にタコ殴りにできるのはおっかなすぎる。

ともあれ、今回その哀れな目に遭ったのは自分ではなく、こすっからい野盗共なのでよしとしよう、親指を断って戦闘能力を奪い、モルタルの泥濘も魔法で速乾させたので悪さもできまい。最初にとっ捕まえた八人は、首まで地面に埋めて身動きできないようにして貰ったから、抜け出す心配もないしな。

まっこと造成魔導師の面目躍如といった所か。

本来は建物を造り、街道を整備し、下水を通す公共事業の担い手も、そのベクトルを闘争に向けた瞬間にコレだ。強力な魔導師《マギア》を官僚として召し抱え、貴族位まで投げつけて国に縛ろうとする理由も頷《うなず》ける。

さて、ではさっさと使い魔を飛ばして貰って巡察隊でも呼ぼうかと思っていると、〈聞き耳〉で小さな音が耳朶《じだ》に飛び込んできた。特徴的な金属音は、何かの留め具を外した音かと思われる。

音源、立ち位置、その他諸々《もろもろ》を勘案し、私は反射的に魔法を練っていた。

弓弦が離れる音、空気を裂く音、そして……空間が開く異音。

「なっ!?」

私は振り向きざまに〝手〟を伸ばし、手近な男の腰元から短刀を奪い取ると、クロスボウをこちらに向けていた男の掌《てのひら》に叩《たた》き込んだ。中手骨の合間を縫った刃が、ささやかな反撃を為した手を窘《たしな》めるが如く地に叩き付ける。

ちょっと油断したか。確かに親指がなければクロスボウを持つことはできないが、地面に据えてしまえば人差し指で引き金は引けるからな。今度からは指一本と言わず、二本貰っていくことにしよう。後に続く者達《たち》は、全て彼に対して恨み言を言ってくれよ?

「危なかったな、ミカ、怪我《けが》はないかい？　私の対処が甘かったようだ」

「あ、ああ……すまないエーリヒ」

胸元に開いた〝空間のひずみ〟を見やりながら、ミカは自分の胸を本当に無事か確かめるかのようにぺたぺたと撫でている。

さて、ではご覧に入れよう。これが私の成長の回答、〈空間遷移〉の取得である。

あの夜、アグリッピナ氏は私にこれの術式を寄越《よこ》したのだ。それも一般的には〝禁忌〟とされ、半ば遺失技術《ロストテクノロジー》と化したそれを。そんなモンを気軽に紙で寄越すなとキレそうになり、実際に翌日に抗議したら、どうせ殆《ほとん》ど誰も理解できないんだしいいじゃないとクッソ適当な言葉が返ってきたので、私はもう諦めた。

しかし、習得してみて〈空間遷移〉がロストテクノロジー化しつつある理由はよく分かった。私をして教えて貰って尚もコストが馬鹿みたいに重い。それこそ完全に習得しようと思えば、幾つかのスキルと能力を〈神域〉や〈寵児《ちょうじ》〉まで持って行ける要求量だ。

その理由は〈空間遷移〉の起こりである、〝空間のひずみ〟を作るまででも結構な熟練度が必要なのに――実際、これを〈手習〉でとるだけで貯蓄の半分が吹っ飛んだ――座標の指定だの通過物の指定だの膨大なアドオンを用意して、やっとこ〝生物の通行〟に適した〈空間遷移〉が完成する。

その上、ひずみの大きさや持続時間は〈空間遷移〉そのものの位階に依《よ》るのだから、何をか況《いわ》んやである。

そりゃあ空間をほつれさせて、何処《どこ》とも知れぬ所へ繋《つな》げるだけでは技術としては片手落ち極まるわな。この技術の目的は、それこそ遠方へ人を一瞬で運ぶ魔法なのだし。

ただし、視点を変えればこれはこれで役に立つ。たとえば、強力な攻撃を問答無用で空間の彼方《かなた》へ受け流す盾として運用するとか。私もこのほつれがどこに繋がっているかは、全く分からないのだ。

将来的な発展性を見据えつつ、私はライゼニッツ教授から見せていただいた光景を参考に〝ひとまずの完成形〟を定めた。

メインウェポンは勿論《もちろん》剣術を据えるので〈円熟〉《スケールⅥ》から〈達人〉《スケールⅧ》まで持っていき〈神域〉《スケールⅨ》にリーチをかける。その上で元々考えていた武器さえあれば同時に七本の武器を扱えるという技術を対多数の制圧用スキルとして運用。ヘルガと戦った時のように巨大な武器を扱うこともできるが、やはり私と同じ技量を持った剣士が六体現れるこちらの方が理不尽さも強く仕上がったのではなかろうか。

また〈見えざる手〉にも多少の改良を加えた。アドオンとして〈硬き掌〉を追加することで簡単な物理障壁に過ぎなかった手そのものの硬度を向上させ、鎧《よろい》に劣らぬ堅さを実現。これを多重展開すればかなり堅牢《けんろう》な守りとなり、我が身を覆うように展開すれば動きを阻害せぬ省エネ防御魔法にも使える。

障壁として運用すると、剣を持たせる手が減るので痛《いた》し痒《かゆ》しといった所だが、マイナータイミングやリアクションですら装甲点が増やせるといったら、物理偏重の敵にはゲロを吐くほどキツい状況を強いることができるのでお気に入りだ。

また、かなり奮発して〈多重思考〉を〈多重併存思考〉へとアップグレードしてある。こちらもかなり値が張ったものの、マルチタスクの精度と能力が向上したので良い買い物だと自負している。おかげで家事の効率は何倍にも上がったし、ヘルガと戦った時に覚えた〝見えざる手の動きに体が無意識に追従する〟という大きな隙も潰すことができた。

処理領域に余裕もあるので、将来的に〈見えざる手〉が一〇本くらいに増えても持て余すことはなかろう。まぁ、これ以上を増やすのは若干割高感があるので、本当に余裕がある時の選択肢になるが。

　そして、生半可な障壁では防げない魔法への回答が、この〈空間遷移〉である。問答無用で位相空間にぶち込まれた攻撃は消え去るため、消費は大きいが敵が押しつけてくる理不尽を完璧にいなせると考えれば確実にお値段以上の仕事をしてくれるはず。もう一つの〝隠し球〟も仕込んであるし、将来的には私も人を移動させられるくらいには持っていきたいものだな。

「とりあえず、念のためにもう一発ブチ込んでおくか」

　そして余った熟練度を使い、これらの間隙を埋めるために編み出した小技が、これだ。

　左手から指向性を持たせた約七五〇〇〇カンデラの強力な光と一五〇デシベルの轟音《ごうおん》が轟《とどろ》き、倒れた野盗共が苦悶《くもん》に身を藻掻かせる。二回目なので鼓膜が残念なことになったかもしれないが、どうせ警邏《けいら》に引っ立てられたら、それ以上の〝酷《ひど》い目〟に遭わされるのだし誤差だよ誤差。薄い本程度で済むとは思うなよ。

　原理は単純だ。単なる〈転変〉の魔法で油紙に包んだドロマイト鉱石の粉末とアンセニア塩――どれも帝都の魔導師《マギア》が営む工房で買える――をマグネシウムと過酸化アンモニアに変性させて発火起爆するだけという、スタングレネードに使われている元素を魔法で作り出しただけに過ぎない。

　それに音響を収束させ、光を前方にだけ届けるという――私には発光さえ観測できないよう調整済み――補助術式を組み込んで、限定的な非致死魔法に仕立て上げたのである。

着想は勿論前世の映画やゲームだ。あれは実に素晴らしいもので、人質救出から敵の制圧まで何でもござれで物も壊さないときた。ちょっと実力不足で出力が前世のそれとは劣るものの実用レベルではあるし、誤射誤爆の心配がないときたら何処にケチをつければいいのかと。あまつさえ、使っている魔法原理は単純故にワンアクションで撃てて低燃費とくりゃあもう、考えたの私なのに、天才じゃね？　と自画自賛してしまったね。

まぁ、記憶の中で見た魔導師《マギア》のパクリと言われたら何も文句は言えないが、ブラッシュアップしてるから単なるパクリではなくリスペクトだと主張したくもある。自分を褒めて認めてあげるのも大事だから多少はね？

「さて、じゃあ巡察隊を探そうか。この時期なら主要街道の方に立哨《りっしょう》も出てるだろうし」

ミカは懐から紙を取り出して何かを書き始める。きっと使い魔の足に括《くく》り付けて、伝書《でんしょ》鳩《ばと》代わりに手紙を届けさせるのだろう。

これで一体幾らの儲《もう》けになるか。この時期の野盗は三下でも結構良い値になると聞くしなぁ。確か、この間とっ捕まったのが見せしめに吊《つる》されていたが、一人頭十数リブラの懸賞金が支払われて、しかも生け捕りの頭領は五ドラクマもしたと聞いたな。

ついでに野盗からは略奪しても怒られないし――無論、残った略奪品は返納の義務があるが――小銭くらいは持っているだろう。装備も割ときっちりしているし、買い取って貰えばかなりの額になるのでは？　持って帰るのは骨だが、どうせ連中も荷車の一つは持ってるだろうし、カストルとポリデュウケスに括れば十分持って行けるか。

あっ、そういえば生け捕りボーナスというのがあると聞いたな。それなら三〇うん人を生け捕りにしたのだから、かなりの儲けになるのでは？　山分けしたとしても、今までの稼ぎも含めて、ぼちぼち今年分くらいはエリザの学費を支払えるかもしれない。

重畳重畳、世は事も無し、神は今日も天にいましってことだ。悪は倒され、冒険者は成果を持って微笑《ほほえ》むと。今日のヘンダーソンスケールは良い具合に低いようだった。

ただ、アレだな、流石《さすが》に二連戦の上に〈見えざる手〉を全力稼働させ、滅茶苦茶《めちゃくちゃ》消耗する〈空間遷移〉障壁まで使ったので魔力がからっけつだ。頭痛が少し強まってきたし、虚脱感も大きい。

「時に我が友」

「ん？　どうしたんだいエーリヒ、そんな改まった物言いをして」

この幼い体は未《いま》だに燃費が悪い。再充填こそ早いが、やはり底が浅いのが問題か。いや、むしろこの年齢にしてはよくやっている方だよな、私。だよな？

「ちょっと疲れた、一休みしないか？」

だから、丘の上で一休みとしゃれ込んでもバチはあたらんだろう…………。

【Tips】 巡察隊の巡回により街道上の安全は他国と比して圧倒的に高いが、極めて運が悪いとこういった出来事に出くわすことはある。

清々《すがすが》しく何処までも高い天を眺めていると、そのまま空の向こうにおっこちてしまいそうな感覚に襲われる。

しかし、それは恐怖を伴う物ではなく、あの美しい青に溺れられるのではと期待するような心地だ。秋口の数が少なく薄い雲は、抱きしめればどんな心地がするのだろう。

ああ、雲で思い出したが、先週マルギットから手紙が来た。帝都に行くという隊商を捕まえて、私宛に手紙を頼んでくれたのだ。内容からするに、私が到着する少し前に書かれた手紙が今になって届いたらしい。

近況報告を主としたそれは、なんと予想通り、気が早いことにハインツ兄がミナ嬢の腹を膨らませたというものだった。細身だったために二月ほどで腹が目立ち、あっという間に懐妊の噂《うわさ》が荘《しょう》に広がったそうな。兄は荘の中でも結婚から妊娠の期間がかなり短く、なんと現状では次点の素早さだったという。

まぁ、結婚から一月で孕《はら》ませた計算になる、以前に妖精《アールヴ》のコインの話をしていた隣の爺《じい》様《さま》を抜くほどではなかったが。

どうやら私は叔父さんになったらしい。実にめでたい。前世でも経験しているものの、やはり身内の慶事は何度あってもいいものである。

なにはともあれ、我が血脈が続くと考えれば実にめでたい。とりあえず、今回の一件で臨時収入も得られることだし、薄い財布と相談しながら心ばかりの出産祝いを用意させて貰《もら》おう。貰う側の赤子には分からぬことだが、大きくなってから自分が生まれたことをこれだけ喜んで貰ったのだと教えて貰えれば、きっと嬉《うれ》しいはずだから。

しかし、私は何だってこんなことを考えながら、友人の膝に頭を預けているのだろうか。

「具合は悪くないかな？」

そりゃ良い具合ですとも、と内心で思いながら、私は見下ろしてくるミカの美貌を妙な物を見るように観察した。

相変わらず今日も涼やかで性差を感じさせぬ顔をしている。怪訝《けげん》な顔で見る私に首を傾《かし》げて微笑んでみせる彼は、その顔を上手《うま》く使えば笑顔だけで生計を立てられそうなほど麗しい。

秋風にそよぐ癖を帯びた黒髪。形の良い鼻と少女のような瑞々《みずみず》しく厚い唇。そしてなにより、そのまま宝石にして飾ってしまいたくなるほど美しい琥珀《アンバー》の瞳といったらね。もう何年かしたら、世のお嬢様方が興味を惹《ひ》きたいがため色々な物を投げ出して愛を請う美青年になることだろう。いや、きっと男でも道を進んで踏み外したくなる危うさがある。

見ているだけで頭痛が治まりそうな顔で疲れを癒やすのは良いが、この体勢は本当に如何《いかが》なものかと思わないでもない。

確かに休もうと提案したのは私で、魔力不足と多重の高速処理による頭痛に悩まされて横になりたかったけれども、何をどうすれば膝を貸すという発想が出てくるのか。

それに甘えているお前は何なんだ、と言われたらぐぅの音も出ないが、自分の腕を枕にするよりも確実に具合が良さそうだったから、ついつい誘われるがままに頭を乗せてしまったのだ。

そして、実際具合がいいから困る。鍛錬を続けており、成長に伴って厚みを増し筋肉で硬くなってきた私の足と違って、ミカの足はちょうどよい弾力で実に居心地がよかった。おかしいな、彼も私と遠乗りに出たりして、足腰の筋肉が発達してきているはずなのだが。

「しかし、また伸びたね……やはり伸びるのが早い」

ああ、そういえば今生での初膝枕だなーなどと頭の悪いことを考えていると——マルギットには物理的に膝がなかったから、お願いできなかったのだ——彼は伸びてきた私の髪を取り、しげしげと眺めながら言った。

頭皮に感じる微《かす》かに引っ張られる感覚。ああ、これは……おもちゃにされてるな。

「おい、何をしているんだい」

「いやなに、つい手持ち無沙汰でね。触り心地もよいからついつい」

なにやら頭が丁寧に編み込まれているらしい。確かに毛先が首筋を越えてきて、前髪も後ろに流さねば鬱陶しいぐらいになったが、そんな女性のように整えられても反応に困るぞ。

「ちょっと動いて貰っていいかい？　手が届かない」

「アッハイ」

なんで言われるがままに動いてるんですかねぇ……って、こら、花を摘むな、絡めるな、飾るんじゃない。一体どういうセンスをしてるんだね君は。私をそんなお姫様スタイルに飾っても似合うまい。こういうのはエリザがやってこそ映えるというのに。私がやっても映えるのではなく、精々が草を生やされるのが限度だぞ。

「できた。後は起き上がってくれたら完成だ。ちょっと頭を上げてくれ」

膝を借りているという立場上あまり強く出ることもできず、命ぜられた通り腹筋の力で軽く頭を上げると、編まれた前髪の一部が後ろに回されるのが分かった。なんだっけか、カチューシャ編みとかいうやつか、確か市井で流行《はや》っているらしく、そんな風に頭を飾ったご婦人方を見かけた気がするな。

いや、それを私にするって何の罰ゲームだよ。

「そんなに髪で遊びたいなら、ミカ、君も伸ばせばいいだろう」

「ん？　ああ、僕はいいよ。これが似合ってる。それに短いうちはいいが、伸ばすとクセがひどくてね」

しれっと言い放ち、シロツメクサを増量してくる友人。私、なんか恨まれるようなことしたかね？

とりあえず頭痛も治まってきたし、ぼちぼち頭を解放して貰おうか。この様をそろそろやってくるらしい巡察隊の諸氏に見られたくは……。

「ああ、おいでなすったようだね」

ちくしょう、かみはしんだ………。

【Tips】瀆神《とくしん》に対して神が直接裁きを下すことは少ない。精々が使徒を差し向けられる程度なので、ちょっとした罵倒やネタ扱いは日常茶飯である。なお、それを近くで聞いていた神職者とリアルファイトに突入することは神罰としては扱わないものとする。


「で、諸君らはお遣いの最中に彼らを見つけて捕縛しようと思った……と」

「ええ、そんなところです」

ヘンリク・フォン・リュニンゲン帝国騎士は叙勲から一六年間、三重帝国の通商路を警備し続けたベテランの巡察吏である。領地を持たない一代貴族――世襲権を持たない俸禄《ほうろく》と名誉称号としての騎士――ながら忠に篤《あつ》く、多くの戦いを街道の安全に捧《ささ》げてきたが、これはちょっと人生で初めてのできごとであった。

七名の騎手を連れて通行量の多くない街道を進んでいた彼の下へ、足下に文をくりつけた鴉《からす》が飛んできたのは実にありふれたことだ。魔法使い達《たち》が使う、使い魔なる飼い慣らされた生物が救助や助力を求めて、手近な巡察隊に飛ばされるのは間々あることだから。

だが、今日もその類いの文かと思えば、記してあるのは「野盗を捕まえたので引き取ってくれ」というものであった。

これも珍しいといえば珍しいが、ない話ではない。魔法使い連れの冒険者だの、社会奉仕精神にあふれる魔導師《マギア》が捕まえたはいいものの、自分達より大勢の虜囚を抱えかねて助力を請うてくることが年に一回はあるからだ。

とはいえ、見るからに未成年の見目麗しい少年二人に呼び付けられるとは思ってもみなかったが。

片や性別が男性用の旅装からしか測れない美男子、片や花畑の姫君のように髪をシロツメクサで飾った白皙《はくせき》の少年とくれば、もうどう反応していいものやら。

これが泥棒がいたなんぞの可愛《かわい》らしい通報であれば、遊んでいる最中に見つけたのだな感心感心と頭の一つでも撫《な》でてやって、ご褒美に菓子でも買いなさいと銀貨を握らせる所だが、野盗をとっ捕まえて無力化したと言われればどんな反応を示すのが大人としての対応なのか。歴戦の猛者として知られる彼にしても、ぱっと答えが頭に出てこなかった。

「あー……リュニンゲン卿《きょう》、確かに二四名が、そこで……えー、何かに塗り固められております。一応、全員生きているようですが」

「その、こちらには〝首から下が地面に埋められた〟者が八名……」

挙げ句の果てに虜囚が野盗だとしても若干哀れになる姿で晒《さら》されているとくればもう。明らかに常人の仕業ではない。魔法使いか魔導師《マギア》か、さもなくば妖精《アールヴ》の所業に違いない。

「私どもは魔導院の関係者でして、ささやかながら魔法が使えますので」

「はい、私は魔導院の聴講生。彼は魔法使いとして教授の下で丁稚《でっち》をしておりますれば、腕に多少の覚えがございまして」

ささやか？　多少？　何をして彼らはいけしゃあしゃあと宣《のたま》っているのだろうか？

大の大人、それも装備が整った三〇余名を二人で捕縛したというのか。現場に残る痕跡からして〝真正面〟からぶつかり合ったとしか思えなかった。よく見れば、倒れて呻《うめ》いている連中に親指がないのは、それを斬り飛ばして無力化したからとでも言うつもりか。

何もかもが異質だった。だが、頼んで見せて貰った彼らの割符は正規のもので、確認用の割符を添えればきちんと青く――偽物であれば赤く――光った。

「報告！　近場に野営地と思《おぼ》しき陣を発見！　略奪物らしき、帝国印を捺《お》された馬車が一台見つかっております！」

「雑な埋葬の後も見られます。如何いたしましょう？」

自分と同じく困惑する部下を統率するため、リュニンゲン卿は目頭を軽く揉《も》んでから意識を切り替えることにした。目の前の〝コレ〟は子供じゃない怖《おそ》ろしい何かだと思えば、大人の対応をするのも容易《たやす》い。

「……承知した。暫《しば》し待たれよ、検分の後に紹介状を書こう」

どのみち仕事はしなければならない。状況を改めて、人相書きから手配犯でないかを調べた上で人数をきちんと数えて紹介状の形に纏《まと》めねば、彼等《ら》は行政府から褒賞金を受け取れないのだ。子供には過ぎた額だとか、未成年が無茶をするものではないと説教すべきではとの〝常識的〟な思考が脳裏を幾度か過《よぎ》ったが、彼はそれを無視して仕事にかかった。

常識は大事であるが、持ち出すべき場と相手がおり、これは決してそんな相手ではないと思ったからである。

それに、世の中にはあまり真面目に考えたって仕方がないこともある。世の中には初陣で鎧首《よろいくび》を獲《と》ってくる規格外だとか、十五でドラゴンスレイを成し遂げる怪物だって実際にいるのだから。

なら、十二～三で野盗を壊滅させるのは可愛い方だといえる。

彼は自分の理性と感性を無理矢理に納得させた後、忠実な巡察吏らしくモルタルに塗り固められた阿呆《あほう》共の面を拝みに向かった………。

【Tips】野盗の褒賞金は直《す》ぐに支払われる訳ではなく、十分な詮議の後に支払われるため、大体は一月ほど支給に時間がかかる。

何やら様々な感情を嚥下《えんげ》しそこねた様相で、巡察達は縄を打った野盗共を引っ立ってていった。

ああ、まぁガキ二人があの数を無力化して、しかも片方はアホみたいな格好してたら自分の目とか脳味噌《のうみそ》を疑いたくなるのも分かるよ。

「さて、決済して貰えるのが楽しみだね？」

紹介状を受け取ったミカは、私が必死こいて〝手〟で花を髪から引っぺがしている様を見て何も思わないのかね。編み込み自体は丁寧にやって貰ったし、むしろ鬱陶しかった髪がちょっと邪魔じゃなくなったので、今後もやってみようかと思うくらいの出来映えではあったけど。

「これで生活が楽になる。しかし、本当にいいのかい？　山分けで」

「いいに決まっているじゃないか。君だって随分と働いてくれたんだから」

ひらひらと紹介状を楽しそうに振っていたミカだが、不意に表情を曇らせて問うてきた。

山分けを提案したのは私からである。正面から戦ったのは私一人だろうが、野盗を見つけて奇襲《バックアタック》を防いだのは彼だし――背後からの攻撃は最初から気付いていたからこそ、あそこまで上手く躱《かわ》せたのだ――乱戦時に地面をモルタルの泥濘《ぬかるみ》に変貌させて支援もしてくれた。今まで一人で頑張っていた私にとって、敵にデバフを撒《ま》いてくれる後衛がなんと有り難かったことか。

倒した後になによりも骨折りである捕縛をまとめてやってくれたのも大きい。私では、ああはいかないからな。括《くく》ろうにもそんなに沢山ロープは持ってないし、逃げられないよう延々とスタンさせ続けるのも魔力が保《も》つまい。かといって、足の腱《けん》を斬って回るのも……。

兎《と》角《かく》、私にとって彼の助力は大変有り難かったのだ。何も戦うというのは前線でヤットウの腕前をひけらかすだけを指すのではない。

戦って勝ち、後始末をつけて報酬を得るまでが戦闘だ。一番面倒な所を楽にしてくれた彼に報いて誰が文句を言おうか？　私は前世で流行した、安っぽい追放者の頭が足りていない頭目ではないのだよ。

「それとも、膝枕の代金としては不服かい？」

「……まったく、君というやつは。言っておくが、おつりはでないよ？」

本心から思い悩んでいたようなので、気にするなと茶化せば何時《いつ》もの笑みが帰って来た。

ああ、やはり彼は笑っている方が映えるな。

「なぁに、気にせずとっておきたまえよ。さて、そろそろ行こうか。日が暮れる前に着いておきたい。もう三日も野営で節約しているからな。もう風呂が恋しくて仕方ないよ」

「分かった、じゃあ急ごう」

私達は馬に跨《また》がり、ささやかな戦利品を担いで寄り道から本筋へと戻っていった。

ちなみに剣は一本だけ頂戴して、後は全部巡察隊に引き取って貰《もら》った。いや、荷車で引っ張って換金してもよかったのだが、頼めば公定レートなので割安にはなるが懸賞金に含めてくれるというので全てお譲りしたのである。かっぱいで積み込んで、ついでに運んで売り払うとなったら手間が凄《すご》いからね。

故に剣も厳選して一本だけにした。その場で使うにはいいけど、とても持ち歩けない。流石《さすが》に重すぎるし、ポリデュウケスに括り付けたって積載できる容量を食いすぎだ。だから、傭兵《ようへい》の頭が持っていた質の良さそうな物だけを失敬しておいたのだ。もっと軽いか、別の持ち運び方があれば確保しておきたいのも数本あったのだが。

さて、今回のお遣いは何を隠そうアグリッピナ氏から直接承ったご依頼である。褒賞はなんと一ドラクマとお大尽な額を提示していただいており――冒険者になった時、金銭感覚が狂いそうだ――経費も一〇リブラと潤沢にいただいてしまった。その上、経費は余ったら貰っていいというボーナス付きとくればね、もうね、色々ケチっちゃうよね。

二人で野営をしつつやってきたのは、帝都の北西に位置する帝国の最北方地域の入り口にたたずむヴストローという小規模な街だ。代官の城館を中心として発達し、周辺の荘《しょう》を治め、物資を集積する有り触れた地方都市である。

主な産業は畜産と農業、あとは革製品も少し。人口は八〇〇〇ほどと規模としては中堅より僅かに下といった所である。

しかし、ここにはアグリッピナ氏曰《いわ》く著名な〝複製師〟なる複製本を作る達人が住んでいるそうなのだ。かつては帝都に居を構えていたそうだが、年齢から人混みと華美な本ばかり作る依頼に疲れ、生まれ故郷であるこの地に引っ込んだとか。

魔法を使った本の複製は非常に高度な手法らしく、専ら金のない学生――中には食い詰めた研究者、果ては教授も――が目を真っ赤にしながら手書きでやる物らしい。その上、製本や装丁自体は専門家に依頼してやっと仕上がるとなれば、希少性は言うまでもない。

しかし、複製師はそれぞれ異なる手法で魔力を作り、精度と質の高い複製本を作るという。特に今回私が訪ねていくマリウス・フォン・ファイゲ卿は、本物とうり二つの写本を作るという、人の名前を覚える気が全くない、あのアグリッピナ氏が一発でフルネームを口にするほどの高評価を与えている人物である。

かなーり偏屈だと聞かされたので覚悟は必要だが、お遣いとしては報酬も含めて悪くない話だと思うし、実に〝らしい〟ではないか。

なので、秋期の税収計上作業に監督として師である教授が駆り出されたせいで――三重帝国の魔導師《マギア》が〝官僚〟だと改めて思い知らされた――時間に余裕があったミカを誘って出て来たのである。

その旅路も目的地は目前だ。ちょっとしたイベントもあったけれど、此処《ここ》まで来たら終わったも同然だろう。

さ、エリザの学費のため気張るとしよう。ああ、お土産は何がいいかなぁ………。

【Tips】写本。羊皮紙の本を手書きで写し、街の同業者組合で装丁を依頼して仕上げる。魔導書の中には魔力を込めた手書きでなければ意味がない物も割合多いため、写本であるからといって価値が低い訳ではなく、内容によっては爵位に等しいとされる稀覯本《きこうぼん》も世の中には存在する。

目的地には夕刻を過ぎた頃に入ることができた。帝都のようなそびえ立つ市壁に囲まれた大都市ではなく、精々が三メートルほどの薄い防壁だけが囲う質素な街だ。都市計画だけは帝国の基準に沿っているようだが、少なくとも攻囲されたなら半月も保ちそうにない佇《たたず》まいである。

とはいえ、帝都から早馬で二日ほどの距離なら、そこまで気合いを入れて守る必要も無いのだろう。それこそ、こんな帝都からほど近い街が陥落するようなら、三重帝国は遷都するか乾坤一擲《けんこんいってき》の会戦を試みる段階だろうし。

都市の防衛に似合いのおざなりな身分チェックを受け、入市税の――最初は面食らったが、まぁ高速道路代とでも思えば抵抗はなかった――五〇アスを支払って街に入った。目指すはクエストの達成……。

「さて、宿を探すか」

「そうだね」

ではなく、今日のお宿である。

飯時に訪ねていくのは常識的に考えて拙《まず》い。特にあの偏狭の極みにあるアグリッピナ氏が「偏屈だ」とコメントするあたり〝よっぽど〟だろうから、気をつけ過ぎるということもあるまい。最悪、扉を開けた瞬間に攻撃魔法が飛んでくるのを覚悟してしかるべき手合いだと見る方が、精神衛生上も身の安全上も好ましかろう。

だから、ちょっとしたお土産も用意しておいた。帝都産の銘菓を幾つか見繕っておいたのだ。多額の経費を持たせたということは、この辺にも気を遣えよと言いたかったのだろうし。

「もし、少しよろしいでしょうか」

「ん？　どうした？」

ともあれ、本番は明日なので今日の宿を探そう。暇そうにしている衛兵を捕まえて、安い木賃宿でよい所はないかと訪ねてみたところ、一つ教えていただいたのでお礼として銅貨を少し握らせておいた。このあたりの感覚に慣れるのにも少し時間がかかったな。だって、地方公務員が当然のように〝お礼〟を受け取るのだから。

礼を言って家の間隔もまばらな市街を行く。街道は丁寧に石畳が敷き詰められていたが、市壁の内部は大通り以外は土を均《なら》しただけの簡素な道が広がっている。帝都のように街灯が立ち並ぶようなこともなく、正しく牧歌的な田舎町という風情であった。

市壁の付近に位置する飯場街にて私達《たち》は木賃宿――部屋だけを借り、全てを自炊で済ませる安宿のこと――の一室を一〇アスで借りた。微《かす》かに傾《かし》いだ建屋は時代を感じさせるが、中は存外きれいに整えられていたので、あの衛兵が宿から付け届けを貰って酷《ひど》い宿を押しつけている訳ではなかったようだ。

この辺の宿屋全てをカバーする一軒の厩《うまや》にカストルとポリデュウケスを預ける。ここも随分と見た目はくたびれていたものの、馬丁の親子は誠実そうで私達のような未成年も侮ることなく〝だんなさま〟と持てなしてくれたので、サービスに心配はなさそうだ。

ここでは馬一頭で水・飼い葉付き一日一五アス、二頭なら二五アスで預かってくれた。人間の宿よりお高いのはどうかと思うが、手間のかかる生き物なので仕方あるまい。なにより我々の大事な冒険の仲間なのだし、彼らにも良い宿で休んで貰えるのなら値段に文句はつけないさ。

たっぷり食べさせてやってほしいとチップで五アス握らせて、今度は我々の腹を満たすことと相成った。

「さて、何か食べたいものは？」

「ふむ、とはいえこの辺は屋台が少ないね」

言われて気付いたが、確かに屋台の数が少ない。いや、帝都の如《ごと》く辻《つじ》という辻に何かしらの店や露店が建っている方がおかしいのだ。それこそ、私の荘なんて酒房も飯場も一個ずつしかなかったし、それでさえ隊商や旅人が訪れる時候だけの限定営業だし、屋台なんて春と秋の隊商が出すものくらいだからな。

「しくじった、折角だし衛兵に尋ねた時に飯屋のことも聞いておくべきだった」

失策に気付いて頭を掻《か》く。さっきの馬丁親子に聞いてもよかったものを。あの調子なら、この飯場街の食事事情だって快く教えてくれただろうに。

戻って聞こうかと思っていると、ミカが私の服を引っ張って一軒の酒房を指さした。

「あそこはどうだい、エーリヒ。人の出入りが結構ある。旨《うま》いんじゃないだろうか？」

促されて見た店は、これまたひなびた飯場に似合いの店構えであるが、確かに旅装に身を包んだ客の出入りは多い。中には胸甲や腕甲だけで軽く身を覆った冒険者や傭兵らしい姿も見える。

因《ちな》みに、ここも帝都と同じく衛兵と貴族、そしてその護衛以外は帯刀を禁止されているので表道具をぶら下げている人間はいなかった。帝国の都市では基本的に物騒な道具を持ち歩いてはならないのだろう。ちょっとした拍子で刃傷《にんじょう》沙汰《ざた》に及ばれると、都市としては非常に困るからな。

私も宿に〝送り狼《シュッツヴォルフ》〟と戦利品の剣、そして鎧櫃《よろいびつ》の一式は預けてある。武装らしい武装は旅装の首に巻いた涙型の首甲と手甲、それと袖に仕込んだ妖精《アールヴ》のナイフに魔法の触媒だけだ。とはいえ、焦点具の指輪もしているので、基本的にやろうと思えば〝なんだってできる〟ことに変わりはないのだが。

ひょっとしてアレだろうか、この指輪型の焦点具が廃れたのは収束倍率重視の風潮だけじゃなくて、国の施策で廃れるような噂《うわさ》が流されたとかじゃないだろうか。今更ながら希少な素材を使ってるとはいえ、性質《たち》が悪すぎるぞ。指輪一個つけてるだけで、短刀よりよっぽどエグい暗殺道具が色々な所に持ち込めるとか恐ろしすぎる。

おっかない想像もそこそこに、私達は飯場に足を踏み入れた。

ドアの向こうには広いはずなのに客足と目一杯詰め込んだテーブルのせいで酷く手狭なホールがあった。噎《む》せ返るような酒精と濃密なヒトの臭いがあふれかえり、食べ物の匂いと混じって最高の混沌《こんとん》を生み出している。

打ち鳴らされる酒杯、下品な笑い声、カードや盤上遊戯に興じる者の悲喜《ひき》交々《こもごも》混じる歓声。正しく地の果ての酒場、といった風情であった。

そうそう、これだよこれ、こういうのでいいんだよ。どうにも私の周囲にはイロモノな展開ばかりだから、こういった純正のファンタジーな光景は大変よろしい。

とはいえ、別に子供二人で連れ立って入ったからといって「ママのミルクでものんでな！」という展開はなかった。普通に隊商に丁稚《でっち》としてくっついているだろう、私とあまり変わらない年頃の客もいるからだ。

「はーい、ちょっと待ってね！　混んでるけど一応空いてるから！」

胸元が大きく開いた、北方で着られているらしい民族衣装を纏《まと》った給仕が元気よく叫んだ。暗い金髪を太い三つ編みに束ね、そばかすを散らした顔を太陽のような明るい笑顔で染めた姿は正しく田舎の看板娘といったところか。

私達は彼女に導かれ、隅っこの方に空いたカウンターに連れて行かれた。隣では男達がカードに興じており、銅貨と銀貨がたまに景気良く飛び交っている。

情報収集といえば酒場ではあるが、流石に客に話しかける気にはなれなかった。そも、宿屋の近くの飯場ということは、ここで屯《たむろ》している面々は旅人や隊商だろうし、ファイゲ卿《きょう》の話が聞けるとは思えないからな。

「さ、何にするお若いお二人さん。今日は羊捌《さば》いたから、煮込みが美味《おい》しいよ」

羊肉？　珍しいな、この辺は豚肉がメインで放牧しなければならない羊はあんまり食べないのに。いや、家畜を越冬させるのが難しい北方だからこそ、寒気に強い羊を飼っているのだろうか。

「ああ、懐かしいな。じゃあ、僕はそれでお願いします」

そういえば君は北方の出身だと言っていたか。なら、馴染《なじ》みの味だろうし失敗はなかろう。私もミカの尻馬に付いて同じ物を頼んだ。

「いや、久しぶりに食べられるのか。嬉《うれ》しいな。帝都だと殆《ほとん》ど出ないからなぁ」

三重帝国は基本的に森が多い国で、どうしても牧草地は少ない。むしろ牧草地にできるようななだらかな地形は、単位面積ごとの収穫が大きい耕作地にするため、牛や羊はあまり育てず、森でどんぐりなんぞを食わせれば十分な豚の需要が高いのだ。

そして、広い面積を使って少ない生産量となる牛を肉として食うのは上流階級のみ。我々庶民の口には殆ど入ってこないため、たとえ金があっても食べたい物を手軽に手に入れることはできない。

それもあって、ミカは故郷の味に餓《う》えているのだろう。

……そういえば、私ももう長いこと米を食べてないな。三重帝国人としてパンと豚肉主体の食事に慣れきっているが、やはり精神と魂にこびり付いたあの味が少し懐かしい。それと味噌汁《みそしる》も飲みたい……もう随分と飲んでいないが、やはりあの味は忘れがたいものがある。やはり日本人には米と出汁《だし》の味が不可欠なのだ。魂に染みついたそれを忘れることが、一体どうしてできようか。

どこかで南方の南内海の方だと米も食うと小耳に挟んだが、それは私が馴染んだ何世代にも渡って品種改良が施されたジャポニカ米とはほど遠いできなのだろう。あれは本当に血が滲《にじ》むような努力で百年以上改良し続けた末に単体で食っても美味《うま》いよう調整されており、原種とは比べるべくもない高い品質に仕上がっているのだから。

それはそれで美味いかもしれないが、故郷の味は遠くなってしまったなぁ……。

「よかったな……！　腹一杯食ってくれ……！」

私には満たせそうにない郷愁を慰める友の肩を摑《つか》み、つい熱く語ってしまった。何だコイツ？　みたいな目で見られても気にしない。それくらい思い入れが深い物なのだから。

因みに暫《しばら》くして出てきた一人あたり八アスの羊肉煮込みは、ミカ曰《いわ》く地元の味ではなかったそうだ。生姜《しょうが》が効きすぎている、とのこと。

味は普通に美味かったけどね、生姜のおかげで肉の臭みが飛んでいて食べやすいし、しっかり煮込まれていて硬さも気にならなかった。欲を言えば胡椒《こしょう》か山椒《さんしょう》が欲しい味ではあったけど、あ、一味も合うかもしれない。

異国の味を堪能してから、私達は一旦別れることにした。ミカはちょっと違うが故郷の味に近い幸せな食事をしたから、今寝たらきっと良い夢が見られると言って宿屋に引っ込むことにし、私はここ数日分の垢《あか》を流しに公衆浴場に行くのだ。

街の外れ、市壁の外に排水を流す河の近くに公衆浴場は建っていた。都市と同じくこぢんまりとした佇まいだが、長年市民に愛されてきたのか古くさくとも手入れは行き届いており、客足もまぁまぁ悪くない。

入湯料を支払って中に入ると、外の印象を裏切らない簡素ながらしっかりした造りの浴場だった。水風呂に温《ぬる》めの浴槽、それと熱めの浴槽……お、嬉しいな、蒸し風呂もあるじゃないか。

「よし、久しぶりに蒸し風呂だな」

独り言《ご》ちて、私は久しぶりの蒸し風呂を堪能することにした。なんというか帝都の無料浴場にある蒸し風呂はアレだ、温度が物足りないのだ。都会育ちと田舎坊主では、温度に対する拘《こだわ》りも違うようだし、ここは熱くしてくれたら有り難いのだが……。

「おっ、貸し切りか、嬉しいね」

期待通りに蒸し風呂の薪《まき》ストーブはカンッカンに暖められていた。湯をかければ景気良く蒸気があがり、懐かしい匂いと感覚が蘇《よみがえ》る。水を足せば足すほど真っ白な湯気が立ち上って部屋の温度は心地よく上がり、照りつける熱に反応して汗が浮いてくる。

よしよし、蒸し風呂はやっぱりこうでなくては。

荘《しょう》で安息日に皆と入ったのを思い出す。順当にあそこにいたなら、流石《さすが》に今年はマルギットから誘われても男衆と入っていただろうな。というか、みんな見た目の幼さから素で流していたが、子供に交じってたのは結構アウトだったのではなかろうか。

一人でのんびり堪能していると、客がやってきた。折角の貸し切りがと無粋なことは言うまい。誰かと楽しむのも良いことである。

湯気をかき分けてやってきた客は、少し間を空けて私の隣に腰を降ろした。礼儀として頭を下げると、湯気でシルエットしか見えない角張った顔が此方《こちら》を見るのが分かった。

「……見なれねぇ顔だな？」

少し訛《なま》りのある帝国語だ。北方系の訛りだろうか。帝都には綺麗《きれい》な宮廷語を話す人が多いので、あまり聞く機会がないのだが、何とか聞き取ることができた。

「はい、少しお遣いでこっちに来てまして」

「ほん？　若ぇのに大変だ。おめ、いぐづだ？」

「この秋で十三になりました」

「どごがら来だ？　一人け？」

軋《きし》むような喋《しゃべ》りは、年経た老人の渋みを帯びた声でなされている。かなりお年を召した地元の人なのだろう。

ああ、こういう人に聞けばいいな。地元に住んでいるのなら、私が訪ねるべきファイゲ卿の人となりを聞けるかもしれないし。

「いえ、友人と二人で来ました。一人で野営は心細いので」

「ん、そん方がよが、こん時期んもっけが一人はあんぶね。だでど、もっどいうなら、旅商にくっつくほうがよがったが」

賢いなと言って湯気の向こうから伸びてきた手が私の頭を優しく撫《な》でた。だが、この感覚は両親やたまにアグリッピナ氏が撫でてくれる時の感覚とは大きく違う。このざらざらして節くれ立った心地は肉ではないな。

木、それも年経て水分が抜けてきた古木の手触りだ。

「あの、一つお尋ねしてもよろしいでしょうか？」

「なんね？」

さて、私もトータルの精神年齢がアラフィフの領域に突っ込みつつあるが、伊達《だて》に長生きはしておらず社会人経験もあるため下準備の大切さは重々分かっている。それこそ殴りかかる魔物の種類を知らずに攻撃して、おいこいつ刃物通んねーぞ！　とスケルトン相手に文句を言う愚を何度も——逆説的に一回はしてしまった訳だが——犯しはしない。

帝都を発《た》つ前に訪ねるべき御仁のことは下調べしている。複製師として優れた写本を作ること。甘い物が好きなこと。作業を邪魔されると烈火の如く怒ること。訪ねた人間が口をそろえて偏屈との感想をこぼすこと。

そして……。

「ファイゲ卿とお見受けいたしますが、如何《いか》に？」

年経た樹人だということを私は事前に知っていた。蒸し風呂で私の隣に座るのは、まごう事なき古き樹人である。節くれ立ち、複雑に絡み合った枝葉の手足、顔も同じく木の根が絡み合って顔の造型を成し、その中でコガネムシのように輝く目が濃い湯気の中で目立っていた。

彼はしばし驚いたように目を見開き——樹人の表情がヒトと同じ感情を表すならだが——私を上から下まで観察した後、鷹揚《おうよう》に頷《うなず》いて、今まで使っていた北方訛りの帝国語を丁寧な宮廷語に改めた。

「如何にも。して、小さき者、この枯れ木にいかなる用向きかな？」


【Tips】樹人。生命としての〝相〟が人類よりも精霊に近い人類種。総じて高い魔力を誇り、自然と親しみそれを力に変える。

三重帝国の浴場というのは、ちょっとしたアミューズメントパークのようなものである。それ故、寝そべってマッサージを受けられる寝台や、座って誰かと語らえるベンチ、果ては軽くレスリングなんぞをする運動場もあったりする。

私とファイゲ卿はサウナから出て、水風呂近くのベンチで熱を冷ましながら改めて顔を合わせていた。

ますます樹人という人類の不思議さを知らされる。顔も手足も節くれ立って捻《ねじ》れた木の枝が絡み合いヒトの形を取っているようにしか見えず、顔も目の輝きがなければシミュラクラ現象によって古木を顔と錯覚しているとしか思えない容貌である。

髪の毛のように頭部を飾るシルバーリーフと、枝葉の起伏が彼を老木らしく飾っており、樹人もヒトのように老いるのだと静かに年月と実績を語っていた。

「年をとるとだな、水分が抜けていかんのだ。だからこうして、体に水気を足してやりに来ておる」

そう仰《おつしや》って、彼は手近な水売りに声をかけた。風呂を長く楽しむため、飲み物や軽食を売り歩く商人も浴場の一風景として欠かせないものだ。

「おん、ご老公、今日もだが。あぎねな？」

「風呂はいづでもえものだ。枯れるまではいら。ああ、えったがのがほしい」

顔馴染みの水売りだったのだろうか。流れるようにグラスに爽やかな酸味の香る水を注ぎ、一杯手渡した。

「そこのもっけにもやってぐれ」

そして、私にも一杯奢《おご》ってくださった。これはあれだな、柑橘《かんきつ》の皮と樹皮を軽く漬けた氷水か。

「のみたまえ。湯気に溺れた後の水は……」

「甘露の如《ごと》し？」

詩的な表現と共に差し出された水を一口呷《あお》り、その清々《すがすが》しさと汗で乾いた体に染み入る旨《うま》さを堪能しつつ、聞き覚えのある表現につい口を挟む。ほぉ、と呟《つぶや》いて彼は髭《ひげ》のように顎を飾る銀色の苔《こけ》を撫でた。

「ほう？　古典に詳しいのか」

「ベルンカステル、ですよね。散文詩の大家の」

彼が引用し、私が接いだ詩は帝国成立以前に名を残した散文詩家の日常詩だ。この地域では早い時期から韻を踏む形式の詩だけではなく、拘りなく情緒を詠《うた》う散文詩も民草の間では分かりやすさもあって流行していた。いつぞやの晩、森で私とマルギットがやった言葉遊びも、源流はそこから来ている。

私は一時期聖堂に入り浸って、狭い書庫の本を読み漁《あさ》っていたからな。神学の本は言うまでもなく、歴代の司祭が集めた蔵書の中には庶民が親しむ詩集も多々あった。当然ながら田舎の司祭は田舎の人間がなるため、文化の好みも必然的に似たものになるのだ。

「うむ、あれはいい。堅苦しくないが格式高い言葉選び、その中にある生きる喜びがのびのびと綴《つづ》られており、そして読後に残る感覚が素晴らしい」

「わかります。私も読んだ後、風呂に入りたくなったり、散歩に出たくなりますから」

その中で、出身都市の名だけを筆名としたベルンカステルは謎の多い人物だが、きちんと出版された本が写本だけではなく原本も残っているあたり、庶民ではないと見られている。しかしながら、情緒溢《あふ》れる普通の暮らしを丁寧に詠った詩は貴種の豪勢な暮らしからはほど遠いので、今では貴族からの支援を受けた庶民出の詩人か、貴族の庇護《ひご》下にあった裕福な庶子なのではないかと考えられている。

人気は高いが、いまだ貴族界隈《かいわい》では技巧を凝らし、その形式が分かりやすい定型詩の方が高く評価されているのは確かである。その界隈で複製師として写本を作り、名声を得た御仁が散文詩に親しんでいるとは思わなかった。

「そうか、その良さが分かるか。若いのに珍しい」

ファイゲ卿《きょう》は実に嬉《うれ》しそうに水を呷って、水売りからお代わりを購入し私にも勧めてくれた。うむ、分かりますよ、同好の士を見つけた時に財布の紐《ひも》が緩むの。私も会社で珍しくTRPGを知ってる後輩が入ってきた時、随分とお大尽してしまった覚えがありますから。もう、今となってはその彼の名前も思い出せないのですが。

「今時の若者はやれヴェルレーヌだのハインリヒだの技巧に凝ってごく当たり前のことを宣《のたま》う詩ばかりを好み……」

そして、暫くファイゲ卿の持論——あるいは愚痴——を拝聴しながら体を冷やしすぎないように湯殿と蒸し風呂を往復しながらお話を伺った。

なるほど、確かにこれはヒトを選ぶなと思う気性の御仁であった。

気位が高く、知識が深く、貴族位を与えられるほどの技巧。それでいて大好きな詩作や吟遊、物語を書く技能がないことを嘆き、その慰めで詩や物語に触れる仕事に就いたのだろうと語りの中から察せられる経緯。そして、どうあっても有名作や稀覯書《きこうしょ》の複製ばかり頼まれる腕前が、趣味人の極みたる人間性と絶妙に嚙《か》み合っていない……。

これが凡百の複製師として淡々と写本を作っているだけならよかっただろう。むしろ、その手の複製師には読み捨てに近い、庶民が好むサーガや詩の写本作成依頼ばかりが来るだろうから、きっと卿ならば延々と楽しみながら仕事をしただろうに。同じ詩を何度も見て、その度に感じることの違いに趣を感じているようでもあったし。

が、残念ながら腕前がよく、生活のために単価が高い小説——小編の言説という意味の小説。この世界で小説と言えばこっちで、私に馴染《なじ》む方は物語や英雄譚《たん》と呼ばれる——に手を付けたのがよくなかったのだろう。次から次へと貴族が愛読するような大説や国論、魔導論文から歴史書、そして唯一馴染みある詩であっても高貴でハイソな趣味に合わないものばかりが持ち込まれるとくれば……仕事の切片と合っていないことも相まって、依頼者に偏屈と言われる態度をとっても無理はなかろう。

それをして商売が成立してしまう腕前、というのが彼の悲劇だった。本当にやりたいことと得意なことが同じとは限らないとはいうものの、なんとも悲しいものである。

私がすっかりふやけてしまった頃、ようやくファイゲ卿の愚痴ならぬ自説は終わった。

いや、有意義だったと思うよ？　専門知識の深さは流石だし、知らないコトがポンポン飛び出してくるから熟練度までたまったからね。多少のぼせてしまったのもコストと思えば安い安い。

「すまないな、小さき者。つい話し込んでしまった。ゆるせ、老木の悪い癖よ」

「いえ、大変興味深い話の数々、実に楽しいものでした」

浴場を出て心地好《よ》い秋の夜風に吹かれて人心地つくことができた。見上げれば、微《かす》かな雲へ隠れるように見慣れた白い月が真円を描こうとしていた。対照的に不気味な黒い月は陰ってゆき、殆《ほとん》ど見えなくなっている。

「して、結局目的が聞けず終《じま》いであったな。如何用でこの老木を訪ねてきたね？」

本来の目的を果たさせてやろうと鷹揚に問うてくるので、私はそれに甘えさせて貰《もら》うことにした。これが大人であれば、いえいえこんな所でお頼みするのも失礼ですので、と謙《へりくだ》ると共に礼儀を尊重して日を改める所だが、子供は却《かえ》って素直にお願いした方がいい。

「はい。我が主《あるじ》からの命令で、ファイゲ卿が複製した〝失名神祭祀章編《さいしいへん》〟をお譲り願いたく参りました」

深く腰を折ってなされた願いを聞き、卿の眉が厳しく跳ね上がってコガネムシのような目が暗い赤に色合いを変えた。

そう、私がアグリッピナ氏に頼まれていたのは、卿に写本の作成を頼むことではない。ファイゲ卿が以前依頼として受けながら、依頼主と大喧嘩《おおげんか》した結果引き渡されなかった写本を求めてやってきたのだ。

この仰々しい本が何を記しているのか、私も気になって調べたものの概要さえ摑《つか》むことはできなかった。失名、名を喪《うしな》った神という記述そのものが、今まで読んだ神学に関係する本で出てこなかったからでもあるが、つまりは相応の〝禁忌〟として扱われているということなのだろう。

その神を祀《まつ》る本とくれば、穏当な内容でないことだけは確実。私はコトが上手《うま》く運んで本を手にすることができたとして、絶対にページへ手をかけることなくアグリッピナ氏に引き渡すだろう。見るな、知るな、触れるなという三つの禁止には、禁止されるに至った相応の理由があるに違いないのだから。

私は後ろを振り返って大事な者を喪うオルフェウスのようにはなりたくない。破ってしまえばどうなるかの〝オチ〟を教えてくれる先人がいるのだから、彼等《ら》の轍《てつ》を踏まないのが一番の供養であろうさ。

「彼《か》の本をいまだお持ちでいらっしゃいますか？」

腰を折り、地面に視線を落としたままで問いかける。木の節々が不気味な音を立て、木立から鳥達《たち》が飛び立つのが見えた。

「……よかろう。ここで話すようなことでもない。ついてくるがよい」

そして、視界の端に映っていたファイゲ卿の足が翻る。

私は置いて行かれぬよう、見上げるように高い彼の背を必死に追うのだった………。


【Tips】長い歴史の中で信仰を喪い姿を隠す神や、信仰の変質により性質が変じてしまう神も存在する。


卿に導かれて辿《たど》り着いたのは、市壁の近くで異様な存在感を示す巨大な常緑樹の根元であった。そこが樹人である卿のルーツであると共に、現在の住まいだという。

樹人の発生は非常に特殊なもので、彼等は交配によって増えるのではなく、一本の木に精霊が宿ることによって人として個我と自我を確立し生まれ落ちるという。そして、産まれた後は木と寄り添うように生きながら、好きな所へ行きたいように向かうのだとか。

「入りたまえ」

そして、誘われた木の根元に空いた虚《うろ》には、実際の直径より遥《はる》かに拡張された空間が広がっていた。

「うわ……凄《すご》い」

思わず声が漏れる。虚の中に広がる空間は、本好きであればロマンが刺激されずにいられない重厚な書斎であった。

樹人である卿が腰掛けても見劣りしない、飴色《あめいろ》の木材で加工された立派な執務机は部屋の中央に据えてなんら恥じることのない重厚感を纏《まと》い、その後ろに控える暗色の椅子もまた、部屋の厳粛さを引き締める一因として誇らしげに背もたれを聳《そび》えさせる。

その机を囲うように配された本棚には、数多《あまた》の豪華な装丁の本が丁寧に収められていた。几帳面《きちょうめん》に作者の名前順に納められたそれは、何《いず》れもが馴染みのあるタイトルだ。それも、普通ならば雑な装丁で貸本屋あたりに——一日数アス程度で本を貸す商売——並ぶようなタイトルが、事典や大論の如き美事《みごと》な装丁に仕立てられて居並んでいる。

これが俺の好きなもんだ、文句有るか！　と全力で主張する、趣味人極まる部屋であった。きっと、あの本達はファイゲ卿が気に入ったものを自分用に採算度外視で複製し、職工に装丁させた、正しく卿のためだけに作られた本に違いない。

「これはあのサーガの、あっ、こっちは村祭りで聞いた恋歌の作者が出した詩集!?」

ある意味で凄いお宝である。趣味人なら幾らでも金を積むだろうが、権威や希少性に金を出す部類の人間なら見向きもしないラインナップ。いやぁ、いるんだな何処《どこ》にでも、マニアという生物は。

「ほぉ、分かるかね。よければ何か進呈しようか？」

「本当ですか!?」

望外の提案に思わず素で振り向き、その後に己の浅ましさを認識して顔が真っ赤になった。子供の振る舞いを武器にすることはあっても、本当に子供になっちゃいかんだろうに。

「し、失礼いたしました。我が身に余ります」

「いや、ここまで気に入って貰えたことは希《まれ》でな。持ってこられる本はどいつもこいつも興味を惹《ひ》かぬ物ばかり。試しに薦めてみても、なんでこんな低俗な物をと言わぬばかりに断りをいれよる。それで嫌気が差して帝都から工房を引き払い、ここに帰って来たのだ」

煩わしい物から解放され、好きな物に囲まれて生きる事のなんと清々しいことよ。そう仰《おっしゃ》るファイゲ卿は、心から落ち着いた表情をしていた。

「が……確かにそれを汚す物があるのも事実」

言って、卿は執務机の引き出しの鍵を外し、一冊の本が机の上に放られる。黒革の表紙を骨の豪華な装飾に塗《まみ》れさせた装丁は、見るからにその本が〝アレ〟な性質を帯びた代物であると音のない雄弁さで語っていた。

具体的に言うと、下手に開いたら1D100を振らされる部類のアレだ。

無意識に一歩後ずさってしまう。装丁の禍々《まがまが》しさもさることながら、私程度の〝目〟を以《もっ》てしてもヤバい気配が漂っている。こんなもの、下手に触ったらどうなるか分からんぞ。こんな普通に置いておかないで、鎖か何かで雁字《がんじ》搦《がら》めにしておいてくれ、マジで。最低限、開けないようにする錠くらいは必須だろう。

「これが、そなたの主が求める〝失名神祭祀章編〟、その写本よ」

私は言い知れぬ不快感と共に産まれた吐き気を必死に呑《の》み込んだが、何故《なぜ》だか本に視線が引き寄せられる奇妙な感覚から逃れられずにいる。ホラー映画のような怖いから見たい、怖いからこそオチを知っていないと不安だという感覚ではない。

これは、もっと悍《おぞ》ましく、もっと悪辣な何かだ。

「依頼主からの注文での。原書の複雑にして迂遠《うえん》な旧《ふる》い言語を帝国語へ限りなく忠実に翻訳し、同時に注釈も数多入れ理解しやすいようにしてある」

ということは、開けば読めてしまうのか、私にも。その事実を認識した途端、脳味噌《のうみそ》の何処かが〝読んでしまえ〟と囁《ささや》いているような気がした。

いやいやいや、あれはヤバい、絶対にヤバい。確かにロックされているスキルが解放される公算は高いが、絶対に触れちゃいかん部類のスキルだろう。それこそ触れたが最後〝気が触れる〟系の代物だ。

こんなあり得ない呼びかけが脳味噌に湧いてくる辺り、確実に〝厄〟い案件じゃねぇか。それこそ、こいつを火山に捨てて行くことがグランドエンディングになる長期キャンペーンが始まってもおかしくないぞ。

節くれ立った枝の指が表紙を撫《な》でるが、その手付きは決して愛《いと》おしむものではない。この場にある存在を試し、未《いま》だ力を喪っていないことを確かめるようなそれは、複製し仕上げた彼自身が〝極めて危険〟であることを分かっているが故のものだ。

「小さき者よ、汝《なんじ》は神々のことをどれほど知っておる」

「神々……ですか？　私は聖堂に出入りしていたことがあるので、一般的な伝導書や説教、他には民間の説話や寓話《ぐうわ》に現れる神々のことであれば存じておりますが……」

「ならば知っていよう。我々の崇《あが》める神が他の神と相争っていることは」

小さく頷《うなず》いてみせる。私が知っている限りにおいてだが、この世界の内側にのみ権能が及ぶ世界限定の神々は、信仰を得るべく日々相争っている。

歴史書を見る限り、いつからか神々の直接対決は行われなくなり――この区切りを神代と古代とする――信徒を介した代理戦争へと移り変わる。

同時、神代においても現代においても征服戦争に敗れて信仰を喪う神はおり、そういった敗者の側に立った神は幾つかの末路を辿る。

「そして、敗れた神々に待つ仕儀も知っているかね」

「はい。争いに敗れ信徒を喪った神々は……」

一つはひっそり忘れ去られ、信仰の力を喪って世界の闇に消えていくこと。

二つは打ち倒した神群により力を剝奪されて下位神性として取り込まれるか、怪異や空想上の怪物に貶《おとし》められて〝人為的〟に消失させられること。

このやり口は実に分かりやすいだろう。前世において幅を利かせていたアブラハムの宗教がやっていたことだ。異教の神は誤った教えを広げ魂を堕落させていた〝悪魔〟だったことにされて信仰を穢《けが》され、時に偉業のみを架空の聖人の業績として祭り上げられる。

宗教戦争の帰結が何処の世界であっても変わることはないとする証左だ。

そして、三つは別の神群に迎え入れられ、新たな神格を得ること。

これに関して三重帝国の神群は実に多様に神々を受け入れており例として実に身近である。主要な神として信仰されている神の中に元は異教を率いていた神さえいるほどだ。

三重帝国成立以前よりこの地域で信仰されてきた神群の主神格たる陽導神と夜陰神は、それぞれ太陽と月を神体とする神であり、二つの天体の運行によって日が進むことにより合一して時間を司《つかさど》る神である。

ただ、創世神話において――各神話群は、我こそが世界の創り手であると名乗っているものの、実態は我々に摑みようがない――最初世界は漠然とした曖昧な状態にあり、全き善き物を司る善神のみがあったとされる。

無為なる砂が満たす茫漠《ぼうばく》と広がる大地のみが在る虚《うつ》ろな世界を彷徨《さまよ》った全き善き物の神は、永い放浪の末に世界の果てに辿り着き虚無の縁へ至る。

そして、そこには全き悪《あ》しき物を司る神がいたという。

相反する二つの性質を持つ神性は、出会うと同時に互いを相容《あいい》れぬと見て殺し合いを始めた。拳で殴り合い、首を絞め合い、周りに転がる石を手に取り、やがて剣を造り、槍《やり》を生み出し激しくぶつかり合い続ける。

ヒトにとっては永劫《えいごう》に等しく、されど神の感覚では須臾《しゆゆ》の瞬きとも言える時間を殺し合う中、互いの神より飛び散った血と肉、壊れた武具、打ち交わされる剣によって迸《ほとばし》った火花の一つからも神々が生まれ世界を彩り、父母の戦列に加わっていった。

そして、永劫に終わらぬような殺し合いの中で全き善き神と全き悪しき神は一つのことに気付いた。世界は無謬《むびゆう》無き善だけでも悪だけでも成立せず、自分達は最初から求め合っていたのだと。

お互いが分かつことの能《あた》わぬ相手だと悟ると同時、二神はそれぞれの神格に致命の一撃を入れ合って魂を分けた。全き善き神と悪しき神は両神の一面を受け継ぎ合い、陽導神と夜陰神に姿を変えた。

そして完全な孤立した一が二つあった世界から、不完全な二が調和することにより今の世界が生まれたという。

故に陽導神は昼間を明るく照らして熱を与え食物を育む代わりに、大地を干上がらせ高温により生命を苛《さいな》むようになった。対して夜陰神は恐ろしい見通せぬ夜を作り出す代わりに、安寧の内に眠り身を休ませることのできる時間を作る。

生と死が混じり合う輪廻《りんね》が作り出された世界に満ちた夫婦神の子息はあまねく世界を満たして彩ったが、その戦いの苛烈さ故に遠くに飛ばされた神もおり、放逐されたに等しい神は所以《ゆえん》を忘れ異国の地にて新たな神として立っている。

なればこそ世界には多数の異教の神がいるが、彼らは全て所以を忘れた迷い子である。生み出された神々を夫婦神は忘れておらず、何があろうとも戦いが終われば懐に迎え入れる。全ては厳父と慈母の愛によって育まれた愛し子であるがため。

かなりざっくりした創世神話の概要を思い出してみたが、まぁ冷めた目で――世界の外側の神の存在を知っている身としては――見れば征服した地の神々を自身の神話群に取り込んで、穏当に同一化させるための方便であろうか。

前世においてもローマの宗教やギリシアの神話群が似たことをしていたな。やはり信仰を根から取り払うのは難しいため、反発されるより融和して貰《もら》う方が為政者としても〝楽〟であるため選び取られた手法なのだろう。

「うむ、十分に学べておる」

「恐悦にございます」

重々しいお褒めの言葉に膝を折ってみれば、ファイゲ卿《きょう》は難しい顔をして例のブツを手に取った。

「だが、第四の道もあるといえばどう思う？」

第四？　と首を傾《かし》げてみれば、卿は椅子を横に回して足を組み、遠い目をして言った。

「世にはあるのだ。人自身の意志と決定に基づき、この神は〝あってはならない〟として人の手によって葬られた神が」

神々が実在し、実際に世界の内側に影響力をもたらしている世界において中々考えにくい言葉であった。人の手によって葬られた神がいるとは、随分と物騒な話ではないか。

確かに前世の物語では最終的に神殺しを為《な》して世界を解放する筋の物は二一世紀においては珍しくもなかったし、ＴＲＰＧにおいても倒せる敵としてデータが用意されていることはあった。これを一つのネタとし、有名作品の台詞《せりふ》に肖《あやか》って我々は嘯《うそぶ》いたものだ。

データさえあるなら神様だって殺してみせると。

されど、この世において、ある種宗教という概念が零落していた前世と違って尊重されている世界で似た言葉を聞くことになろうとは思ってもみなかった。

全ての文化に通じていたので知らぬだけやもしれない。しかし、古代の物語において神々がどれだけ暴虐を振るおうが、他の神の手によって叱責される話はあれど……不遜にも純粋な人が神を誅《ちゅう》する話を寡聞にして聞いたことはない。

殺される神の話はあれど、その多くは半神、ないしは他の神より託宣や武器を授かった特別な勇者によって為される物。荒れ狂う神が手に掛けられる話も我が故国の神話にはあったけれど、やはりそれも天孫の子孫など〝神の血を引く者〟の手による神話の一部だ。

そして、最も有名な死によって全人類の罪を購《あがな》った救世主でさえ、真の意味では殺されていない。死すらも奇蹟《きせき》の一部であるのならば、彼《か》のローマの百人長でさえ予定調和の存在に過ぎず、本質的な意味での神殺しとは言えまいて。

近現代の娯楽においては単なるラスボスになり果てた概念も、かつての時代においては人の手で殺すという考えは不遜に過ぎたのだ。

ましてや実在する世界で神の名を喪《うしな》わせる……つまり殺すことの重さは計り知れない。

同時、背に嫌な感覚が走った。

表紙を見た時に覚えた怖気《おぞけ》と似た感覚。私の可愛《かわい》い幼馴染《おさなじ》みがもたらす、心地よい寒気とは似ても似つかぬ怖気は通り過ぎようとも何時《いつ》までも拭いがたい気味悪さを残していく。

これも世界の内側で〝正気〟でいたいのであれば知ってはならぬ知識だというのか。

ファイゲ卿は心底下らないものを弄ぶ手付きで、だが確実に世界にとって重要な本を弄びつつ問いかける。

「さて、それを知った上で……お主の主《あるじ》はこれに如何《いか》なる値をつける？」

ああ、くそ、あの外道のことだ、どうせ価値を正しく知って私をお使いに出したのだろうよ。なにが一ドラクマか、こんな厄いネタだと知っていたら倍でも安い！　あの胡散臭《うさんくさ》いほどの綺麗《きれい》な顔で高笑いをしている雇用主の姿が幻視できてしまう。

まったく、面白半分で人になんてことさせやがる！　呪われてあれ!!

風呂で温まったはずの体が芯から冷える怖気を纏《まと》う本を持ち上げ、卿は実に難しい顔を私に向けた………。


【Tips】魔導書はその性質からして、見るだけで影響を与える物はおろか、存在するだけで周囲に影響を及ぼす物も存在する。魔導院の最深部書庫が〝禁書庫〟と呼ばれるのにも、相応の所以があるのだ。


見るからにヤバい本を目の前にして、逃げ出したいという本能が滲《にじ》み出るように精神を削ってくる。ああ、私は〝あの手の本〟に触れるシステムにも馴染みがあった。人間の探索者がこの世界のヒト種《メンシュ》と比して尚《なお》も儚《はかな》く、一つの事実に気付いただけで狂するような特大の地雷がまき散らされた地獄の世界。

そこを頼りになるんだかならないんだか分からない仲間を引き連れ、リスクが大きすぎて習得するのがおっかなすぎる魔法やら、役に立つ時と立たない時の差がでかすぎる武器を携えて彷徨ったものだ。

その結末は他の話と同じく楽しかったけれど、大抵が悍ましく救いようのないものであった。大団円《ハッピーエンド》と呼べる終わりを迎えたものでさえ、NPCに一人の死人も出ないことなど殆《ほとん》どなく、多くの死に様が楽であったとさえ言いがたい。

恐怖で心が壊れ壁に話しかけるのが仕事になった者、ただ遭遇し彼の者を認識しただけで大気圏から地面に放り投げられる者、忌まわしき儀式に巻き込まれて〝自分自身を丸呑《まるの》みにする〟者まで、ありとあらゆる碌《ろく》でもない結末が勢揃《せいぞろ》い。

あのシステムにおいて〝死ぬだけ〟は比較的マシなオチに分類される。

そして、目の前で卿が手にする本は、その同胞以外の何物でもない。不遜なれど人が人の手で神殺しを目論《もくろ》むのも宜《むべ》なるかなという特級の呪物以外のなんであろうか。

出自がどうだとか、他の世界から来た神が関わってくるのかは知らないが、絶対に碌でもない物だ。軽いものなら人間一人が精神を病むだけですむが、行き着くところまで行き着くと世界が終わりかねない。

バッドエンドで世界が終わるのも辛《つら》いが、下手に触って〝NPC化〟しキャラ紙を没収されるのも、何度味わってもキツいものだ。できれば関わり合いになるどころか、視界にさえ入れたくない部類の代物だった。

のみならず、それを持って帰る？　冗談もほどほどにしていただきたい。

「ふむ……童には、些《いささ》か刺激が強すぎたか」

言って、卿は物理的に存在してしまった恐怖を机にしまってくれた。視界から外れたことで、なんとか逃げ出したくなるほどの圧迫感は消える。本がその程度の力しか持っていないのか、それとも机が特別製なのか。まぁ、お約束に従うなら間違いなく後者だろうな。

「して、そなたの主はこの本に如何なる値をつけた？」

心臓が痛いほど脈打っているが、交渉が始まるならそちらに専念せねば。深呼吸を一つして、ざわつく意識を必死に宥《なだ》める。脳味噌《のうみそ》をヤスリがけされたような不快感はしばらく消えてくれそうにないが、私とエリザの将来のために頑張らねば。

気合いを入れろ、震えるな膝、萎えてくれるな我が気骨。手前は何者だ？　エリザにとっての格好良い兄貴であろう？

譲れぬ一線を思い返して萎縮した心に活を入れ、交渉に臨むべく意識を切り替えた。

さて、商談において譲れない一線を意識して話をするのが営業の鉄則である。一線から相手に無理がない程度に遠ければそのまま通し、近すぎれば押し離す。その意識一つで駆け引きが上手《うま》くいくかどうかに関わってくる。

が、クライアントから「言い値で」と言われていると些か、いや、かなり悩まされた。

確かに昔は思ったものだ、採算ギリギリの危うい所を攻めないで、ちったぁ余裕を持った予算設定をしてくれと。だが、誰もここまでやれとは言っていない。

金《クライアント》を出す当人が手前の口で言うならばいい。その後は交渉相手の裁量と度量次第なのだから。それこそ白紙の小切手を渡そうとするのなら、相応の覚悟があってしかるべきだ。

ただ、その権限を丸投げされると実に困る。私自身の実力を試されているに等しいのだから。

ここで「言い値で買います」と脳死した提案をするのは容易《たやす》い。しかし、それでは文字通り〝子供のお遣い〟のままだ。GM《ゲームマスター》は経験点をくれるかもしれないが、大変渋い顔をしてレコ紙やチケットに半額になった経験点を記入することとなるだろう。

広い権限を与えられたからといって、全部を好きにしていい訳でも、ましてや投げやりに片付けていい訳がないのだ。任せられた権限に見合った成果を上げるだろう、そう期待して裁量権を投げられているのなら、相応の努力をせねば。

では、ちょっと気合いを入れてアグリッピナ氏を驚かせてやるとしよう。いつか泣かすリストの上位に位置している彼女の意表を突けたなら、私はそれだけ目標と独立に近づいたことになるだろうしな。

「ご期待に応える用意はございます。それが資金であれ、なんであれ、ファイゲ卿がお認めになった価値を満たす分だけの用意が」

「ふむ……」

人は言い値でと言われると、それに大した価値を認めていなかったとしてもゼロを沢山書きたくなるものだ。だから先に「まぁこんくらいだな」という落とし所を示して貰うほうがいい。そうすれば、吹っ掛けられているにせよ値引き交渉の糸口として使えるし、手頃な所であれば乗ってしまえばいいのだから。

それに今ならば相手が売る側なので、買い手として値段を聞くことはできる。もう一度、そっちが値をつけろと言われればどうしようもないが、その時は「要らんのでしょ？」と思いっ切り低い値を切り出してみるか。

「正直に言えばだ、こんな物、暖炉のたき付けにしてやってもいいとさえ思っておる。元よりこの手の本には稀覯書《きこうしょ》以上に興味は持っておらぬし、それが遥《はる》か昔の僧会が異端として追放した神の記述であればなおさらだ」

この身は仰ぐべき主神を持たぬのでな、と言って卿は指を鳴らした。すると、部屋の片隅に積んであった来客用の椅子が浮かび上がる。どうやら卿も日常的に〈見えざる手〉で雑事を片付ける性質らしい。そして、じっくりと私と話す覚悟を決めて下さったようだ。

「かけたまえ、些か辛そうに見えるぞ」

「お言葉に甘えます」

卑しき身として貴人の前で座るのは礼儀に反するが、勧められたのを断るのも悪いので大人しく座らせて貰った。気を入れても震える膝を制御するのが少し辛かったのである。

私が変な遠慮をしなかったことに卿は満足したのか、一つ頷《うなず》いて話を続けられた。

「なによりコイツが気に食わんのだ。内容は文学的修辞法がこの身のセンスを些かくすぐってこんでもないが、素材に拘《こだわ》った顧客と決闘一歩手前までモメた悪い思い出で帳消しだ。あんな悍《おぞ》ましい所業、何をどうすれば後追いしようと思えるのか」

今何か凄《すご》く嫌な言葉が聞こえた気がする。それはあれなのか、いわゆる人間由来の御法《みのり》に触れる系の素材を要求されたとでもいうのか。私の知識にあるコズミックホラー的キーアイテムは、人皮だの血液だのをＡ４用紙の気軽さで使ってくることが間々あったけれども……。

卿の言い様からして、さっきの黒い装飾のブツに用いなかったとして、原典はどうだったのか。考えるだけで嫌な怖気が背中を走った。

ああ、これも紛《まが》うことなき幻想なのだろうさ。だが、私が求める幻想はカダスだのユゴスの彼方《かなた》に坐《ざ》す悍ましい代物ではなく、もっとキラキラした英雄的《ヒロイック》なものであって方向性がぜんっぜん違う。イベントとして介在してくるのはホントに勘弁願えまいか。

「故にこそ、一つ提案しよう。お主の主と交渉するのではなく……お主自身と交渉させて貰えぬかと」

嫌な現実にげんなりしていた私の脳味噌が、提案を咀嚼《そしゃく》するのに暫《しば》しの間が必要だった。

言っていることは分かる。アグリッピナ氏から貰う報酬ではなく、私から何かを引き出すことで本を引き渡すと言いたいのだろう。そして、結果的に私が依頼の品を提供できるようになるのなら、何も変わることはあるまいと。

つまり、彼は魔導師《マギア》が出せるだろう金よりも、私に興味を示したということか。

「お主は見たところ、色々と面白い物を〝憑《つ》けて〟おるようだな」

「あー……まぁ」

確かに色々くっついてますね。黒かったり緑だったりする妖精《アールヴ》とか、度し難い変態の死霊《レイス》とかが。

「この身はそういった若人の話が好きでな。物語を書く才能こそなかったが、やはり聞く楽しみは幾つになっても尽きぬものよ」

　その道楽っぷりは、この趣味満載の書斎を見れば嫌というほど分かる。竜退治のサーガが何本もあったかと思えば、熱烈な恋物語も本棚に収められており、若人の悲喜劇を纏めた短編集なんかも取りやすい位置に置いてあるところからして嗜好《しこう》は読みやすい。

「そこでだ、ひとつ冒険でもして貰《もら》いたいのだ」

「は……？　冒険、ですか？」

「うむ、冒険である」

　含蓄たっぷりに頷いて、卿《きよう》は近辺の地図を取り出した。等高線が敷かれ精密に描かれた地図は、重大な軍事情報として秘匿されていなければならないような品。気軽に取りだしているが、他国に持っていけば、こんな辺境の地図であろうと交易や外交でなくば持ち出されない大判金貨が小山を築くことであろう。

「ま、立場上、こういうのを手に入れることも間々あってての」

　茶目っ気たっぷりに宣《のたま》う卿だが、洒落《しやれ》になってないんですがそれは。こんなもん国外流出した日にゃ極刑じゃすみませんよきっと。何しれっと自分用に余計なの作ってんですか。

　戦慄する私を余所《よそ》に、卿は枝の指を伸ばしてヴストローの北に位置する森を指した。

「ここはコレといって何がある訳でもない森での。たまーに熊が出るが」

いや、それは結構大した物です。魔獣だの何だのと比べればマシかもしれないが、熊は十分に人間を殺せる怪物なのだ。しかも当たり所によってはクロスボウのボルトどころか5・56㎜弾をドタマに受けて耐える怪物とヤットウの腕前で立ち向かいたくはない。まだ火炎瓶だけを持って戦車に肉薄する方がワンチャンあるぞ。

「大体、徒歩で一日ほどといった所か」

「……子供の足には辛い距離ですね」

「なに、ここまで遣いに出されるような童には容易いものよ」

反論し辛い指摘を受け、話が進んでしまった。何だろう、野盗に襲われたのを無意識に〝ミドル戦闘〟なんて言ってしまったせいで、本当に〝クライマックス戦闘〟が生えてきてしまったのだろうか。ちょっとフラグにしても処理が早過ぎはしまいか？

「ここにの、物好きな冒険者の庵《いおり》が一つあるのじゃが……」

「音沙汰がないと？」

「うむ。この身が帝都に旅立つ前に住み着いたそうだから、まぁ疾《と》うに何処《どこ》かに行ったか死ぬかしてしまったのだろうな」

気軽に仰《おつしや》るが、それどれだけ昔の話なんですかね。考えるだけで気が遠くなる規模のお話である。樹人の寿命がどれくらいか書いてある文献を見たことがないのだが、もしやそれは〝誰も樹人が寿命で死ぬところを見たことがないから〟なんてオチじゃなかろうな。

「でだ、ここに行って、とある本を探してきて欲しい」

　本とはいっても、別に曰《いわ》く付きの魔導書だとか、とんでもない歴史を記した稀覯本《きこうぼん》なんぞではなかった。そも、卿はそういったものに最初から興味なんぞ示すまい。斯様《かよう》なブツを欲する性質なら、きっと今も帝都で貴族の行列を捌《さば》いていただろうから。

　彼が欲するのは、その物好きな冒険者が残したであろう日記なのだという。卿が若い頃はボチボチ名を馳《は》せた彼は筆マメで知られており、自分の冒険の全てを事細かに日記へ記していたそうだ。

「もし、その日記が残っていたら……大変心躍らぬか？」

「それは……はい、確かに」

　やはり私はこの御仁と通じる部分が多々あるらしい。

　いや、だって滅茶苦茶《めちゃくちゃ》楽しそうじゃないか、名うての冒険者が残した日記なんてアレだろう、言わばリプレイみたいなものじゃないか。冒険者に憧れる身としても、ＴＲＰＧフリークとしても興味が擽《くすぐ》られない者がいるだろうか。絶対にいまい。

「この身としては、その日記が手に入ればよし。お主の冒険話のみであっても、それはそれでよし」

　つまり、どうあっても損はしないと言いたい訳か。異論を差し挟む訳ではないが、どうしてこの世界の寿命が長い連中は生き急ぐしかないヒト種《メンシュ》を話題の種にしたがるのか。

　まぁ、だとしても卿の提案は今までの人外連中と比べると、マシどころではなく普通にクエストの趣があるのでずっとずっと良い物だとは思うが。妹を盾にした雑用だとか、趣味に合わないコスプレ大会なんぞとは比べるのが失礼というものだ。

「ま、それにだ、どうあれあの忌まわしい本をどんな形で譲ってやるにせよ、むき身でほれと放ってやる訳にもいかんでな」

密《ひそ》やかにテンションを上げる私の内心を見抜きながら、卿は苔《こけ》の顎髭《あごひげ》を撫《な》でつつ悩ましげに仰った。確かに、あの手の本を素手で触りたくないのは事実……というより、背嚢《はいのう》に放り込んでおくだけなんておっかなくて仕方ない。なにか用意してくださるのなら、これほど有り難い申し出はなかった。

「帝都にいた頃ならまだしも、この田舎に引きこもった老木が色々用立てるのに二、三日は要る。その間の暇潰しと思ってくれてもよい」

暇潰しというにはちと剣呑《けんのん》なイベントではあるが、熊がたまに出るかもしれない程度の森ならば、気をつければそこまで大事には発展するまいて。それこそ遺跡に住んでたとか言われたら腹を括《くく》って完全武装、妖精達《アールヴたち》も呼び寄せて殺意満々でハック&スラッシュとしゃれ込むところだが、目的の庵も然程《さほど》深い所にないと言うなら〝ちょっとした冒険〟と称して過不足はなさそうだった。

「だが、面倒だと言うならば二五ドラクマという価格も提示してやろうではないか」

二五ドラクマ。交易用大判金貨一枚分であり、一般的な農家の年収五年分に相当する。それも生活費や租税全て含めた額面上の収益でだ。

それを一冊の本に使うというのは何とも贅沢《ぜいたく》な話である。エリザが一年聴講生をやっていけて、生活費も十分以上にまかなえるとくれば何とも豪儀な価格設定……。

「材料費だけでよかろう。この引き出しも、そろそろ別の用に使いたかったのでな」

思わず椅子から転び落ちかけた。待ってくれ、材料費で二五ドラクマって、何で出来てるんだその本。下手に人皮とかじゃないぶん、逆に何で出来てるか不安になるぞ。大丈夫なのか？　私みたいな庶民が触ったら、宇宙的云々《うんぬん》抜きに神罰が下ったりする類いの代物じゃないだろうな!?

荘園《しょうえん》で生まれ育った小市民的発想が頭の中をぐるぐる回り、錯乱する私を見てファイゲ卿はさも愉快そうに雄大な肩を振るわせた。

ああ、もう、一度驚きに襲われたなら、二つ三つと連鎖して驚きが突っ掛かってくるのは本当に何なんだ………。


【Tips】依頼のものを手に入れるまでの紆余《うよ》曲折《きょくせつ》を理由に、冒険者が雇用主に報酬の増額を迫るのはままあることである。そして、その結果刃傷沙汰《にんじょうざた》に及ぶことに対し、サイコロを転がす者達は何ら抵抗を覚えない。


邪悪な教典を貰いに行くよりも、冒険者的には随分とまっとうなお遣いを頼まれた夜。

ふらふらと金銭感覚に罅《ひび》が入った頭で木賃宿に帰ってくれれば、旅の道連れは一足先に夢の世界に旅立っていた。

そういえば、久方ぶりの故郷に近い味を堪能したから、今寝れば良い具合の夢を見られそうだから寝ると言っていたなと思い出す。ここ暫《しばら》くは野営で路銀を節約していたので——私もミカも節約して手に入るお小遣いに負けたのだ——寝台で寝るのも出立以来となれば、さぞ良い夢を見ていることだろう。

冒険のお誘いは明日に延期だな。別に急ぎでもなし、無理に起こすこともあるまい。

見れば、もう一つの寝台にミカは〈清払〉の魔法をかけてくれていた。シラミやノミがお約束な木賃宿の寝台も、魔法のご加護があれば綺麗《きれい》な寝床に早変《よ》わり。流石《さすが》に薄っぺらさまではカバーしてくれないが、地面に寝転ぶよりは数段心地好いことは確実だ。

私は気が利く友人へ、夢の中までは届くまいが礼を言って寝床に潜り込むことにした。

しかし、風呂に入った私と髪の艶があんまり変わらないコイツは一体何なのだろうか。昼間に膝を借りた時、ロクに手入れしていないことをご婦人には言うなと警告されたけれど、君も大概だろうに。

薄い布団とぺらい毛布でも旅と風呂、そして戦闘に強烈なイベントの後ならば天上の雲に伍《ご》する寝心地だ。寝間着なんて持っていないので——というより、一部の上流階級の文化だ——旅装のまま寝床に潜り込めば、あっと言う間に眠りに落ちてしまった。

夢も見ないほど心地好い眠りの中、一つの違和感を覚える。自我が覚醒と眠りの曖昧な感覚に揺られ、夢とも現実の知覚とも判別し難い中、下半身に嫌な感覚があった。

ああ、これを私は知っている……寝小便の感覚だ。

　さて、実にお恥ずかしい話だが、五つの頃に前世を自覚した私であるが寝小便が収まったのは七つになってからである。これは堪《こら》え性《しょう》がないからというより、寝る前にトイレを済ませ水を断っても出てしまったことからして、膀胱《ぼうこう》の成長が少し遅かったのだろう。

　このような恥もあって、私は寝小便の感覚をきっちり覚えていた。慌てて起き出せば、下の方に冷たい嫌な感覚が……。

「……神よ、確かにちょっとネタにしたが、これは酷《ひど》くありませんか？」

　昼間に神は死んだなどと、彼等《ら》が現役で頑張っている世界で嘯《うそぶ》いたせいだろうか。だとしても、神罰としてははしっこ過ぎる所業に涙が一つ零《こぼ》れた。

　或《ある》いは、トラウマ級の写本を中身は見ていなくとも直視したことや、知りたくも無かった神の世情を知ったのがよっぽど響いたか……。理由はどうあれ、あまりの情けなさに死にたくなった。肉体年齢はもう一三だというのに、この仕打ちはなんとも惨《むご》い。

　ふと隣の寝台に目線をやれば、そこにミカの姿はなかった。荷物は残されているので、彼は幸いにも〝間に合った〟のだろう。実に羨ましい話である。

　とりあえず、こいつを何とか処置しなくては。そう思って寝床から抜け出し、回復しきっていない魔力に鞭《むち》を打って〈清払〉を寝床にかけ――滲《にじ》んではいなかったが、精神衛生のためだ――着替えの下を取り出してズボンを脱いだ。

　とりあえず、こいつを綺麗にしてから……ん？

　あー……これは。

ズボンを脱いで気付いた。これはアレだ、別の粗相だった。割と最低な喩《たと》えかもしれないが、女の子だったらお赤飯を炊いてもらえるアレだった。

「あー……そうか、もう十三だし、十分あり得るのか」

かなーり情けないことをやらかしたらしい。

……いや、命の危機を感じて生存本能が擽られたとすれば、仮に〝こっち〟の粗相があっても無理は無いのかもしれないな。

さて、私も一応は前世で成人男性であったから〝その手の行為〟に関する知識はあったし、経験も実戦を含めて積んでいた。ただ、他に熱中できるものがあれば煩わしい欲求でもあり、この若い体になって以降は率先して自分の性徴に手を出していなかったのだ。

もちろん、スキルツリーにはエロゲかな？　といったスキルや特性も並んでいたため、将来的には無駄遣いに手を染めたかもしれないが、若く性徴が始まっていない肉体に引っ張られた精神では、あの突き上げるような情動がなかったために後回しにしていた。人間のメンタルとは、かくも肉体の影響を受けるものである。

とはいえ、これはこれで実に情けないな。その手の夢を見た覚えはないのだが、処理を怠った結果暴発とは……いやはやなんとも。

それに、これからまたあの十代の頃に悩まされた、狂おしいほどの衝動に苛《さいな》まれるかと思うとキツいものがあった。どうしようもないくらいに阿呆《あほう》な発想が出てくるような〝若さ〟と二回も対峙《たいじ》する羽目になろうとは。

あの時期は色々とあった。一日五回もやらかしてみたり、少ない小遣いで阿呆な買い物をしたり、意味もなく格好を付けたり。その痕跡はこの世に存在せずとも、脳裏からは拭いがたい。こっちでは十分に気をつけねばな。

うむ、あまり凹《へこ》んでも仕方ないか。むしろプラスに考えよう。これから男性ホルモンが出て、体がしっかり大人の男に育ってくるのだ。そうすれば冒険者として立脚するに十分な益荒男《ますらお》になれるんだからな。

気を取り直し、私はミカが戻る前に粗相の始末をして、宿の共用井戸に行くことにした。

いや、これに〈清払〉をかけはしたけれど、どうしても気持ち悪さが拭えないのだ。〈清払〉の完璧さを今更疑いはするまいが、気分的な安心というのは本当に大事なのだ。

気配を消して宿を出て裏手に向かう。そこは風呂に行く金のない面々が水浴びをすることもあるので、外壁と宿に挟まれ、一方を木立で隠された目立たぬ所に造られていた。

私はそこで意外なものを目にする。

水浴びをする友の姿だ。

彼はいつか言っていたっけか、誰かと湯殿を共にするのは好きじゃないと。だから人目を避け、態々《わざわざ》魔法で湯を沸かしてまでこんな所で体を清めていたのか。

私は声をかけようとして……一つ、信じられないものを見た。

あるべきものが、あるべき場所になかったのだ。

それは何時《いつ》だったか思った「お前女だったのか!?」とかいう有り触れた展開ではない。

ミカにはなかったのだ。そもそも、男か女かを判別するための〝パーツ〟が足りていなかった。

冴《さ》え冴《ざ》えと輝く月光の下で照らされた白い体、その胸板はぺったりと薄く、なだらかなラインを描く下腹部にも一切の起伏がない。

ミカにはなかったのだ。繁殖に使うべき、生き物であれば当然に持っている体の部位が。

しかし、歪《いびつ》ではなかった。むしろ、美術品のような高潔な美しささえ感じられる。この微《かす》かなスポットライトの下、閉館後も静かに佇《たたず》む立像達を思い起こさせる立ち姿。誰が讃《たた》えるでもなく、誰に誇るでもなく、美しいものはただ美しい。そう思い起こさせる光景……。

「誰だ!?」

あっ。

私は気配を消していたが、先客など想像もしていなかったので堂々と歩いていたことをたった今、ミカが声を上げたことで思い出した。頭を洗っていた彼が顔を上げれば、そりゃ普通に私に気付くわな。

「え、エーリリヒ……」

覗《のぞ》き魔を切りつけるような強い目線を作っていた彼は、その変態が私であることに気付いた途端に顔をへにゃりと情けなく歪《ゆが》めた。まるで、見られたくないものを見られてしまったかのように。

「ミカ……」

「まって、待ってくれエーリヒ、違うんだ、僕は、僕は」

「君は……」

ああ、そうだ、ミカ、我が友、君は……。

「天使だったのか、君は」

「……は？」

率直な感想を受け、我が友は一度も見たことのない表情をしてみせた………。


【Tips】この世界に我々が知る形での〝天使〟という概念は、西方の唯一神系の眷属《けんぞく》という形でしか存在せず、三重帝国においては知っている人間も希《まれ》である。神の遣いは使徒、あるいは眷属と呼ばれ、一時的に派遣される下級の神性存在として認識される。


なんとも気まずい一幕は、ミカが秋の冷え込みはじめた夜気にくしゃみを零して閉じられた。とりあえず着替えて貰《もら》い、今はそれぞれ別の寝台に腰掛けて微妙な空気を堪能している最中だ。

いや、ほら、だって、天使には性別がないというじゃないか。あの姿を見たら、アブラハムの宗教を思い出したって仕方がないだろう？

「……僕の血族は、元々最北方の出身なんだ」

沈黙が鉛のように立ち込めて、そろそろ重圧で死ぬのではと錯覚した頃、彼はおどおどと目線を床に落としたまま口を開く。

それは、重い出自の物語だった。

ミカの一族は惑星の極、所謂《いわゆる》北極圏にほど近い島に暮らしていたらしい。古語で〝暗い島《ニヴルエイヤ》〟と呼ばれる極地の生活は生物の限界を試すように過酷だという。

冬は極端に日照が少なく、夏は逆に何時までも長い日照のせいで農耕さえ営めない極まった大地。そんな豊穣《ほうじょう》神の手さえも届かぬ極地でも、人類種はしっかり生きていた。

ただ、あまりに極端な環境はちょっとしたバランスの崩れで人が簡単に死ぬ。

不漁が続けば漁師はあっと言う間に餓《う》え、数少ないまともに育つ羊に病が流行《はや》れば、数家族が時機を逸した花の如《ごと》く立ち枯れる。そして、そんな島であっても北方離島圏の人間が略奪遠征に訪れることがあるという。

斯様《かよう》な酷所で生きていけるのは、一部の特殊な亜人と人類種だけだ。

分厚い毛皮と脂肪の層を併せ持ち、氷が浮かぶ極地の海でも泳げる海豹人《セルキー》、大陸西部の東部域の個体より耐寒性に優れる熊体人《カリスティアン》などの極地に適応した強力な亜人。彼等はその秀でた能力で厳寒を生き抜き、略奪遠征の一団にも武力を以《もっ》て抗しうる。

対し、ヒト種《メンシュ》が持つ適応能力を更に先鋭化させることで、環境に縋《すが》り付いた近縁種も存在した。

どんな環境にでもある程度適応するが、男女の番《つが》いがなければ瞬く間に数が減るヒト種《メンシュ》の欠点を克服した人類種。

「僕は……中性人《テイーウィスコー》だ」

ミカは自らの種を恥じるように明かした。

中性人《テイーウィスコー》。その字面だけを見れば誤認しかねないが、彼等はいわゆる〝半陰陽〟ではなく、性が必要に応じて〝シフト〟するヒト種《メンシュ》の近縁であった。

ずば抜けた適応力さえ置き去りにする極地において、男女比の均衡が崩れると簡単に先細るヒト種《メンシュ》の弱点を克服するような進化を遂げた中性人《テイーウィスコー》は、性的に成熟するまで完全な無性なのだという。

そして、体が十分に成長した時、彼等は男女の両方へ一定周期で変性するのだ。

一月を無性で過ごし、その後男女のどちらかで一月を。そして、また無性に戻った翌月は前回と逆の性へシフトする。そして、時に周期の問題で同性が増えてしまえば、無性の期間を用い前回と同じ性へシフトすることで男女の比率を保ち続ける。

性別の転変によって、彼等は〝品あまりと品不足〟を防ぎ、コンスタントに増え続ける強みを得たのだ。

実に効率的な人類種だと思った。女は孕《はら》めば性別が暫《しばら》く——乳離れくらいまで——固定され、番いを守るべく男も性が固定される。もしも彼等が北方の極地に適応して発生したのでなければ、大陸でのヒト種《メンシュ》の割合はもっと早くから変わっていただろう。

「君を……君を騙《だま》そうとしていた訳ではないんだ」

ただ、そんな種を三重帝国のヒト種《メンシュ》が気安く受け容《い》れた訳ではなかった。

ミカの一族は三代前に略奪遠征や酷寒に堪えかね――単なる生存が可能であることと、快適であることの間には埋めがたい差がある――三重帝国に移住してきたそうだ。三重帝国の民は移民にも慣れており、異種族への抵抗も少ないと聞いて一縷《いちる》の望みを託しての長旅に踏み切った。

しかれども、それはあまりに自分達《たち》に近すぎて、異質な新参者に対しては適用されなかったらしい。人は真に理解しきれぬものより、半端に自分達に近しいものにこそ恐怖する。それこそ、私を悩ませて止まない雇用主とコスプレ好きの度し難い稚児趣味者を並べたなら、元は同じヒトなのに全く理解できない変態の方がヤベー奴《やつ》だと思ってしまうのと同じく。

冷たく無機質な恐怖から、どっちつかずとして彼の一族は冷遇され続けた。村八分とまではいかないが、寄り合いで口を開くことが憚《はばか》られ、祭を心から楽しめない程度には。

一族の待遇を打破するべく、ミカは魔導院の門を叩《たた》いたのだという。北方の厳しい環境を切り開く造成魔導師として凱旋《がいせん》すれば、誰も一族を馬鹿にはできまいと思い立って。

両親が必死に捻出してくれた学費で通った私塾。死に物狂いで勉学に励んで目立ち、代官の歓心を買って帝都に出て来るのに要した努力は並大抵のものでは到底足るまい。一体、どれほどの覚悟を支払い、彼はあの城の敷居を跨《また》いだのか。

「いつか、いつか言わねばとずっと思っていた。だが……でも……」

か細く絞り出されるような声は、いつしか震えを帯びていた。月明かりが差し込む窓辺の光を受け、長いまつげを彩るように輝く物は涙に相違ない。

「君に……嫌われたくなかった」

絞り出すように友は語った。彼は一度、友達作りに失敗しているのだと。

最初、環境が変われば上手《うま》くいくのでは、そう思った彼は同じ学閥の同年へ正直に種族を明かしてしまったらしい。

結果は、珍しがられ、あまり触れられたくない過去にずけずけと踏み込まれ、友情を結びたいとは到底思えない相手ばかりになってしまったという悲劇的なものであった。良くも悪くも、同年代の聴講生達は純粋過ぎたのだ。

学徒として、探求者として、彼等《ら》は知らない物への探究心にこらえ性がなさ過ぎた。人には絶対に触れてはいけないところがある、そんな事実を知らないほどの若い無邪気さ《残酷さ》も悲劇の引き金になってしまったのだろう。

それ以後、彼は院内で友人を作ることなく、独り寂しく勉学に励む聴講生として過ごしてきたのだという。

そんな中で出会ったのが私だった。丁稚《でっち》としてやってきて日が浅く、聴講生と友人でもない私とならば友達になれるのではと彼は思ったらしい。あの目映《まばゆ》いばかりの爽やかさは、生来のものではなく、必死に振り絞られたものだった。

種族を隠して、普通のヒト種《メンシュ》の少年を装っていた彼も、その内に身分を明かそうとは思っていたのだ。だが、どうしても地元での扱い、そして魔導院の聴講生達からの扱いを思い出してしまい踏ん切りがつかず……。

「僕は、僕の最初の友達に……君に嫌われたくなかった。珍しいものを見るような目で見られるのも嫌だった。だから、だから、だからどうしても切り出せなくて……」

しゃくり上げながらの告白は、最早懺悔《はやざんげ》のようですらあった。彼にとって、自身の種族とはそれほどに忌まわしいものだったのだ。それを不意に、楽しいはずだった初めての遠出の中で知られてしまう。

その身に受ける衝撃の深刻さは、私には想像さえできなかった。

私は良くも悪くも凡庸な男だ。前世でも早死にこそすれ大きな挫折を味わったことはなく、今生においてもなじみ深いヒトに生まれることができた。

なれば、その衝撃を真に理解することはできない。できると言い張ることさえ罪深い。近縁種が数多《あまた》存在するこの世界において、種固有の悩みを他種が訳知り顔で嘯《うそぶ》くことほど罪深いことなどそうはあるまい。人種一つで戦争していた生き物が、どうやって違う種族を根本から理解できるというのか。

だから私はミカに気安い言葉をかけることはしないし、できない。それは今まで耐えてきた彼の努力を虚仮にする、最悪の所業だ。

「えっ……？」

だから、私は何も言わずに友を抱きしめた。これ以上カミソリのような言葉を吐いて、彼の心が血を流さぬように………。


【Tips】中性人《テイーウイスコー》。北方極地圏に分布する人類種。性器を持たない無性の状態をベースとし、一月周期で性別が入れ替わるヒト種の近縁種。身体的構造はヒト種となんら変わらず、二日がかりで骨格や内臓ごと変異を遂げる性別のシフトを除けば種族的な特徴を有さない。幼い頃は無性で固定され、性徴を遂げる一三～五歳で性別のシフトが始まる。

ヒトに近くも特異な身体構造、そして入植してから日が浅いこともあって、三重帝国人類種の中では浮いた存在として扱われている。


出血を止める応急処置は圧迫が一番だが、それは心の傷にも適応されるものだと思う。悲しい時、抱き留めてくれる存在のなんと有り難いことか。前世で幼き頃の父母と姉、今生においても両親は私を優しく抱き留めてくれた。そして、エリザも私が抱きしめれば泣き止《や》んでくれるから、きっと体温はなによりも血止めとして有効に働くのだろう。

「エーリヒ……？」

私はミカを、友をしっかりと抱き留め、言うべきことを言う。この熱は、どうあったって変わることがないのだから。

「ミカ、君は誰だ？」

「え？」

「君はなんだ、ミカ。魔導院の聴講生か？　移民の中性人《ティーウィスコー》か？」

それと同じだ。種族が違ったなら、少年と思い込まされていたから友情が変わるのか？

私は変わらないと思う。確かに重大なものだろう。私に性徴が来たのと同じように、彼だって直に性別のシフトが始まるのだろうから。きっと、男性の時は男性的になり、女性の時は女性的になるのだろう。

だが、どうあってもミカはミカだ。個我が変わらず、友として私とあり、少年期にのみ共有できる高揚を分かち合ったミカは消えやしない。

「違うだろう、ミカ。君は種族なんて関係なくミカで……私が愛した友だ。私の無二の友人だ。違うのか？」

性質が変わることはあるだろう。だが、根っこは決して変わらない。私はミカと友人になりたい、そう思ったからこそ友人になったのだから。

体を一度離し、彼の顔を正視する。感情を上手く処理できていないのか、その表情は驚いたような、呆《ほう》けたような、どちらともとれない形にゆがんでいた。

「私は君だから友になった。君が気持ちの良い奴だったから友になった。遊んでいて楽しいから仕事に誘い、ここまでやってきた。どうでもいい上辺だけの付き合いなら、私は一人でここに来たさ」

一人旅には不便が付きまとうのは事実だろうが、私は理由なく好きでもない人間と遠出し、寝床を一緒にできるほど博愛主義者ではないし、信頼できない相手と野営を張れるほど不用心でもないつもりだ。

　私が彼を連れ出したのは、信頼でき、同道したならばきっと〝楽しい〟に違いないと思ったからなのだ。

「それは、私だけの感情か？　君が付いて来て、一緒に戦ってくれさえした理由はなんなんだ？　私は君にとって、さみしさを埋める、友人という名目の慰み者か？　それとも、エーリヒという個ですらなく、都合の良いヒト種《メンシュ》に過ぎないか？」

　肩を摑《つか》み、触れ合うほどの距離に鼻を近づけて問うた。瞬きすれば睫《まつげ》がこすれ合うほどの間近で、彼の涙で潤んだ目が瞬く。そして、掠《かす》れるように応えが返ってきた。

「ちがう、エーリヒ、それだけは違う」

　零《こぼ》れる涙を瞬きで落とし、彼はしっかりと私を見つめ返す。そして、嗚咽《おえつ》をかみ殺し、無理矢理に嚥下《えんげ》してしっかりとした言葉を吐き出した。

「僕だって君を友人だと思っている。始まりは確かに、何も知らない君ならばと思ったからだけど、今は違う……僕は、友達だから嫌われるのが怖かったんじゃない。君にこそ、君だから嫌われたくなかった……」

　ただ抱きしめられているだけだった体に力が入り、手が肩にかけられる。しっかりと私を摑む手には力が込められ、言葉の真実を担保するかのような気が籠《こ》められていた。

「そうだろう、ミカ。君にとっての私はなんだ」

「……友だ、エーリヒ。君は僕の友達だ」

「ああ、そうだ友よ、それだけで十分だろう？」

私も彼も互いの身分を尊重することはある。

だが、一度として私は彼の将来有望な魔導院の聴講生という身分を第一に扱ったことはないし、彼も私を有力な研究者や教授とコネがある丁稚とみなしたことはないはずだ。

「私達は友達だ」

「ああ……エーリヒ、ありがとう、ありがとう……」

「友でいることは感謝されるようなことではないよ、我が友」

「それでも……それでも……ありがとう、我が友」

私は泣きじゃくる友人を再度強く抱きしめ、背中を優しく叩いてやった。こうしてやると落ち着く妹を宥《なだ》めるように。

かき抱かれる強さに痛みを訴える体を無視し、私は友が疲れて寝入るまでずっと手を止めはしなかった………。


【Tips】三重帝国における異種族への寛容さと連帯は、長きに渡り殺し合いを続けながらも戦列に彼《か》の者達を迎え入れて築き上げた、共に国を成し、国を守ったという実績に基づく国民国家的な性質に因る。友誼《ゆうぎ》を結び、時が経《た》てば他種族でも三重帝国に馴染《なじ》んでいくことは十分に叶《かな》う。

　妙にくさいやりとりをしたせいで、酷《ひど》く気恥ずかしい朝が来た。

　ああ、ＴＲＰＧでもたまにロールが行き過ぎて、リプレイ作成のために録音を聞いた後、枕に顔を埋《うず》めて悶絶《もんぜつ》することは間々あったとも。熱血系にせよ純情系にせよ、世界三大告白っぽいノリの叫びを後で聞くのは辛《つら》いものだ。

「おはよう……友よ」

　それも、その相手と同衾《どうきん》してのお目覚めならば尚更《なおさら》。

「ああ、おはよう。ああ、ミカ、その、昨日は……」

　今になって凄《すさ》まじくこっぱずかしい。やっぱり夜はダメだ、妙なテンションになる。変なテンションで書き上げたハンドアウトとかシナリオは、大抵昼間に見たら「うわぁ」って気分になるものだ。あと、残業中に書き上げた企画書とかも。

　言葉にも感情にも偽りはないが、もっと、もっとこう……！　なぁ!?　精神的な大人として、もっとやりようがあったろ自分！

「みなまで言うな友よ、分かっているさ。あれほど嬉《うれ》しいことはない。それはもう、もう一度聞かせてくれるなら何より嬉しいが、何度も言うものでもないだろう？」

　あああ、妙な勘違いをされている。この子、思考パターンまでちょっとヅカっぽくなっていないか？　流石《さすが》に何時《いつ》もの遊びで芝居めかしたことを口にするならまだしも、平素のノリで昨夜の会話をするのは無理だぞ。これは将来、平気で劇場めいた言い回しをして、人をたらし込むアレなイケメンになってしまうのでは……。

「さ、朝餉《あさげ》としゃれ込もうじゃないか」

　何かを勘違いしている友に手を取られ、私は二人で共有していた寝床から身を引っ張り出された。

　元より近かった間合いが更に半歩近づいた友と連れ立って、昨日と同じ飯場に向かえば、そこは意外なほどに静かであった。まぁ、私達《たち》が少し遅くまで寝てしまった上、三重帝国人は朝食を簡素に済ませることが多く、中には茶と乳酪を一欠片《ひとかけら》だけしか口にしない者もいるくらいなので当然だが。

　昨日と同じく、笑顔が目映いそばかすの給仕が五アスの安価な朝食セットを運んできてくれた。黒パン一切れ、大ぶりな白い腸詰め《ヴルスト》が一本、乳酪と干した杏《あんず》が一つずつ。値段の割には悪くないラインナップだな。

　追加で二アス払ってポット一つ分の黒茶を貰《もら》い——チコリではなく、タンポポを焙煎《ばいせん》したものだった——のんびりと食べる。随分とゆっくりした目覚めになってしまったから、この時期に忙しい行商人達は皆、さっさと食べて出て行ってしまったのだろう。

「ああ、そうだミカ、一つ誘いがあるんだが」

「ん？　何かな友よ。何でも言ってくれ。もうこうなれば、風呂の誘いも有り難く受けさせて貰うよ」

　なら次は一緒に……違うそうじゃない。私は絵にして飾っておきたいくらい良い笑顔で有頂天になっている友人を抑え、冒険のお誘いを切り出した。

「ふむ、森の中にある冒険者の庵《いおり》か……」

切り分けた腸詰め《ヴルスト》を一口齧《かじ》り、それと一緒に彼は私の提案を咀嚼《そしゃく》しているようだった。

まぁ、元々はここまで来るだけで一ドラクマという仕事だったが、そこで更なる仕事に参加するかどうかは彼次第だ。とはいえ、この高いテンションで話を切り出すのは少し悪い気もした。何故《なぜ》なら……。

「いいね、面白そうだ。ならば僕も同行しよう」

もう一回裸見せて、と頼んでも余裕で通りそうなテンションの友人なら、断るはずもなかろうからな。熊も出るそうだけど、という警告に対し、友はなんとも格好良い笑みを浮かべ、それならば尚更友を一人では行かせられないではないかと言った。

さて、このテンションが下がるのに、一体どれくらいの間が必要だろうか。とりあえず、暫《しばら》くは頼み事や誘いをするのであれば、内容を考えてからにしなくてはな。然《さ》もなくば、後々とんでもない黒歴史に発展するイベントが発生しかねないし。

無論、私にではなく、彼にとっての黒歴史だ。

それに……友誼に喜んでくれているのにつけ込むのは悪いからね。うん。

一抹の不安を食事と共に飲み下し、冒険に出る準備をすることとなった。といっても、歩いて一日の森ならば、馬であれば数時間の距離。元々野営の準備をしてここまで遠征してきているので、精々水と食事を買い込むくらいのものだ。

「ふむ、中々いい値段だね」

「時期が時期だからな」

連れ立って飯場街横の市場に繰り出せば、そこは秋特有の浮かれた雰囲気に満ちていたが、如何《いかん》せん需要の問題で品の値が上がっていた。

この時期は隊商が盛んに行き来し、それに帯同する護衛の傭兵《ようへい》や冒険者も多々いるために携行食の需要は高い。更に冬ごもりのため長期保存が利く食料を一般人も沢山買っていくため更に求める口が多くなっていた。それ故、生鮮食品の保存に秀でた魔法使いがいない隊商や自弁できる農家以外に旺盛な需要があるため、黙っていても飛ぶように売れることもあって、買い占めを防ぐ目的もあり何処《どこ》でも普段より単価で二～三アス高価い価格設定となっていた。

「路銀はどれくらい残ってる？」

「えーと、宿代があとこれくらい要るとして、他に出市税もかかるから残しておかないといけない額が……」

「そこから食料に使える金額が、大体こんなものか。塩漬け肉は当然要るとして」

「僕としては干した林檎《りんご》と杏は欠かせないんだが、やっぱり良い値がするね」

共用財布に詰まった銅貨を数えつつ――直《す》ぐ使う予定のない銀貨は、万一に備えて各自靴の中敷きに仕込んである――額を突き合わせて相談していると、保存食の屋台を出した鼠鬼《ジエンキンス》の店主が大きく溜息《ためいき》を吐《つ》いた。

「仕方ねぁな。ガキんだんて少しだげオマケしてけるべ」

北方の訛《なま》りが強い言葉で、店主は長い前歯を打ち鳴らしながら言う。南方で聞く訛りや、宮廷語とは全く違うイントネーションなので耳慣れず理解が遅れるも、店主が財布の中身に乏しい我々を見て哀れんでくれているのは確かだった。

「えったが!?」

が、次に驚いたのは、妙に自然な北方訛りで返す友の姿にであった。

「さっとな、さっと。じぇんこねなら、仕方ねべ」

「おぎにな!」

「なんもいいがらもってげもってげ」

流暢《りゅうちょう》にやりとりし、普段と変わらぬ値段で売って貰っているミカ。普段は整った男性宮廷語しか話さない彼だが、よくよく考えれば北方出身ならこっちの訛りだって使えてもおかしくないのか。ファイゲ卿《きょう》もスイッチでもあるかのような自然さで切り替えていたし、前世の同僚でも関西出身者が電話口と酒の席では口調が全然違ったしな。

ホクホク顔で保存食が詰まった袋を受け取るミカをじっと見ていると、彼ははっとしたように顔を真っ赤にしてから、袋に顔を埋めて視線から逃げる。

「そ、その、まぁ僕も宮廷語を覚えるまでは普通に訛っていたから……そんなに変かい?」

不覚にも自分の方言を恥ずかしがるミカは……なんだ、その、可愛《かわい》いと思ってしまった。

実に現金だな、私も。彼が完全な同性ではないと分かった途端、こんなことを考えてしまうとは。いや、気付く前から色々と危ない思考を練ってしまったことはあるけれど、何の抵抗もなく考えてしまったあたり色々と思う所もあるのだ。

「いや、やはり耳慣れない方言を自然に使う人を見ると凄《すご》いと思ってね」

「凄い？　そうかな？」

「凄いさ。私には殆《ほとん》ど外国語に聞こえたよ」

現代帝国語はどちらかと言えば、文法さえ覚えれば発音法は平易なために習得しやすい言語だと言われている。その証拠に他の言語系スキルツリーを見る限り、帝国語は宮廷語こそ熟練度を多く食われるが、基礎部分はお安く出来ている。

対し、スキルツリーから伸びる方言は結構良いお値段だ。これは三重帝国が元々は小国家が寄り集まって成立し、更に他種族を取り込んで発展したからだろう。各地の方言や独特の言い回しとして、今は使われなくなった古語系列の単語が盛り込まれている。

それ故、単語を知らなければ殆ど外国語のように聞こえてしまうのである。

似たような問題は日本語でもあったな。ナチュラルな東北弁だの九州弁だのは、標準語話者の私には全くヒアリングできなかったし。後から習得しようと思えば、文法以外はほぼ外国語扱いされても仕方なかろう。

「確かに北の訛りには古語も多いからね……僕は一応、北方古語と離島圏の言葉も分かるんだけど、同じ単語を使うことも多いんだ。綴《つづ》りが少し違ったり、アクセントの位置が変わることはあるんだが、概《おおむ》ね言葉が通じるんだよ。不思議だろう？」

「それは実に興味深いな。君が隣にいてくれれば、北方の旅は大分楽になるんだな」

語学に堪能な友と辺境の街を歩きながら、更に北へと思いを馳《は》せる。

実は私、帝国外の知識には疎い。それもこれも知識が基本的に聖堂に置いてあった本と、周囲の大人達からの伝聞、そして吟遊詩人達が運んでくる物語がベースだからだ。

聖堂の蔵書はその性質故、諸外国を正確に語った歴史書は少なく、三重帝国視点の歴史書――想像よりは客観的だが、やはり偏りは凄い――に散見される記載を拾うばかり。魔導院の書庫を探せば諸外国の歴史書も壮観なほどに揃《そろ》えてあるのだろうが、如何せん魔法を覚えるのに時間を使っているせいで手が足りていないのだ。

ただ、それはそれでいいのかもしれない。本ですら知らない土地、聞いたことも行ったこともない所を自分だけを頼りにブラつくのは、きっと楽しいだろう。前情報なし、読み込みなしで新しいステージに吶喊《とつかん》するのも、リスクは高いがとても楽しかったのだから。

きっと、これぞ冒険、という興奮と出会えるに違いない。

「なら、何時か一緒に行こうか。綺麗《きれい》な所が沢山あるんだ。冬には北氷海を歩いて渡れるし、極光が飾る空は呼吸を忘れるくらいに美しいよ。僕の故郷からは少し遠いけど、大《だい》氷瀑《ひょうばく》を見に行くのもいいね。あれは圧巻だ。人生で一度は見ておくべきだと思う」

楽しげに北の名所を語るミカ。地元の観光地は言うほど行かないというのが定説だが、彼はきちんと行ける所には行ったことがあるようだ。記憶の中の景色を語る横顔は、どこか誇らしげであった。

「いいね、どれも素晴らしい光景なんだろう。是非とも見てみたいものだよ」

昨日、あれほど辛そうに語りながらも、やっぱり故郷が好きなのだろう。然もなくば、家族が生まれた地だからといって、出世して錦を飾ろうとはするまい。嫌いだったなら、出世してから一族を帝都に呼び寄せればいいのだから。

「なら、いつか……君を連れて行くよ、エーリヒ。僕の故郷へ。氷と雪、後は羊かトナカイくらいしかいないけどね」

「ああ、楽しみにしてる」

私達は小さな約束を取り付けた。北方の辺境をいつか巡ろうという冒険の、そして彼が故郷に錦を飾った時の約束を。

さぁ、その足がかりとして、小さな冒険を片付けるとしよう…………。


【Tips】現代帝国語は三重帝国成立にあたり、近辺の言語を糾合し再編集した人造言語である。


森と一口に言っても様々な種類が存在し、実際に行ってみたところでイメージからかけ離れた光景が広がっていることは珍しくない。地図上の記号だけで地形は読めても、土から上のことは基本ノータッチなのだから。

熊が出る程度の森と聞いて多少の覚悟をしていたが、ファイゲ卿の依頼で訪れた森はその覚悟を軽く超えていた。

「これは……森というより樹海なのでは？」

「奇遇だな友よ。私にもそうとしか見えない」

呆然《ぼうぜん》と呟《つぶや》く友人に同意し、私は見上げていると首が痛くなるほどの木が、人を拒むように密生した森を見て軽く絶望する。

断じてこれは〝ちょっとした冒険〟とやらで踏み入って良い規模ではなかった。アレだ、森に住まう強大な魔女に挑むとか、万病を癒やす秘薬を作って貰う系の終盤クエストでやっとこ行く系の森だ。

ツガやモミ、ナラなどの針葉樹と落葉樹が混在する原生林は、帝都や荘《しょう》にあった保護森林とは趣が全く違う。建材として優れたオークやイトスギがお行儀良く並ぶ保護林が有名進学校だとしたら、これは正しく地元のチンピラでさえ震え上がる場末の不良学校という佇《たたず》まいである。

伸びたいように伸び、生えたい所に生えた木々は地面で雄大な根をのたくらせ、長い間降り積もった葉が絨毯《じゆうたん》の如《ごと》く敷き詰められている。人が踏み入り、木を伐採することを前提とした森とはことなり、部外者を明確に拒む空気を帯びていた。

ちょっとした冒険一転、とんだ屋外ダンジョン踏破になってしまった。森歩きの知識がなかったら、安全のために速攻で引き返し野伏《レンジャー》か斥候《スカウト》を雇いに行っているところだな。偵察役の居ないダンジョンハックは自殺と相違ない、というのはＴＲＰＧ勢における常識だ。

軽く武装し、数日分の食料と水を背嚢《はいのう》に放り込んだ私達は、しばし森の雄大さに心をぶん殴られながらも足を動かすことにした。

こういった地形であれば、普通は大変に足を取られ困難な道行きを強いられることだろうが、私とミカは違う。

ミカは造成魔術師志望の聴講生。土と石塊《いしくれ》、そして木に親しむ魔導師だ。自然神や精霊を信仰する神官の如く、〝自然の方に〟気を遣わせるような所業は能《あた》わずとも、森に敷き詰められた土をどうこうするのはお手の物だ。

「消耗を考えると、この程度しかできないけれど」

ミカが術式を組み、魔術を使えば――効果が切れると元に戻るという世界の性質から、造成魔導師は魔術の方に造詣が深い――地面の土が寄り集まり、独りでに圧縮されて道へと姿を変えた。のたうつ木の根や天然の傾斜を丁寧に埋めた一本道は、身を挺《てい》して道を遮る木々を縫うようにしてまっすぐ森の奥へと延びてゆく。

「いやいや、大したものじゃないか」

土を固めた道の上は完璧に平坦《へいたん》で、肩幅ほどしかなくとも十分に歩きやすい。それに、まっすぐ延ばしてくれているので、入り組んだ森特有の〝木を避ける度に方向感覚がズレる〟ことも防いでくれるから有り難かった。来た道がしっかり分かるなら、パンくずも方眼紙もお役御免だな。

「そうかい？　まぁ、下手に地質をいじって森を傷めると怒られそうだからね……」

謙遜する友の肩を小突けば、彼は少し悩んでいつものように小突き返してくれた。そして、平素と変わらぬ距離に寄り添って森をゆく。

　昼間でも薄暗く、木々に張り付いた地衣類のせいでおどろおどろしい雰囲気こそあれ、森の中は存外平和なものだった。サイコロの出目が良いのか猪《いのしし》や熊が突っ込んでくることもなければ、下卑た笑みの山賊が飛び出してくることもない。

　うん、前者は兎《と》も角《かく》、後者はこんな所に根城を作る理由がないか。火山だろうがダンジョンだろうが、呼ばれれば《サイコロの出目次第で》何処にでもポップする連中ほどのバイタリティは、この世界の人間にはなかったらしい。

　人里離れた森に縄張りを作って、一体誰を襲って生計を立てるというのか。巡察吏から隠れて旅人を襲うにしても、もっと街道に近い森がいくらでもあるだろうし。

　理不尽な遭遇《ランダムエンカウント》に悩まされることもなく、のんびりしたペースで森を探索し、ついでに色々と仕入れておく。手つかずの森だけあって、ちょっとした小遣い稼ぎになる薬草がちらほら生えているのだ。地力を他の木々と取り合って尚《なお》も繁茂しているだけあって、質が良いものばかりなので、持って帰れば良い値がつきそうだった。

「ほら、エーリヒ、どんぐりだどんぐり」

　大量に転がるどんぐりを集め、ミカはご機嫌そうに笑った。別に稚気あふれるどんぐり集めを楽しんでいる訳ではない。彼の故郷では立派な食料として親しまれているからだ。

「これをだね、秋の間に沢山集めて保存食にするんだ。粉にして水に晒《さら》せば、まぁまぁ悪くないんだよ」

嬉《うれ》しそうに袋に詰めていくミカは、持って帰って自分で調理するのだと言った。北方ではメジャーな食料であっても、帝都であっては貧乏食扱いであるし、なによりどんぐりは養豚の要であり人間の食べ物ではないので出回っていない。昨日の羊肉を食べたせいで、故郷の食い物を食べたい欲が収まらないようだった。

「渋抜きしてパンやクッキーの嵩《かさ》ましに使ったり、煎ってお茶にするんだ。炊いて煮こごりにして食べたりもするんだが、これがおいしいんだ。南じゃ全然食べないようだけどね」

そんな寄り道をしつつ森を行き、薬草や木の実で背嚢が重くなり始めた頃、ふと腰のポーチがぶるりと震えた。

ウルスラの薔薇《ばら》が入っているポーチだった。

「どうしたんだい？」

急に歩みを止めた私をいぶかるミカに少し待つように頼み、薔薇を取り出してみる。微《かす》かに震えるそれからは、確かなウルスラの気配を感じるものの以前のように花がほころんで彼女が姿を現すことはなかった。

ふと思い出す。そういえば、今日は満月だ。

妖精《アールヴ》は隠《なばり》の月が勢いを増し、真の月が衰えるにつれて力を増す。当然、真の月が満ちて、その影である隠の月が力を喪《うしな》えば世界に干渉する力が衰える。隠の月が真円を描いた時にヒトと変わらぬ大きさで出てきたということは、月が隠れれば姿を現すことさえ難しいというのか。

つまり、私は今妖精《アールヴ》のご加護を喪っているに違いない。

……よかった、変に妖精《アールヴ》関係に熟練度振らないで。私個人にメタ張って、隠の月が新月時に殴りかかられたら戦力が半減するところだった。

冗談はさておき、今のウルスラは私の声が届いても、彼女から声を届けるだけの力は無いようだ。だからこうして、震えることで微かな警告を送ってきているに違いない。

ただ、一体何を警告してきているのかは分からなかった。肝心な所は教えてくれないというのは、なんかこう、実にイベントらしくて困る。よもや本当にクライマックス戦闘が生えてきた訳ではなかろうな？　私からすれば、昨日のミカとの語らいでかなりクライマックス感があったのだが。

「ここからは警戒しつつ進もう。少し……いやな予感がする」

「予感、か……いいだろう友よ」

突拍子のない言葉を疑いもせず、ミカは短杖《たんじょう》を一振りすると地面に大きな穴を穿《うが》った。

「身軽な方が良いだろう？　荷物はここに隠していこう」

魔術で空けられた穴の内側には、獣が掘り進んでこないように石が丁寧に敷き詰められていた。石畳を構築し、整備する造成魔術師必携術式を応用したようだ。今日は実に器用だと感心させられてばかりだな。隊商が随行魔法使いを心底有り難がるのがよく分かった。

最低限の水と食料を残して身軽になった私達《たち》は、隠密《おんみつ》の心得が少しだけある私が先行して進んだ。密集すると伏撃を受けた時に一網打尽にされる可能性があるからだ。無論、後衛である柔らかい魔道士がバックアタックを受ける危険性はあるが、ミカには視界の共有ができる使い魔が居る。私より視界が広いなら、背後の心配はまだ少ないはずだ。

不意に吹いた生ぬるい風、それが運んでくる臭いが鼻孔を刺した。

知っている臭いだった。実に不快で、嗅ぎたくないのに嗅いだことがあり、慣れたくないのに少しだけ慣れた臭い。

肉が腐る甘い匂いに混じる、不快な糞尿《ふんにょう》の臭い……死臭だ。

この世界で死は実に身近である。ヒト種《メンシュ》がびっくりするほど簡単に死ぬというのもあるが、見せしめ刑が当然の如く各地で行われているからだ。

荘では殆《ほとん》どないが、中規模の都市であれば公開処刑は年に何回も行われているし、その屍《しかばね》を城壁や城門にクリスマスの装飾みたいな気軽さで飾りやがる。その上、街道では戒めとして盗賊なんぞの下っ端が、ぶら下がり健康法を強制されているのだから、そりゃあ嫌でも慣れようというもの。

極悪人ともなれば、処刑した後に蜜蠟《みつろう》漬けにした首を各地に晒して回るなんて全国ツアーまで開催されるからな。我が故郷にもツアー巡業で大悪党や謀反人の首が罪状付きで回ってきたことがあるから、鳥や獣を捌《さば》く云々《うんぬん》以前に強制でグロ耐性がつけられる。

そして、これはそんなイベントが開催される度に嗅いだ臭いだった。

あらかじめ決めておいたハンドサイン、握った拳を掲げる〝止まれ〟の指示を出して、私は気配を殺し先行する。臭いの元は、ミカの道より外れた方向から吹いてくる。

枝の一本、葉の一枚すら散らさぬよう気を遣い――隠密を上げてしまおうかと即物的な発想を必死に追い払いつつ――臭いの元を探る。

その源は存外すぐに見つかった。ふらりと無警戒に森の中に突っ立つ、薄汚れた風体の後ろ姿。薄汚れた衣服、乱れに乱れた髪、土気色の肌、そして〝脱落した左腕〟という隠しようも無い欠損……。

不死者《アンデッド》である。

ああ、やはりというべきか。人類の放つ死臭というのは、どうにも独特で鼻につくのだ。大型の獣が放つソレと比べても、体感でぱっと「あ、人の死臭だ」と気付ける具合に独特のものである。

だからある程度察してはいたが、最近はどうにも悪い予感ばかりが妙な的中率で当たりやがる。

それにしても……文献で言及がいくらかあったが、あのタイプは初めて見たな。

さて、この魂の存在が確約され、死後が実存する世界には不死者《アンデッド》と呼ばれるモノがいくつかある。幽霊《ガイスト》や死霊《レイス》が存在しているのに、動死体《ゾンビ》はいないなんて片手落ちにもほどがあろう。その点、この世界を構築した面々はしっかりとホラー系の存在にもリソースを割り振ってくれている。

それが喜ばしいことかは、私の渋面を見れば察していただけるだろうが。

不死者《アンデッド》達の例であるが、一つは寿命を持たぬ種族であり、人類種の長命種《メトシェラ》や魔種の吸血種《ヴァンピーレ》をはじめとする連中が分類されるが、往々にして殺す方法は存在するため不死者《アンデッド》と呼ばれることは希《まれ》で、多くはその再生能力を畏怖してついた異名だ。むしろ、当人達が名前負けするから止《や》めて欲しい、そう愚痴っていたと書き記す文献さえ存在している。

二つは死を剝奪された、あるいは喪った存在を指す。神学の本で読み囓《かじ》る限り、途方もない罪に対して神々が下す刑罰の一つに、生き物が当然に持つ権利の剝奪が含まれるそうな。それは眠ることであったり、寿命の限り餓《う》え続けることであったり、感情の一部であったりもするが、最も重いモノの一つに〝死〟があるという。

そんな死を奪われた、あるいはライゼニッツ卿《きょう》の如く投げ捨てて返り咲いた者も不死者《アンデッド》と呼ばれるのだが……あれはそんな上等なものではなさそうだった。

あれは、その三つ目、使役された、あるいは乗っ取られた亡骸《なきがら》だろう。

魔法は世界の法則を歪《ゆが》める。歪んだ法則を死者にぶち込んで動かすくらい、手段としてはいくらでもある方だ。私も最初、不死者《アンデッド》を作り使役する独覚《どっかく》系の魔法スキルツリーを見つけて「これ強いな」と思ったが、速攻で迫害案件であると察せたために選択肢から除外したのを覚えている。

私が考える〝強い〟というのは、ロール面に大きな瑕疵《かし》をもたらさないことも要素として含まれているので当然だった。そんなシティ物が始まった瞬間、城門の外でぶらぶらしてなきゃいけないようなキャラ、いくら数値が強くても使い物になるまいて。

あの立ち尽くす影は、きっと私が諦めた手法か、うち捨てられた亡骸に幽霊《ガイスト》、あるいは魔素がしみこんでしまったが故に動き出した意志なき屍だと思われる。ライゼニッツ卿のように理知ある存在にしては挙動がお粗末すぎ……。

不意に、ぐるんと死者の首があり得ざる挙動で私へ向けられた。左の眼球は脱落して萎《しな》びた物が神経索に惰性でぶら下がり、右の眼窩《がんか》には目の代わりに泥が詰まっていた。歯は餓えを示すようにガチガチと嚙《か》みならされ、瞳無き視界でしかと私を見咎《みとが》めている。

濃密な死の気配に体が固まり、無意識に吸い込んだ呼気が「ひゅっ」と情けのない音を立てた。ちょっとまて、あの様でなんで私が分かって……。

あっ、待てよ、そういえば死者は〝魂〟の匂いとやらを嗅ぐ〝非感覚的知覚〟を持つんだっけか。妖精《アールヴ》とか、その類いと同じように。

彼は動死体《ゾンビ》と聞いて想像するのとは全く異なる機敏さで振り向き、ヒトが走るのと遜色ない挙動で駆け寄ってくる。残った右手を差し出し、歯をカスタネットのように打ち鳴らしながら疾走する様は、そのまんまホラー映画としてスクリーンに映し出せる迫力。

死者らしくない襲撃を私は真正面から受け止め……はせず、半歩前に踏み出しながら、用心で既に抜いていた〝送り狼《シュッツヴォルフ》〟の一撃で首を飛ばすことで対抗した。確かに動死体《ゾンビ》だと暢気《のんき》にしていれば面食らう素早さだが、覚悟が決まっていればなんてことはない。むしろ、意志がない分素直で対処しやすい方だ。

それにほら、アグレッシヴな死者なんて、前世の娯楽作品じゃ普通だったしな。四人組で全力疾走する感染者と殴り合うゲームにサークルの面子《メンツ》と一時期ハマったものだ。

死者は駆け抜けていく勢いのまま転倒し、刎《は》ね飛ばした首は木にぶつかって足下に転がってくる。うむ、我ながら美事《みごと》な一撃だ。確実に致命の一撃が入ったな。

これで私がうぇーいと鳴くジョックだったら特攻ダメージがぶっささって、判定のサイコロも振らせて貰《もら》えず演出で死んでる所だ。

とはいえ、これはよくないな。どんな理由であれ、不死者《アンデッド》が発生するなんて普通ではない。森の奥でよからぬことを企《たくら》む魔法使いがいるにせよ、死体がよみがえるほどの魔素がたまっているところがあるにせよ尋常では……。

ん？　足に違和感があった。何かに触れられているような気がして見下ろせば、ばっちり目が合ってしまった。

空腹を訴えるように歯を打ち鳴らす、たった今斬り飛ばしたはずの首と。

ついで、背後で枝を踏み折りながら何かが立ち上がる音と気配……。

「おふぁぁぁっ!?」

あまりに情けない悲鳴を上げながら、私は一つ思い出す。

そうだよ、この手のエネミーには刃のついた武器ではダメージが通り辛《づら》くて、クリティカルはそもそも発生しないものだと……。

【Tips】急所を持たぬ生物に対して斬撃は効果が薄い。

ファンタジーの動死体《ゾンビ》とパニックホラーのゾンビの違いは何か？

動いている原理である。

「おあああああ!?」

くっそ情けない声を上げ、私は靴に噛み付こうとしていた首をあらん限りの力で蹴っ飛ばした。いっそ爽快なくらいの勢いで首はすっとんでいき、森の中に消える。

パニックホラーのゾンビは往々にしてウイルスだの寄生虫だの脳変異だので動いていて、大抵は頭を吹っ飛ばせば止まるし、物によっては心臓の破壊でも十分に殺せたりする。

何をしても殺せないとかいう例外が何個かあったのを除けば、基本は頭にクリティカルを叩《たた》き込めばおしまいにできる安心と実績の弱点があるのだ。

では何故《なぜ》頭を潰せば止まるのかといえば、それは頭に中枢があり、そこで全ての指示を出しているからだ。神経系に巣くった寄生虫、ウイルスで変異した脳幹と小脳、理性を全て剝ぎ取られて狂った脳髄。兎《と》角《かく》、そんなブツが頭蓋の内側に収まり、死体や狂った人間の体を動かしている。

逆を返せば、指示中枢がそこになければ首を刎ねられようと、スラッグ弾で木っ端みじんにされようと、たかがメインカメラ――あるいはメインウェポン――を喪っただけだ！

とばかりに動ける。

ちょうどこんな具合に。

不器用な挙動なれど片腕だけで起き上がった体がつかみかかってくる。私は長剣である

〝送り狼《シュッツヴォルフ》〟を持て余すようなことはせず、柄《つか》を逆手に持ち替え、手甲に守られた左手でしっかと剣先を握りしめる。そして、手を掻《か》い潜《くぐ》って躱《かわ》せば、その無防備な腹に渾身《こんしん》の力を込めて柄を叩き込んだ。

骨が軋《きし》み、肉が潰れる感覚が手に伝うも、死体はふらつくばかりで転倒にまでは至らなかった。これが普通の人間であれば、腹部への強打で呼吸困難に陥り、嘔吐《おうと》しながら転げ回ることだろうが、さしてこたえた様子もない。

それもそうだ。彼は頭部がなくても動いている時点で明白なように、最早《もはや》呼吸も鼓動も必要としていないのだから。肺が潰れようが、横隔膜を押し上げられようが、気持ち悪いと感じる機能中枢がないのだ。

ダメ押しで手近な石を〝手〟で掴《つか》みあげて追撃の打擲《ちょうちゃく》を見舞う。人類が人類として、おそらく一番最初に使ったであろう殴打武器《メレーウエポン》はふらつく死体を吹き飛ばすのに十分な威力を発揮し間合いを空けてくれるものの……まだ動き続けている。

これがこの世界の死者の恐ろしさであった。魔的、あるいは霊的な要素で動く動死体《ゾンビ》には、破壊すればおしまいの中枢もなければ生理的な反応も望めない。噛み付かれたり引っかかれたりして〝感染《うつ》る〟危険性こそないが、掴まれればヒトの五体を軽くバラせる膂《りょ》力《りょく》は備わっているとくれば、それが慰みになるかは果てしなく微妙であった。

人ならば切りつければ痛みに怯《ひる》み、閃光《せんこう》と轟音《ごうおん》の魔法で無力化され、腹を殴られれば生理的な苦痛に負けて体を折る。あるいは子供である私の矮軀《わいく》を見てあなどり、時には敵ではないとして剣を降ろすこともあろう。力量の高低によって結果は変われど、まだ人間は私にとって与《くみ》しやすい相手だ。

だが、死体にはそんな弱点はない。非感覚的知覚で敵を捉える感覚には五感を妨げる魔法は役に立たず、苦痛など物ともせずに前進できる。高い達成値を出し、クリティカルを放り込んでダメージを稼ぐ私の天敵……。

いや、今後の課題が姿を成して襲いかかってきたようなものである。

「さって、どうするかな」

蠢《うごめ》く亡骸を見下ろし、とりあえず〝手〟を総動員して押さえ込むが、動死体《ゾンビ》として動き出した時に強化された膂力を御しきれない。背中を押さえ、手を払い、膝を倒させて起き上がらせてはいないが、出力強化アドオンでも隠しきれない元々の出力の低さが悩ましい。

これが成長して尚《なお》殺しきれなかった私の弱点。

極端なタフネスの持ち主、ひいては人外のサイズに対する弱さである。

私の剣技は元の純度とコンボも相まって中々に凶悪な仕上がりになったと思うが、残念ながら所詮は剣。物打ち——剣の先端付近、よく斬れる部分——の幅で物を断つのが限界であり、残念ながら天を突くほどのリーチも海を裂くほどの当たり判定もない。

これは魔法があるこの世界でも同じなのだが、残念ながら人間以外の生き物に強者が多く、不死者《アンデッド》のように人の術理から大きく外れて動いてくる輩《やから》も珍しくないときた。

なれば、戦場で人を斬ることに重きを置いた術だけで対応する限界がいずれやって来る。

剣戟《けんげき》が飛ぶとか、妙に伸びるなんぞのスキルがあればいいのだが、残念ながらこの世界は週刊少年誌的な価値観ではなく、月刊青年誌のハードさなので中々に難しい。

別に私の剣が通じないとは言わない。刃はキチンと斬り込み、装甲や鱗《うろこ》を断つだろう。クリティカルで敵の弱い部分を叩けば、ジャイアントキリングは十二分に成し遂げられる。

が、その太い四肢、雄大な首、聳《そび》える巨軀《きょく》を両断することは決して能《あた》わない。孤剣に拠《よ》って立つ剣士の限界は、そんなものである。勝てるには勝てるが、仲間を薙《な》ぎ払おうとする尾を切り飛ばしてカバー、なんて派手派手しい真似《まね》とは縁遠いのである。

急所が物理的に存在しない相手ともなると、その弱点は如実に表れる。如何《いかん》ともし難い問題に悩んでいると、不意に後ろで術式が起動する気配があった。

同時に宙を舞い飛来する灰色の泥。一塊のそれは、藻掻《もが》く死者に降りかかったかと思えば俄《にわか》に粘度を増して固まりはじめたではないか。

「大丈夫かい!?」

それは友の、造成魔導師が魔術で作り出したセメントの泥だった。魔術によって組成を変性され、こね上げられたコンクリートは沙漠のスポンジよりも早く乾いて硬化する。さしもの死者もコンクリートの剛性を振り切れるほどではなく、微《かす》かにはみ出した手足が力なく藻掻くだけとなった。

「ミカ……助かった。戦いあぐねていたんだ」

心配そうに駆け寄ってくる友の肩を摑み、礼を言えば私が無事だと改めて認識したのか

こわばっていた表情がほぐれた。どうやらさっきの情けない悲鳴を聞いて、すわ何事かと駆けつけてくれたのだろう。

「君にも対処しかねる敵がいたのか。意外だね、剣を取った姿は、恐れるものなど何もないといわんばかりの凜々《りり》しさなのに」

奇声を上げる無様の後で褒め殺しをされると、なんだ、その、情けなさが自乗されて死にたくなるぞ友よ。あと、私だって恐《こわ》い物はあるし、単機《ソロ》だと勝てない敵の方がまだ多いはずだ。それこそアグリッピナ氏の命取ってこいって言われても、寝込みを襲ったとして乳を揉《も》むのが限界だろうし――言うまでもなく直後に殺されるだろうが――ライゼニッツ卿辺りは何をどうすれば死ぬのかも分からんときた。

うわっ……私の周り、怪物すぎ……？

いや、特別な力を持ってテングになり、調子乗った次の瞬間に死ぬなんて展開を防いでくれると思えば、うん、そうだね、幸運かもしれないね。謙虚であるのって、存外難しいものだからな。

「剣一本でできることの方が少ないのは、それこそ魔導師《マギア》である君の方が良く知っているだろう。これでできることなんて、精々人殺しくらいだ」

だからこそ、人じゃない物を殺すのに手間取った訳だが。やっぱり首を落としたら死んでくれる存在というのは、分かり易《やす》くて有り難いものだと実感する。

「なるほどね。なら、尚更《なおさら》僕がいた甲斐《かい》があったというものだ」

誇らしげに胸を張る友。コンクリートは最早完全に乾ききり、ひび割れも気泡もなく丁寧に——たぶん職業病だろう——均《なら》されていた。

……そうか、彼は不死者《アンデッド》への回答の一つだったか。

実体を持つ不死者《アンデッド》は、不死と形容されるに相応の再生能力とタフネスを持つ。それこそ、この旅人の死体が動いてただけの動死体《ゾンビ》でさえ、斬撃を何十と見舞ってバラバラにせねば動き続け、突き刺すだけでは矢と槍《やり》でハリネズミに成り果てても前進する。タンクとして前に置くには実に理想的な頑強さだ。

しかし、こうやって行動不能のデバフを叩き付けられた瞬間、不死者《アンデッド》は無力となる。あれだ、吸血種《ヴァンピーレ》を石棺に放り込んで聖水のプールに監禁するのと理屈は同じである。

そうか、殺せないのか。じゃあ相手せんわ。

これができるミカは不死者《アンデッド》の天敵と言えよう。こうやってコンクリをぶちまけても良し、深い穴に落としても良し、その上で〝封印〟として生コンを注いでも良し。演出で殺してくる系の中でも、かなり悪辣な技術の持ち主ではないか。

「しかし……動死体《ゾンビ》なんて滅多に出ないものが、どうしてこんな所に」

改めて我が友がデバッファーとして大変優秀であることに感服していると、彼はしゃがみ込んで僅かにはみ出した動死体《ゾンビ》の四肢を観察しはじめた。

「豚革のブーツ、被服は亜麻かな？　ブーツのこれは……」

「拍車の跡だな。多分、木の根か何かに引っかけて外れたんだろ」

拍車は乗馬靴の踵《かかと》に装着する馬に発進を促す道具だ。我々が馬を奔《はし》らせる時、腹を足で挟むような仕草は、これで馬の腹を突っつき「進んでくれ」と指示しているのである。

大抵は着脱式で、邪魔にならないようベルトで留める構造をしており取り外せるようになっている。言うまでもなく隠密《おんみつ》の邪魔なので、私もきちんと外しているが、この動死体《ゾンビ》は外さず森を彷徨《さまよ》ったせいで壊してしまったようだ。

となると、彼は馬を使って旅ができる程度には裕福な身分であったらしい。いよいよもって、こんな森の奥で動死体《ゾンビ》と化していることが謎である。

さっき頭を蹴っ飛ばしてしまったが、後で探してきちんと弔わねば。

ただ……これ、どうやって根本的に弔えばいいのだろう？

不死者《アンデッド》、特に魔素が浸透した物や幽霊《ガイスト》が取り憑《つ》いた物は自然の摂理に反しながら、肉を得ているせいで世界の弾力性への耐性を持っている。それ故、魔法による変異や異常と違い、放っておいたら魔力切れ以外で止まることがない。

これが術式で動いているのならまだよかった。他の魔法の変異や異常のように、蓄えた魔力が尽きるまで放っておけばいいのだから。ただ、幽霊《ガイスト》が取り憑いているだとか、魔素が染み込んでいるとかだと、延々動き続けるので性質《たち》が悪い。

その上、残念ながら門外漢二人では、これが〝何故動いているか〟分からず、どうしようもないのである。

いや、知識はあるんだ。ただ、それでも素人がふわっとした知識でよく似た毒キノコと可食キノコが存在していると知っていても、正確に見分けられないのと同じで、ない頭を捻《ひね》っても「どっちでもありうるぞ……」という困惑しか出てこないのである。

不浄な存在であり、世界の法則を無視する不死者《アンデッド》は神の奇跡で浄化することができる。ないしは、その解《ほつ》れた法則は妖精《アールヴ》や精霊のような、より概念に近い存在の助けを借りれば正しい形に戻すこともできるだろう。

が、残念ながら私達《たち》はそのどっちもできないのである。やっぱりパーティーに神官を一人は入れとけというのは至言だったな。

以前、場所的な問題で人間の信仰する神がアウトということで、神官不在の縛りプレイをしたことがあったが、あのキャンペーンは本当に地獄だった。小傷が中々癒えずに死を覚悟し、レンジャーが用意した薬湯を啜《すす》って微かな回復に賭けるみたいな道中は、近世初期の戦争っぽさがあって実にエグかった。

それとは違うベクトルで神官不在の不自由さに嘆く我々は、顔を見合わせて頷《うなず》いた。

よし帰ろう。これは絶対にあかんやつや。

我々が冒険者かつ編成を考えたフルメンバーであったなら、喜んで「おっしゃ未踏のダンジョンとかがあるな！」と毎度の如《ごと》く押し込み強盗《ハック&スラッシュ》に精を出すところだが、残念ながら剣士寄りの魔法戦士と支援特化の魔法使いに過ぎない。語るまでもなく戦力も準備も足りていないし、なにより絶対に迷宮踏破《ダンジョンハック》に挑んで良い編成ではなかった。

この先が如何様《いかよう》な地獄かは知らぬが、少なくとも動死体《ゾンビ》が発生するような状態など〝まとも〟とはほど遠く、ちょっとした冒険で踏み入る場所でないことは確実である。

ならば、動死体《ゾンビ》が発生したという報告だけ携えて戻り、後は本職に頼めばいい。蛮勇だして突っ込むのは結構だが〝コインいっこ〟も持ち合わせぬ我々には身に余るシチュエーションだ。ファイゲ卿《きょう》も自分の趣味を理解しない人間には偏屈な人間に思われても、この状況にケチをつけるような非常識人ではないので別の課題をくれるだろうさ。

無理はダメ絶対。我々には新しいシートを用意して貰《もら》うことはできないのだ。

何より、私も〝三枚目〟は勘弁だし、そも確約されぬ〝三枚目〟を期待して無茶はしたくないからな。

何か証拠になるもの……と思い、コンクリートからはみ出してジタバタする片手を見て気付く。不死者《アンデッド》の腕を持ち帰れば、その痕跡から本職なら何か分かるに違いない。見る者が見れば異常な死体であることは察して貰えるはず。

これならば、子供の悪戯《いたずら》とあしらわれることもあるま……。

「……ねえ、エーリヒ、今何か動かなかったかい？」

今後の算段を練っていると、何やらミカが不穏なことを言い出した。思考に熱中していたせいで聴覚がおろそかになっていたが、改めて耳を澄ませてみても何も聞こえない。

「気のせいじゃ」

言い終える間もなく、南側、つまりやってきた方で草が揺れる音が。

押し黙って、首を巡らせれば、また音が一つ。いや、二つ、そして三つ……同時に〈気配探知〉も仕事をし始めて……。

「ええと、友よ、これは……」

「ミカ、靴紐《くつひも》を確認しておいてくれ」

言って、自分も長靴の紐を確認し、慎重に〝送り狼《シュッツヴォルフ》〟を鞘《さや》に戻す。

全力で走るには邪魔になるから。

「え？　ああ……」

疑いも質問も挟まず律儀に紐を結び直してくれる友に感謝しつつ、私は妖精《アールヴ》のナイフを抜き――これも、普段より心なしか色褪《いろあ》せているように思えた――サブウェポンとして使うために〈見えざる手〉を練り、手近な石や手頃な枝を摑《つか》み上げる。

ああ、分かっていただろうに。あの手の怪物は個であれば恐くないものだ。

だから……。

「ひっ!?」

藪《やぶ》が蠢《うごめ》き、木立が揺れ、枝に阻まれて勢いを減じた光の下へ死者が這《は》いだして来た。二つ、三つ、四つ。群を作る彼等《ら》の姿形はバラバラなれど、一つとして尋常な姿のものは存在しない。

同じくしていることは一つ。

不死者《アンデッド》が抱える本質的な〝餓《う》え〟に苛《さいな》まれ、我々を狙っていることだけ。

「走れ！」

そうとも、徒党で襲いかかってくるのがお約束だ。五〇年も前、まだ映画が白黒だった時代、初めて無個性な怪物として彼らがスクリーンに現れた時から変わらないお約束。

私は友の手を取り、死者から逃れるべく駆けだした…………。


【Tips】神の奇跡を賜った神職にもできることとできないことがある。戦や武を司《つかさど》る神々が癒やしの奇跡を授けず、生産を司る神が武威を示すことはなく、安寧を守る神々は流血を嫌って破壊をもたらさない。

だが、世界の管理者たる全ての神が、歪《ゆが》んだ法則を正す奇跡だけは等しく与える。必要であれば誰にでも。どのような強度であっても。


追走してくる死者の数は五か六か。足音と枝葉をかき分ける音が増えることがあっても減ることがない。次々に増援が飛び出してきている。

クソ、これが古典的なロメロゾンビであれば容易《たやす》いのに、ちょっと性質が悪すぎないか？　全力疾走系に数の暴力まで備えられると始末が悪い。一体一体なら手間なれど五体をバラして無力化できるが、そんな暇が何処《どこ》にあるのか。

「わっ、ちょっ、エーリヒ、もう少し速度をゆるめては……」

「無理だ！　近い！　囲まれる!!」

半ば引き摺《ず》るようにして先導したミカが短杖《たんじょう》で何とか姿勢を正しながら声を上げるが、

ゆっくりする時間も気遣ってやる余裕もない。増える足音の位置が絶妙に嫌らしく、森の外に繋《つな》がる退路を断ちながら私達を包囲しつつあるからだ。

単なる追走ならばよかった。ミカに地面を泥濘《ぬかるみ》に変えてもらい、昨日の野盗のように地面へ塗り固めて貰えば良かったから。ただ、追い立てられながら四方から来られると、自分達の帰り道の都合を考えると難しい。

なにより……映画のように、塹壕《ざんごう》を同胞で埋めて踏み越えてくるだけの数で来られたら、その瞬間に詰んでしまうからな。

迫る足音から逃げるように走るも、実はこれもあんまり意味がないと言えばない。

つい咄嗟《とっさ》に森の奥へ逃げてしまっているからだ。

反射的に気配に追い立てられて森の奥へ足を向けてしまったが、こっちに行っても何もないどころか、よりヤバい方向へ近づくしかないのだから、下策中の下策である。露骨に経験不足が響いた形となってしまった。

「うわぁ、出た!?」

自身の迂闊《うかつ》さに歯がみしていると、友が切羽詰まった声を上げ、同時に躱《かわ》そうとしていた木立の陰から死者が飛び出してきた。欠けた片足に枝をブチ込んで強引に直立する姿は、軽装なれど武装していることからして冒険者か傭兵《ようへい》だろうか。

だが、じっくり観察している暇はない。私は〈見えざる手〉二本がかりで掴んだ大きな石をヤツの顔面に叩《たた》き付けて迎撃し、後頭部から転倒したことで無防備に晒《さら》された腹へ木の枝を同じく〝手〟を使って叩き込んでやった。

はだけた鎧《よろい》の合間を縫って枝が突き立ち、腐れて柔らかくなった肉を貫いて地面に体を縫い留める。これで暫《しばら》くは動きが止まることだろう。

どれ程走り続けただろうか。死体を退けること二回、転びかけた友をフォローし、またされること一回ずつ。短杖を落っことした友をフォローして死体と切り結ぶこと一回。木の根にすっ転んで顔面を盛大に打ち、悶《もだ》えていた所を友が作った壁で救われること一回。

随分と長いこと格闘しているようにも感じるし、森の中ということもあって時間の経過が分かり辛《づら》くあっと言う間だったようにも思える。

確かなのは確実に体力を消耗しつつあり、寄って来る足音は減らないということだけ。ちょっと待て、おかしいだろう。ここは辺境、どうあったって死者が軍団をこさえるほど森に踏み込む人数は多くないはずだ。こいつら一体何処から湧いて……。

「ま、また来た！」

「ああ、もう！」

最初のサイコロ《運》が良すぎたのか、負債《ツケ》を回収しようとしているかの如くバッドラックが止まらない。畜生、なんだこれ、呪いか。せめて悪態を吐《つ》いたり、事態の異常さに突っ込むくらいの余裕はくれないか。

ミカが術式を練って――それでも焦りと急場のせいで構築が甘かった――薄い泥の海を作って後背の進路を妨げ、私は〝手〟を振るって前方を切り開きひたすらに這い寄る死を振り払う。

そして、逃げながら思い至る。

誘導されていないかと。

その考えに至るのは、少し遅かったのかもしれない。何故《なぜ》なら、木々の裂け目を跳び越えて、日の差す空間に飛び出した私達を洞の如く口を開けた迷宮が出迎えたのだから。

それは、何かの前衛芸術を想起させる廃屋であった。木造の建物がブロックのように積み上がり、出来の悪い子供の絵のように無秩序に広がっている。よく観察したならば、その多くがコピー&ペーストしてきたように、一つの家を原型として積み上げられていることが分かっただろう。

見るからにヤバい空間である。普通であれば、口を開けた玄関に飛び込むことはおろか、近くに立ち寄りすらすまい。むしろ、冒険者《PL》として落ち着いた状態で立っていたなら、ノータイムで火を放つ禍々《まがまが》しさである。

こんな厄そうな建物が普通のはずがなかろう。逆にこれで普通に燃えたなら、防火構造とか不思議な結界を用意していないＧＭ《ゲームマスター》にこそ非があると断言できる風情であった……。

が、残念ながら窮した我々に選択肢はなかった。

「逃げるぞ！」

「ああ！」

我々が森から飛び出すと共に、もうぱっと数えるのが困難な数の動死体《ゾンビ》が飛び出してきたのだから。こいつらどうやって今まで気付かれずここに潜んでいやがったのか。

息も絶え絶えに玄関へ飛び込み、体当たりで扉を閉める。ミカが短杖の先端を扉に押し当てて何事かを呟《つぶや》いたかと思えば、なんと扉に〝錠〟が生えてきたではないか。二つ三つと錠が生え、更には閂《かんぬき》まで幾つか生み出され、餓えに突き動かされた死者達の乱暴なノックで揺れるドアは完全に堰《せ》き止められた。

背をドアに預け、私達は全く同じタイミングでずるずると地面にへたり込んだ。そして、肩を上下させ、荒れた呼吸で空気を吸うというより呑《の》むといった風情で取り込んで、暴れる心臓を宥《なだ》める。

「しかし……」

「ああ……」

困った。揃《そろ》って呟き、私達はそれぞれ困惑を表す仕草を見せた。私は大きく嘆息し、ミカは片手で額を押さえる。この期に及んで事態は良くなるどころか悪化したのだから。

「すまない、私のミスだ……森の入り口に向かって逃げていれば……」

「なに、君のせいじゃないさ、友よ……あの場合は仕方ない。なにより、これはきっと誘い込まれたんだろう。きっと、外に出る道に二陣三陣と控えていたはずさ」

謝罪の言葉は否定と共に差し出された革袋で堰き止められた。何も言わずに差し出された革袋から水を吸えば、全力疾走で乾ききった体が甦《よみがえ》るようだった。

二度三度と革袋をやりとりして水分を取ると、少しだけ落ち着くことができた。

　確かに、ここまで誘導してくる手合いだ。簡単に突破できない数が待ち伏せていて、一陣を突破しても蓋をされ包囲されてたかもしれない。それにしても、どうやってあれだけの数を揃え、森の奥へ追い立てるように配置できたのだろうか。

　謎は尽きないが、考察は後回し。ここからどうやってケツを捲《まく》るか。

「ミカ、君の使い魔、連絡とれるかい」

　今まで上を飛び、どの方向に死者が多いかを教えてくれていた彼の使い魔。ヒトの言葉を操る器用さはなくとも、上手《うま》く使えば助けを呼べるのではないかと思った。

　しかし、彼は暫く瞑目《めいもく》して使い魔を操ろうと努力していたが、やがて大きく溜息《ためいき》を溢《こぼ》して首を横に振った。

「駄目だ、何かに邪魔されているのか反応がない。生きてるはずだけど、僕の命令も届かないし、視界の共有もできないよ」

「そうか。となると困ったな」

　外部に連絡する手段が断たれてしまった。いや、仮に私が〈思念伝達〉の術式を高い位階で修め、帝都のアグリッピナ氏に位置特定の魔道具《ピン》を渡していたとしても、この状況だとミカと同じく妨害されて外には届くまい。

「助けは……」

「まぁ、来るまいね」

　救助は望み薄だな。頼みの綱の強キャラは遠方、最後の手段の妖精《アールヴ》も数日は身動きが取れず、ファイゲ卿《きょう》が異常に気付くにしても期日とされた四～五日は後だろう。

　言うまでもなくこの近辺にやってくるような物好きはおらず、居たとしても境遇は私達《たち》と似たようなもの。それが雇用主やネジの飛んだ死霊《レイス》並の強キャラで、我々を拾い上げてくれる確率は数学的に切り捨てて良い次元で低かろう。

　要するに手前で何とかせねばならぬということだ。

「フラグだったかぁ……」

「フラグ？」

　がっくり項垂《うなだ》れ、思わず溢《あふ》れた呟きに反応するミカに返す余裕もない。うっかり盗賊との戦闘をミドル戦闘なんて呼んでしまったせいで、本当にメインクエストとダンジョンが生えてきてしまった。セットでクライマックス戦闘がサービスされるのは明白……単なる思い込みだろうが、今後これはジンクスとして心に刻み、以後は触らないようにしよう。

　ああ、そうだ、今後……今後のために頑張らねば。私には、ここでくたばっている余裕なんてないのだから。

　起き上がり、体の各所を確かめる。疲労はあるが傷はない。ミカも同じだろう。

　魔力の消耗もさしてないな。〝手〟しか使っていないし、それも複雑な動作はとらせていないのでほぼ万全。ただ、ミカは足止めで結構使ってしまっているので、如何《いか》に彼が優秀とはいえど無理はさせない方がよさそうか。

　念のために吊《つる》しておいたカンテラを取りだし、魔法で火種を出して明かりを作る。ご丁寧に照明がなく、壊れた屋根の穴や拉《ひしゃ》げた壁の隙間から差し込む光だけで先に進む訳にはいかないからな。〈猫の目〉で大分マシだったとしても、完全な暗視が欲しい……。

「さて……進めるかい？」

「問題ないよ。明かりは任せてくれ」

カンテラをミカに託し、ダンジョン踏破に乗り出した。もう自棄《やけ》だ、行くところまで行って血路を切り開く他なかろうよ。レベルデザインなんざ知ったことかな世界だが、完全に詰んだと決まった訳でもなし、五体がくっついている内は諦めるには早すぎる。

体重移動に気を遣って尚《なお》も軋《きし》む廊下を進み、幾つかのドアに遭遇したがよく観察すると造りが全部同じだ。漸《ようよ》う観察すれば、廊下の継ぎ目と同じ模様が連続しているのが分かる。手抜きの同人ゲーみたいなテクスチャに囲まれていると、距離感が狂いまくって困る。

「しかし……これが魔宮というやつかな」

幾つ目かのドアを開け——尚、ドアだけで開けた向こうは壁だった——目印代わりにバツ印を表面に刻んでいると、ミカが思い出したかのように口を開いた。

「僕も何かの文献で目にしただけだからうろ覚えなんだけど」

そう前置きして、ミカは魔宮とやらの存在を語ってくれた。

曰《いわ》く、魔素や魔的要素が凝った霊地や忌み地、その行き着く先だという。世界の歪《ゆが》みとも言える魔素の集合が空間や法則さえねじ曲げ、その地に一種の迷宮を作り出す現象。

それをして〝魔宮化〟といい、産み落とされた異形の迷宮を〝魔宮〟と呼ぶ。

つまりは忌まわしいナニカが凝り過ぎて、現世からちょっとズレてしまった場所なのだろう。天然のダンジョンや人為の迷宮とは違い、魔素によって煮詰められた悪意や憎悪、あるいはもっと別の形容し難いモノの完成形。

なるほど、そんな厄い代物が鎮座していたなら、地方の樹海が死者の園に成り果てていてもおかしくないわな。

ただ、そんな物にちょっとした冒険の末にぶつかる私のリアルラックって一体。運勢の項目はステータスにないのだけれど、マスクデータとして存在しているなら相当の低空飛行なのだろう。我ながら人生で何かある度に碌《ろく》な目に遭ってなさ過ぎる。

こんな大仰な代物、冒険者としてかなり慣れてきた時に発生するイベントだろうに。

前世から続く運の乏しさに打ちのめされつつ、ドアを開くと鼻を突く臭いに冷や汗が滲《にじ》んだ。さっきまで嫌と言うほど嗅がされた臭い……ヒトが終わった時の臭い。

「エーリヒ……」

「ああ……いくぞ」

玄室の向こう側には敵がいる。そんなもの、灰まみれの青春を送った私にとっては当たり前のこと。石ころのように硬くなってしまった唾を飲み下し、私達は部屋に踏み込んだ。

家具が壊れて散らばり、腐った肉と木の臭いが混じり合った部屋には動死体《ゾンビ》が一体だけ佇《たたず》んでいた。血で真っ黒に汚れ果てた旅装と大外套《がいとう》を纏《まと》った姿は、生前は旅慣れた旅人であったのだろうと窺《うかが》わせる出《い》で立《た》ち。

ただ、旅を通して数多《あまた》の記憶を積み上げただろう頭だけが彼からは喪《うしな》われていた。

右手にぶら下げているのは異国の直剣。根元は細く、先端に行くほど幅広になるそれはファルシオンと呼ばれる片刃の片手剣だ。鉈《なた》のように振るえることから扱いに易《やす》く、手に馴染《なじ》みやすいため庶民に親しまれる武器とも生活用具ともとれぬ器具。

しかしながら、死体の手にぶら下がるそれは、紛れもなく剣呑《けんのん》な痕跡に塗《まみ》れていた。

「ミカ、君は消耗が激しいだろう」

私は友を庇《かば》うように前に出て、慣れた構えをとった。

亡骸《なきがら》が一体だけ立ち尽くす部屋。四方数メートルの余裕を持ち、十分に切り結べる空間。そして、私達を追いかけ回してきた亡骸は、全て体の一部を喪っていた。

なんともなしにだが、この魔宮の趣旨が分かってきた気がする。

高名な冒険者とやらも、随分と厄いネタを最後に抱え込んでくれたもんである。

「一対一なら私の領分だ」

宣言すると同時、死んでいるとは全く思えない鋭い斬撃が飛んできた。コンパクトな振りながらも、しっかりと刃先に遠心力を乗せた一撃は鉈状の剣を十全に生かしたもの。確かな技量を感じさせる攻撃を弾《はじ》き、返しの一撃を叩《たた》き込もうと前進するも、私が進むのに合わせて死体も後退する。

そして、弾かれる衝撃を器用に手首の動きで殺し、隙無く構え直してくるではないか。

……できるな、この死体。

感心しつつも体は止めず、前進の勢いを刺突に変えて切っ先を送り出す。踏み込みと同時に腕を突き出し、体重と肉のしなりを一点に集中させた突きは生半可な防御を貫く鋭さを秘めている。

しかし、動死体《ゾンビ》はそれを軽やかな後退で躱《かわ》し、伸びきった剣の腹を得物で払ってきたではないか。

完璧に理知ある一撃。受けるに難く、流すに足りぬ武器の特性を完全に摑《つか》みきっている。防御が難しいなら、刺突が伸びきって勢いが尽きた所を払うなど、戦いに慣れた〝人間〟しか絶対に見せない思考と挙動。

彼は剣を払われて空いた隙へ一撃を叩き込むべく、鋭く踏み込みながらファルシオンを振りかぶった。狙いは頭ではなく肩口か。トップヘヴィの重量を生かした斬撃をまともに受けたなら、如何に鎧《よろい》と帷子《かたびら》の防備があろうと骨の二、三本は覚悟するべきだろう。

とはいえ、私もそれをまともに貰《もら》ってやるほど甘くも未熟でもないが。

剣が払われると同時、指を繊細に動かして右手を順手から逆手に。同時に左手を柄《つか》から離して滑るように剣の中程を摑む。私もただ弾かれたのではない、丁度持ち替えやすくなるよう工夫して〝弾かれてやった〟のだ。

柄と鍔《つば》の交点で剣を受け止めれば、頭に響く鋼の鋭い音がした。ファルシオンの刃は柄の拵《こしら》えに幾らか食い込んでいるが、茎《なかご》で確実に止められている。

受け止めた衝撃で震える手を強引に押さえ込み、押し切ろうとする敵刃を支点として剣を押し上げた。両手ともに柄と刃を掬《すく》い上げるように保持して剣を回せば、拵えに食い込んでいたファルシオンは柄を滑って虚空へ逃げ、持ち上げられた刃は右の脇へ入り込む。

勿論《もちろん》、刃を押し当てただけでモノは斬れぬが、私は相手の体重と〝送り狼《シユッツヴオルフ》〟の鋭さに任せて剣を押し上げ圧《お》し斬りにかかる。

剣を抜かれて泳ぐ体とかかる体重、持ち上げる力に刃の鋭さが加わって動死体《ゾンビ》の右腕が斬り飛んだ。剣を持ったままの手が宙を舞い、置いていかれた肉体が無残に倒れ臥《ふ》す。

一瞬の交錯、そして数手の読み合いの結果が全ての明暗を分ける。

ああ、これだから剣はいいのだ。実に複雑なのにどこまでも〝わかりやすい〟のだから。

惰性で溢れる血を浴びながら、私は倒れた亡骸の左肩に剣を突き降ろした。鋭い切っ先が旅装を裂いて肩関節を砕き、左腕にも右腕の後を追わせる。次いで右足、左足と関節の柔い部分を抉《えぐ》るように断ってしまえば、後に残るのは藻掻《もが》くだけの無害な肉の塊だ。

微《かす》かに荒れた息を整え、私は〝送り狼《シユッツヴオルフ》〟を切り払って血糊《ちのり》を飛ばした。四肢を強引に断つ蛮用にも実用重視の刀身は十分に耐えてくれるが、流石《さすが》に絡みつく死血ばかりは如何《いかん》ともし難い。

床に散った黒い血は、ともすれば私のまだ温かい血だったかもしれない。

この不死者《アンデッド》は強かった。たった数合のやりとりだが、その全てが致命なのだ。これだけの一撃を過たず放ち、戦術を組み立てる剣の冴《さ》えは滅多にない。感覚だが熟練度の度合いで言えば〈熟達〉は確い。自警団の面々でもタイマンであれば殆《ほとん》どが苦戦か斬り死にするだろう腕前であった。

一息吐《つ》くと共に木が軋む音。見れば、入口とは対角のドアが独りでに開いていた。

ははぁん、なるほどやっぱりこういう趣向か…………。


【Tips】動死体《ゾンビ》を操る術式の精度、あるいは取り憑《つ》いた幽霊《ガイスト》の強度によっては生前の技術を完全に遺《のこ》した物も存在する。


ゾンビ映画のお約束が建物に籠城することなら、迷宮探索のお約束とは？

玄室に籠もる敵、待ち受けるお宝、思ったより長期化し迷宮内で一休みする緊張の一時。まぁ、どれも一説あるだろうが、欠かせない物が二つある。

一つは鍵開け。そしてもう一つは罠《わな》と謎かけ。

「さて、なになに？」

「えーと……血文字が読みづらい……」

最初の動死体《ゾンビ》を倒した玄室を抜けた後、通路を幾つか越えた先で一つの看板にぶち当たった。二つのドアが並ぶ壁の真ん中に掛かったそれには、奇妙な文言が書き付けてあった。

我は汝《なんじ》の終生の友。扉の先に待ち至り。武器を取り、食事を共にし、湯殿や臥所《ふしど》にあっても離れること無し。そして唯一敬意を示し友誼《ゆうぎ》を結ぶ者。真実に至りたくば、我が元を訪《おとな》わん。

「謎かけだね」

「答えの方のドアに進めと言うことか。外れたら……」

「ちょっと考えたくない物が待っていそうだ」

背筋を震わせる友が言うように看板に血文字で記されたそれは、まごう事なき謎かけであった。この謎かけの答えの先に正しい道があるという典型的な迷宮の仕掛けで、ふと俯《ふ》瞰《かんてき》的に考えた時、DM《ダンジョンマスター》はきっとノリノリで考えたんやろなぁ……と思ってほっこりしてしまうアレである。

「私、これは分かるな」

「お、奇遇だね、僕もだ」

では同時に、と示し合わせて三つ数えてみれば、私達は二人とも右の扉を指さしていた。

終生の友、というのは死ぬまで寄り添う肉体の比喩であろう。ただ、武器も食事も両手をどちらも使うし、風呂や寝床でも同じ点には変わりない。

ただ、敬意を示す礼も友誼を示す握手も特別な理由が無ければ右手で行うものだ。貴人への礼に際しては右手を右胸に添えて腰を折るものだし、握手は当然〝貴方《あなた》を傷つける武器を持ちません〟という意思表明でもあるため右手で行う。四肢がある人間であれば、この地域だと共通した礼儀である。

この迷宮の主は、どちらかといえば捻《ひね》りのない清純派な主人のように思える。先の部屋でも待ち受ける関門を倒せば通るべき道がすっと開いたのだから、恐らく正解が絶対にない問題や、自信満々に正解すれば逆に罠が襲いかかるような悪趣味はするまい。

それでも念のためにミカには少し離れて貰い、〈硬き掌《てのひら》〉を乗せた〈見えざる手〉を障壁として三重に起動しドアに手を掛ける。〈聞き耳〉を使って向こうの音を聞いてみるも……特になにもない。試しに少しノブを捻っても錆《さ》び付いた重い手応えのみがあり、慎重に捻ってもラッチが動く音だけで〝余計な機構〟が作動する気配もない。

やがてドアはゆっくり開き、また同じような廊下が姿を現す。

力場の手を伸ばして道をペタペタ触ってみたが、急に底が抜けて落とし穴が姿を現しもせず、奇妙な感圧版になっていて矢や槍《やり》が吹き出してくることはなかった。

よしよし、どうやら正解だし性悪でもなかったようだ。

「いいよ、ミカ。安全そうだ、進もう」

「ああ。ヒヤヒヤしたよ……しかし、手慣れているね？　罠の知識があるのかい？」

「聞きかじりさ。専門家には勝てないよ」

謙遜しつつ、そういえば屋内に設置する罠の専門家は知り合いにも居なかったなと思い出す。マルギットは野外において無類の強さを発揮するが、流石に鍵開けや罠解除の知識はないだろうし、その辺は自分でなんとかするか、改めて専門家を一党に加えなければならないか。

まぁ、どっちも〈器用〉を参照する知識なので、今の私のステータスであればかなり複雑な物にも触れそうだし、熟練度が入って来たら考えるか。

廊下を進んでいると、隅っこの方に紙片が転がっている。何だろうと思って拾い上げてみると、木炭で安紙へ雑に書き付けた日誌であった。左の端に紐《ひも》で綴《つづ》っていたであろう跡が見えるので、元々は一冊の手記の一部だったと思われる。

「これは……」

「件《くだん》の冒険者殿の手記かい？」

カンテラを近づけてくれるミカに礼を言い、金釘《かなくぎ》っぽいくせのある字を読み解く。

日付は今より六〇年ばかし前のもの。書いてあるのは天候と受けた仕事の進捗、そして途上であった小さな思い出。この頁《ページ》には、持ち主の一党にて斥候をやっていた小鬼《ゴブリン》が料理の味付けをしくじり、干し肉の汁物が酷《ひど》く塩っ辛く、全員で薄めて食べたことを面白おかしく書いてあった。

色々と読めてきたな。やはり、この迷宮の主は、私の想像が正しければ……。

読みふけっていると、廊下の奥で木が傾《かし》ぐ音がした。慌てて顔を上げれば、はよ進めやとばかりにドアが開いており……奥に人影が二つ控えている。

「せっかちだな」

「ああ、少なくとも僕らと違ってご婦人のウケはよくなさそうだ」

死者との戦いへの怯《おび》えを追い出すようおどけてみれば、友も冗談で力強く返してくれる。

では参ろうか、相手を待たせても悪い……。

【Tips】魔宮には主の性質が色濃く表れる。


得がたい物、それは友人だと思う。

本当に自分のことを想《おも》ってくれる友人。いざとなれば刃を抜き、自分のために命を賭けてくれる本当の友人ほど得難い物なんてこの世にあるのだろうか。

「だらぁ、くそがぁ！」

普段なら絶対口にしないだろう言葉を吐いて、それでも美しいと感じ入る洗練された身のこなしで友が踊る。僕を友と遇し、友と呼ぶことを許してくれるケーニヒスシュトゥールのエーリヒは本当に美しかった。

振り下ろしの一刀が、先んじて振り下ろされたはずの剣戟《けんげき》を掻《か》い潜《くぐ》って動死体《ゾンビ》の手首を跳ばす。返り血を浴びないように彼は首を軽く巡らせて、その動作の序《つい》でとばかりに手首を切り飛ばした死体に蹴りを見舞い、後背に迫った動死体《ゾンビ》の顎までも肘で撥《は》ね上げた。

煮革と鋲《びょう》で固められた肘に顎が砕かれ、後背から短刀でもって首を刺そうとしていた亡《な》骸《がら》は蹈鞴《たたら》を踏んで後退し、鳩尾《みぞおち》に蹴りを貰った死体はどうと倒れ天を仰いだ。

僕は短杖《たんじょう》を構え、普段は面倒だからと省略する詠唱式を口にした。魔法も魔術も、世界に違和感を覚えさせないよう幾重にも補助をかければ、多少は消耗がマシになるから。

〝口語詠唱は大仰で格好悪い《ダサい》〟という風潮がある三重帝国の魔導師《マギア》だけど、友のためになるなら僕は何だってしよう。

「礎石と柱木、梁《はり》、横木、ただそれだけではまだ足りぬ。揺るがず見守る番人を」

魔力を捻り出して術式を構築し、口語の即興詠唱で魔力が世界をねじ曲げることを補助。

後退して壁際に寄った死体を柱に〝搦《から》め捕る〟術式を構築する。

造成魔道師を志望する者は直接戦闘力に欠けると言われているが、やりようは幾らだってある。こと建材、柱や梁のような建物を構築する木の組成を歪《ゆが》め、意のままに操ることは僕らの十八番。室内において他人の足を引っ張らせたら、僕達《たち》は中々のものだと思う。

「パイプを持たせ、茶を含ませ、閉じぬ眼で一晩中！」

口語詠唱によって、強制的に人柱に仕立て上げる概念を絡めることで拘束力を高める。そうすれば、元々〝生きていない〟こともあって魔法の抵抗に脆《もろ》い不死者《アンデッド》は見る間に柱に呑《の》まれていった。

「助かる、ミカ！」

「ああ！　後ろは任せてくれ！」

体の過半を柱に呑まれ、まだ取り込まれようとしている亡骸の心配は要らないだろう。それよりも、こんなささやかな助力に喜んでくれる友の笑顔が眩《まぶ》しかった。

動死体《ゾンビ》が配置された玄室は、いま居る部屋で三つ目だ。最初の一つをエーリヒは危なげなく降《くだ》し、次の部屋も動死体《ゾンビ》の数が三体に増えても然程《さほど》苦労した様子もなく越えてみせた。攻撃をいなしながら、それを別の敵にぶつける器用さは舌を巻くほど美事《みごと》だった。

部屋の合間合間にあった謎かけは、二人で協力して乗り越えた。

僕も微力ながら協力できたと思う。謎かけから四つの鍵を正しい順番で鍵穴に差し込まなければいけない物はとても難しかったし、整数術を交えた数字の謎かけでは彼も目を回していた。幸い、僕たち造成魔導師は計算に強くないとなりたたないので解くことができたけれど、その時友が向けてくれた賞賛の目は忘れられそうにない。

かと思えば、さっきの謎かけで役に立てなかったことを取り返すかのように彼の剣技には磨きがかかる。対処すべき亡骸の数が五つに増えて、かなり不利な包囲線を強いられても二体を既に片付けている。僕が柵を出して相対する数を減らし、上手《うま》く行けば拘束を試みているけれど、片付けていく手際にはどれほどの賞賛を贈っても足りないくらい。

命を張って前にでる彼に比べれば、どうしようもなく小さな助力だけど、それで僕に死者の腕が届かぬよう、盾として立ちはだかる彼を守れるのであれば……。

側頭部に走り始めた、魔力枯渇を報《しら》せる頭痛なんて大したものじゃないさ。

ほら、また彼がやった。槍を剣でいなすのはとても難しいことだというのに、彼はふわりと槍を弾《はじ》くことなく受け止めたと思ったら、そのまま槍に剣を沿わせたまま前に走り込んだじゃないか。そして、相手が槍を返すことも退《ひ》くこともできない内に、左手に握り込んだ短刀で脇を切りつけて筋を断つ。

本当に美事だ。踊るような流麗さで、一瞬も止まることなく対手を追い詰める。筋を断たれて動かなくなった右手から槍の柄が落ちて、今度は軽く引いた剣の切っ先で左の脇腹にも突き込んで筋を切って、完全に脱力した右手から〝見えざる手〟が槍を取り上げる。

生活用の取るに足らない魔法のはずなのに、彼が操るそれはどうだ。なんとも言えない美しさの式じゃないか。力強く擡《もた》げられた槍が一瞬蠕動《ぜんどう》し、さっきまで持ち主だったはずの首がない甲冑《かっちゅう》武者の胴体を突き刺し、その勢いで壁へ磔《はりつけ》に仕立て上げる。抜こうとして藻掻《もが》く死者に、無駄な抵抗だと言わんばかりに柄を直角にひん曲げて抜けなくする友の慎重さは味方にすると本当に頼もしい。

「ぷは……五丁……あがり……」

最後にようやっと起き上がって来た、さっき右手を斬られた上に蹴り倒して無力化された死体の五体を作業のように解体してこの部屋の戦いも終わった。

友の戦いは本当に堅実だ。流れは美しく、洗練されているように思うけれども一切の虚飾なく〝殺し〟に向けられている様は見ていて感嘆してしまうほどだ。

演劇や吟遊詩人の英雄譚《たん》に唄《うた》われるように、豪快な一刀で敵がバラバラになるなんてことはない。実直に、確実に振るわれた剣は我が身を護《まも》り敵を斃《たお》す。背に負う誰かの所に武器の切っ先が届かぬよう、ひたすらな真摯さを形にするようにして。

ああ、エーリヒ、我が友。君はなんていい奴《やつ》なんだろう。

僕のような者を友と呼び、僕に君を友と呼ばせてくれ、ましてや命まで賭けて僕と生還するために戦ってくれる。こんな足手纏《あしでまと》いになりつつある僕なのに……。

「ミカ、少し顔色が悪いぞ。ほら、水を飲んでくれ」

「でもエーリヒ、革袋にはもうほとんど……」

「構わないさ。最悪、大気から幾らか抽出できる。飲んでくれ、君が倒れるのに比べたら安いものだ」

自分こそ疲れているだろうに。ずっと戦い続けで、軽くないだろう鎧《よろい》を着込んで剣を振っているから、疲れていないはずも喉が渇かないはずもない。

だというのに君は……。

僕は彼の好意に甘え、一口だけ水を啜《すす》ったが、目線でもっと飲めと促されて二口目を啜ると止まらなくなってしまった。気がつけば三口、四口と続いて理性が戻る頃には軽くなっていた革袋がより一層軽くなっている。

やってしまった。僕のこれは単なる魔力の枯渇、肉体的な損耗は大してないはずなのに……。

「なんだ、残してくれたのか。ありがとう」

たった一口か二口ほどしか残らなかった革袋を受け取って、それなのに彼は文句の一つも言わないで残りを呷《あお》る。そして、それが当たり前のように空になった革袋に魔法をかけて、大気に混じる水気から追加を作ってくれた。先がどれほどか分からない今、金貨より貴重な魔力を使ってまで。

なら、僕も頑張らないと。まだ頭痛は軽い方、水を飲んで少しマシになった。口語詠唱による術式補助があれば、まだまだやれるはず。

君が僕のために命を賭けてくれるなら、僕も君のために命を賭けよう。

それが友達というものだと思うから………。


【Tips】魔力枯渇に伴う症状は五段階に分けられる。一つ、軽いめまい。二つ、締め付けるような片頭痛。三つ、重篤な頭痛、或《あ》るいは昏倒《こんとう》。四つ、耳、あるいは鼻よりの出血。そして五つ、確実な〝脳の機能不全〟。


何やらダンジョンの踏破を始めてから友の目が熱っぽい気がする。

気のせいかもしれないが、私の背を守ってくれているミカの視線がいつもと違うような気がしたのだ。具体的にそれがどういう変化なのかは言葉にできないのだが、普段通りでないことだけは確かなはず。

あれだろうか、私が頭に血が上って口が汚くなるのと同じで――親には聞かせられないような罵倒がついポロッと――彼も戦闘の熱にうかされているのだろうか。

まぁ分からないでもない。戦うとテンションが上がるのは、本格的に命を賭けて切り結んだ回数が片手で足りる私でさえ実感しているのだ。初のダンジョン踏破、そして近接戦闘ともなれば尚更《なおさら》だろう。

「さて、次に行こうか」

「そうだね、エーリヒ。さぁ、お次はどんなだ？」

ノリノリで若干フラグみたいな台詞《せりふ》を口にする友――はて、映画だっただろうか、小説だっただろうか――に促され、私は新しいドアを潜った。

「うわぁ……」

そして、思わず呻《うめ》き声《ごえ》が溢《あふ》れてしまった。

部屋の中央に鎮座するのは三つの机。そして、それぞれの上には積み木のような木材が載せられていた。

「えーと……組絵細工だね」

「ああ……輪郭《シルエット》を作るやつか」

謎かけが好きな主だと思っていたが、こういうのも好きなのかと頭を抱えたくなった。

机上に並べられた木片は積み木ではなく組絵《パズル》の欠片《ピース》で、机には直接お題が書いてある。

ルールはシンプル、四角形と三角形の木片を重なり合わぬように、更に全てを使い切ってお題通りの図形を作ること。日本ではあまり馴染《なじ》みのない卓上遊戯《ボードゲーム》であるが、旅館に暇つぶし用に置いてあるアレといったら通じるかもしれない。

三重帝国においては安価な遊びとして兵演棋に次いで一般的な物だ。形の揃《そろ》った木切れさえ用意できれば後はお題を考える頭があればできるので、金の要らない遊びとして人気である。私も冬ごもりの暇な時には、兄貴達と頭を捻《ひね》って色々やったものだ。

一つの机に一つのお題。右から順に剣、盾、杖《つえ》と並んでいるが、些《いささ》か厄介なことに通常の規定ではない。

本来は大小五片の三角形と正方形に平行四辺形が一つずつで一セットなのだが、これは二セット使って一つの図形を作る拡張版だ。

しかも嫌らしいことに机の上にはひっそりと砂時計も用意されているではないか。

時間内に片付けろ、そう言いたいのだろう。

今までは曲がりなりにも冒険者に必要そうなことだったが、これ関係あるか!? と叫びそうになった。そういえば古巣で一人いたな、結構ガチめなパズルをダンジョンの謎解きで用意して「じゃあ実際に解いてみましょう」と卓の上にぶちまけリアルなＩＮＴ《インテリジエンス》とかＥＤＵ《エデユケーション》を試してくるＧＭ《ゲームマスター》。

その時は時間切れになって毒ガスが部屋に散布され、バッドステータスを付与された状態でクライマックスに突入と相成ったが、これも多分似たような趣向か。

「いやいや……これ普通に難易度高いぞ……冒険者に必要かコレ……」

「遺跡とかの探索とか……？　ほら、古代文明の石版とか、きちんと集めて売ればかなりのお金になるみたいだし」

ミカの思いつきに思わず唸《うな》る。なるほど、確かに割れた石版とか石碑の欠片《かけら》が物語の重要な鍵になっていて、器用判定とか知識判定で組み上げさせられたこともあったな。それに成果物としても歴史的な資料であれば、ある程度自分達で〝必要な部分〟を見極めて持ち帰る必要があるだろうし、これも冒険者に求められる技能といえば納得できる気もした。

まぁ、あの時は結局、考古学とってた私のサイコロが暴走して石版が粉になり、全員でしばし呆然《ぼうぜん》としたのだが……。

なにはともあれ、やれと言われればやるしかないか。

「じゃあ、行くよ」

「ああ、やってくれ」

ミカに頼んで砂時計をひっくり返して貰《もら》い、一つずつ片付けていく。

四方が尖《とが》っているだけなので最初の剣は割と簡単であった。砂時計の砂も三分の二ほど残して――体感だが、一問につき四半刻ほどの猶予だろう――攻略できた。面倒なのは余りを出さないよう気をつけるだけだったしな。

二人がかりなら割と余裕だなと調子をこいていると、次が結構難問であった。

「よし、これで盾の形……」

「あれっ!? ちょっ、エーリヒ、一個余ってる余ってる！ ほら、この小さい三角形！」

「ファッ!? 嘘《うそ》だろ!? これどうやってねじ込むの!?」

「多分出だしから違うんじゃないか!? ああ、これ普通に難し……」

この余らせてはいけないというのが難物なのだ。一個余ってしまえば、それはもう最初から前提がくずれることであり、わたわたしている間に砂時計が一つ落ちきってしまった。

あかん、そう思った時にはもう〝罰則〟は始まっていた。

軋《きし》む音を立てて開くドア。湧き出してくる動死体《ゾンビ》。都合六体もの動死体《ゾンビ》は全て徒手なれど、いずれも着込みを欠かしておらず楽に対処できるものではない。

即死系トラップじゃなくてよかった、などと胸を撫《な》で下ろせるほど楽ではない。

「ちっ……ミカ、魔力はいけるかい」

「あ、ああ、まだまだやれるさ」

支援役の返事は芳しくない。となると、さっさと沈めてしまわねばなるまい。

全力で回すと消耗も厳しいが、怪我《けが》をするよりはいいだろう。安静にしていれば回復する魔力と違って、失血や骨折、ともすれば肉を食い破られれば簡単には治せない。私達《たち》は二人とも、肉体に強く干渉する魔法の門外漢でもあるからな。

「臨め我が兵《つわもの》、剣の闘士」

三重帝国の魔導師《マギア》は口語の呪文詠唱を行わない。大仰で格好悪く、そこまでしないと使えないの？　と嘲る一種の高二病的な価値観のためだ。しかし、なりふり構っていられない未熟者としては、リアル中学二年生の頃の悪い記憶を思い出す代償があったところで使える物は使うしかない。

「我が前に揃いて列し陣を成せ、臆すること無く連なりて」

口語詠唱による術式の補助を重ね、ついでかすり傷から流れ出た血液を塗布することで私の因子を植え付けた〝戦利品〟に命じる。すると、今までひっそり担いで持ち歩いていた襤褸《ぼろ》布の塊が独りでに開き、内に収めた剣の群れが浮かび上がる。

「押し進み我が敵を討て！」

〈見えざる手〉の最大多重起動。道々で討ち果たした動死体《ゾンビ》が持っていた得物の全てを同時に操る。一本の曲がった素槍《すやり》が先頭を行く亡骸《なきがら》の首を刺して勢いのまま壁に打ち付け、動きを止めた死体に短刀と直剣に鉈《なた》が群がり四肢を叩《たた》き落としていく。

腐った血が飛び散り、余勢によって臓物が溢れ、それで尚《なお》死にきれぬ亡者が口惜しそうに歯を打ち鳴らす。

一体一体確実に手早く全力で解体していく。人体の基本的な構造はヒト種《メンシュ》だろうが矮人《フローレシエンス》だろうが犬鬼であろうが変わらない。関節に刃を潜り込ませて確実に四肢さえ捥《も》いでしまえば、後は臭いだけで無力な肉の塊だ。

「おっしゃぁ……みたかゴラァ」

六体を始末するのに大した時間は掛からなかったが……やはり魔力を結構持って行かれた。口語詠唱の補助があったとしても、やはり全力稼働はキツいものがあるな。できて後一回か二回……私の継戦能力も確実に削《そ》がれている。

「エーリヒ……無理をしないでくれ、僕だってやれたのに」

「君も大分無理が来てるだろう。頭痛がしていることくらい分かっているよ」

駆け寄って私に少なくなった水袋を差し出す友人が無茶をしていることくらいは分かっていた。膝に手を突いた状態で咎《とが》めるように見上げれば、彼は小さく呻いた。

さて……よく見れば、失敗した机の上からは欠片が消えていた。

お情けで敵を倒せば正解にしてくれるらしい。正解するまで何度もぶつけてこないとか、有情過ぎて本当に狂ったバランスを押しつけてきたＤ Ｍ《ダンジョンマスター》か怪しくなるじゃないか。

「分かった、じゃあエーリヒ、君は少し休め」

では三つ目も頑張ろうかと思っていると、肩を押されて強引に座らされた。その上で彼はテーブルの上から課題の組絵と砂時計を持ってきて床にぶちまけたかと思えば、これまた強引に私の肩を引っ摑《つか》んで頭を膝の上に乗せさせる。

「これからは僕の仕事だ」

やだ、かっこいい……。

なにやら決意を込めたミカが鬼気迫る表情で欠片を動かし続け、最も難易度が高かった歪《ゆが》んだ杖の図形は、制限時間を半分以上残してあっけなく攻略された………。

【Tips】ジグソーパズルは近代になってからの発明であるが、木片を並び替えて図形を作る遊びは古代より存在する。

最低限の道具を常に持ち歩くようにしておいてよかった。

「ふぅ……落ち着いたね」

「ああ、頭痛は治まったかい？」

「少しましになったかな」

時間感覚さえ曖昧になる魔宮の中、また一つの関門を攻略して次の段階に入った。

戦闘自体は腕の立つ武器を持った動死体《ゾンビ》が殴りかかってくるだけで代わり映えはしない

が、課題だけは変化に富みまくっている。今し方片付けたのは論理の謎かけだった。

五つの箱の中には希望がある。されど希望は常に一所に在《あ》らず左右に転がる。毎日移り変わる希望を日に一度のみ訪れることで手に入れることは能《あた》うや否や？　そして、拾えるとしたら、汝《なんじ》と希望は何時《いつ》出会う？

ちょっとした難題であるが、これもミカに瞬殺された。私が前提を整理している間に容易《たやす》く「希望はつかめる。確実に六日目には見つかる」との答えが飛び出したのだ。

曰《いわ》く、希望は左右に転がる、つまり入っていた箱のどちらかに移動するということは、調べた箱に偶然入っていることがなければ、箱に数字を振れば簡単に分かるとのこと。

解方？　聞いたが唇に指を添えて、頑張ってごらん？　と諭されたよ、ちくせう。

まぁ、それはいい。クリアできたことに文句はない。

ただ、鍵が開いた扉が気がかりだった。

一際大きな両開きの扉は、今まで何度も開けてきた扉とは雰囲気が違う。開けようとしたなら、本当に開けますか？　とメッセージが出てきそうな雰囲気だ。

なので、時間感覚も狂い、どれだけ彷徨《さまよ》ったかも分からぬので最後に休憩を入れることになったのだ。

貴重な魔力でまた水を作り、金属のコップに移して直接火にかけ湯を沸かす。そして野営の友として持ち歩いている粉砕した黒茶の茶葉を溶け込ませれば、些か粉っぽいが黒茶のできあがりだ。

二人でカップを回し飲みして体を落ち着ける。そして、交互に軽く仮眠を取ることにした。魔力の回復には寝るのが一番良いからだ。

それに肉体的な疲労も結構酷《ひど》い。時の経過が分からないが、既にお互い数度部屋の隅でお花を摘んでいるため数時間では利くまい。適度に休まねば集中もキレて何処《どこ》かで致命的なヘマをしかねない。

先に進めと急《せ》かされていないのだし、休んで戦力回復を図った方が賢いだろう。

ミカは魔力の消耗が私より激しいため――動死体《ゾンビ》との戦いで何度も支援してくれたのだ――私が膝を貸して先に休んで貰う。

……しかし、起きて寝るまでを一日と数える雑な時間の下で生活しているが、だとしたら実に永い一日だ。これなら急な仕様変更のため深夜に仕様書を改訂して朝を迎え、朝から各所に説明と土下座行脚をした前世のデスマーチの方が幾らかマシだな。

なにより、あれは仕事だった。全員が責任を持っていたから、徹夜組が死んだ顔で並んでいても最後には笑って「くそったれ共に乾杯！」と言えた。

だが、今回は、今回は……。

「我が友よ」

茫洋《ぼうよう》と感慨と後悔に浸っていると、頰に冷たい手が添えられた。見下ろせば、とろんと眠そうな目をした友の疲弊しても美しさの陰らぬ顔がある。

「決して後悔などしてくれるなよ」

思わず目を見張ってしまった。なぜ、今考えていることが読まれてしまったのか。

正直、この地獄行きに彼を付き合わせてしまったことに酷い後悔を覚えている。簡単な冒険のはずだった。それがどうだ、蓋を開ければ動死体《ゾンビ》と腸《はらわた》を絡ませ合うような死の舞踊を踊っている。

終わりがあるのかも分からぬ尽きぬ行軍。生きて帰れる保証もない。

これが冒険者の一党として死も覚悟の内で付いてきてくれているなら、私はめそめそ悩みなどするまい。だが、彼は友人なのだ。今回の冒険にだって、無二の友人になった出来事が近いが故、情につけ込んで引っ張り出したに等しい。

そんな優しい彼に腐った臓物を踏み越える修羅場に付き合わせてしまったことが、心の底から申し訳なくて腹を斬りたい気持ちで一杯だった。もしそうすることで彼が無事に帰れるとしたら、なんて益体の無いことを考えてしまうほどに。

「僕はこれでいて満足だよ……なにせ、こんな地獄に君を一人で放り込まずに済んだ」

だのに彼はそんな優しいことを言って微笑《ほほえ》む。気に病むなと、僕が気にしていないのだから何も気にするなと。

一体どれほど高潔な魂を持てば、斯様《かよう》な死地にて友を気遣い地獄行きを肯定することができるのか。わめき、詰《なじ》り、貶《けな》してくれても……いや、罵倒して欲しかったのに。

「だから、機嫌良く笑っておくれよ……沈んだ顔より笑顔の君の方が好きだよ」

「……ああ、分かった」

他ならぬ友からの頼みだ。不格好だろうと笑ってやろう。

すると彼は安心したのか、すっと目を閉じて穏やかな寝息を立て始めた。

疲労の滲《にじ》む顔を眺め、前髪をどかしてやり少しでも安らかに眠れるよう、私の外套《がいとう》をかけてやる。

ああ、我、終生の友を得たり…………。


【Tips】時に魔宮の中は時間が歪み、外との時間の流れが狂うこともある。


「さぁ、行くか」

「うん、覚悟は良いよ」

僅かなりとて仮眠を取り、軽く胃に食料を入れて活力も湧いた。

なので、如何《いか》にも〝クライマックス戦闘ですよ〟と言いたげな扉の向こうに挑む。

共に覚悟は決まった。全てを乗り越え、私達は帰参するために征《ゆ》く。この向こうに何が待っていようが知ったことか。私達は帰るのだ。それを邪魔するというのであれば、たとえなんであろうと斬って捨てる。

偉大なデータマンチは言いました。

データさえあるのなら神様だって殺してみせると。

なら、絶望の一つ二つ、軽くぶっ殺してやるとも。お前は私達に必要な物じゃないんだから。

酷く硬い扉を二人で開ければ、その向こうには恐ろしく広い空間が広がっていた。

そして、覚悟を決めたとしても些《いささ》かうんざりする光景が展開されているではないか。

数個の部屋の壁を取り払い、コピペして拡張したような空間には〝七体〟もの動死体《ゾンビ》が居並んでいたからだ。もうお腹《なか》一杯だよ。

これがトループ、いわゆるモブ一纏《ひとまと》めで一体扱いの雑魚ならよかった。基本的にトループモブは後列を抜かれないようにする足止め、あるいはボスをサポートする肉壁に過ぎないから火力は低く簡単に吹っ飛ばせるような構造になっている。

だが、この魔宮に現れる動死体《ゾンビ》共は大分毛色が違う。

一体一体がしっかり強力で、到底雑魚と切って捨てられない実力を持っているのだ。バランス調整しっかりしろＤＭ《ダンジョンマスター》。こっちは二人だぞ。

居並ぶ彼等《ら》を見てみれば、その全てがきちんと武装していた。四肢のいずれか、あるいは頭部含めて幾つかなくなってはいるのだが、欠けた四肢に何かを継ぎ足してバランスをとっていやがる。

その上、持っている得物も着込む具足も悪くないときた。そして部屋が進むに連れて数が増え、課題を課し、いずれも難易度が増してくるとくれば趣旨は嫌でも分かってくる。

ここは闘技場なのだろう。

誰が何のために、などというのは分かりきったことだ。ここに来るまで幾度か拾った日誌の主、手記の端々には〝我が愛剣〟に関する言及と、それが〝穏当な物ではない〟ことを示唆しているところが幾つもあった。

しかし、目的は依前として不明。

だが、趣旨としては挑む者の技量を見定め、段々と上がる難易度に何処まで耐えられるかを観察されているのは間違いあるまい。今はこれが、実験動物が何時死ぬかを淡々と見守る〝あがり〟のない双六《すごろく》でないことを祈るばかりだ。

攻略不能のゲームを用意するＧＭ《ゲームマスター》はクソだ。脳内あてをしてテレパスでもなければクリアできないようなシナリオだけは用意すまいと心がけ、今まで色々なシステムを遊んできたが……残念ながら、この世界にまでその理屈は通用しない。

普通に相手が殺しに掛かってくるのだから。

我々ＧＭ《ゲームマスター》の仕事は基本的に〝格好良く負ける〟ことであり、立ち位置としては某あんパンフェイスの敵役《かたきやく》に近い。

追い詰めるのはいい、悩ませるのはいい、時に全力を出し合った結果勝つのもいいが、最終的には吹っ飛ばされて叫びながら消えるのが仕事と言える。なにせＧＭ《ゲームマスター》は無限のリソースを持っているのだから、そりゃ勝とうと思えば幾らでも勝てるのだが、それに何の意味があるのか？

確かにギリギリのバランスの末に勝敗を決してこそ、負けても楽しかったと言えるのだろうが、それはＰＬ《プレイヤー》だけが口にしていい感想だと私は思う。だからＧＭ《ゲームマスター》は打倒されるためにあるのだ。PL《プレイヤー》をシナリオで楽しませ、PL《プレイヤー》にロールで楽しませて貰《もら》うために我々はシナリオをこねくり回す。

が、この世界のエネミー共はどいつもこいつもエンタメの欠片《かけら》も理解していないガチ共ばかりときた。初陣で戦った魔法使いや廃館の魔物も、私が結構なチートを授かっていなければ二分と保《も》たない物量があったし、ヘルガの戦力も思えば理不尽極まりない。先だって戦った野盗共も護衛付きの隊商を食らえるガチ勢ばかりで、この魔宮の動死体《ゾンビ》とてかつては一端の戦士であったものが喰《く》らわれて取り込まれたに違いあるまい。

ああ、そうだとも、彼等はGM《ゲームマスター》に操られるNPCではない。いわば一人一人がPC1《主人公》であると自覚するPL《プレイヤー》なのだ。そりゃー遠慮なく殺しに来るさ。

その理屈は、魔宮を生み出した主人……もしくは〝ナニカ〟にも間違いなく適用される。

「はは……これは中々……豪勢だね？」

「ああ、そうだな……ちょっと心が折れそうだよ」

広い部屋に陣取る七体の動死体《ゾンビ》。最奥に佇《たたず》む一体への道を飾るように、三体ずつの二列縦隊が剣を掲げて並んでいた。男女の性差、着込む鎧《よろい》の差、担う剣の種、その多くが異なれど立ち姿からして一目で〝できる〟と分かる死体共。

その最奥、一本の剣を抱きかかえるようにして崩れかかった椅子に座る、枯れ枝のような亡骸《なきがら》こそが件《くだん》の冒険者であろうか。乾いて樹木のようになった表皮を張り付かせた彼は、灰色の豊かな髭《ひげ》を湛《たた》えた男性であった。

その身に帯びる襤褸《ぼろ》の服に反し、纏う小札鎧《こざね》は使い込まれていれど質がいいものだと一目で分かった。そして何より、抱える剣が〝ヤバい〟。

切っ先を座面に埋めさせ、宝物でも抱えるように抱きかかえた一本の剣。闇の中で尚《なお》も声高に存在を主張するそれは、黒いのに光っているように映る矛盾したナニカ。刀身だけで一メートルを優に超えるそれは、ツヴァイヘンダーと呼べばいいのだろうか。

もう今更、それって一六世紀頃の代物では？　などと問うまい。そもそも我らが恐ろしき自警団長どのがぶん回している時点で時代考証など糞《くそ》の役にも立たないのだから。

そんなことより重要なのは、その剣の異質さだ。真っ黒な光沢のある刀身、樋《ヒルト》に刻まれた掠《かす》れた紋様、ただ存在しているだけで胃が締まるような圧迫感。

見るからに厄い代物じゃないか。昨日見せられた、あの本と比べて「どっちを手に取る？」と問われたら甲乙付けがたいレベルで。

「あれが核……だろうね」

絞り出すようにミカは分かりきった推察を口にする。私に教えるというより、アレで最後だからと自分に言い聞かせているようであった。空間と法則を歪《ゆが》め、迷宮を生み出すに足る特級の呪物だと言われれば、納得せざるを得ない存在感の代物が端役やモブであってたまるかという話である。

「あれ以上があるとは考えたくないな……ないとは言い切れないけども」

まぁ時折、各地のボスがランダムエンカウントのモブとしてポップするラスダンなんかもあるから、一概には言い切れないのだけれど。

「悲観主義も大概にしてくれたまえよ君」

「ゴールが見えたと気を抜くのも危ないぞ、友よ」

最後の軽口を叩《たた》いて踏み出せば、主君を守る馬廻《うままわり》衆の如《ごと》く控えていた六体の動死体《ゾンビ》が一様に此方《こちら》を向き、それぞれの得物を構えだした。

さぁ、クライマックス戦闘だ。腹は括《くく》った、黙って勝ちに行け。三枚目のキャラ紙は、きっと貰えないのだから…………。


【Tips】魔宮を踏破するには、核を破壊、あるいは奪取する必要があるとされる。


セットアップに長々とお経みたいに山ほどのスキルを唱えて敵を斃《たお》すのは実に楽しい。やられる側に回ると最悪だが。

TRPGにはセットアップ、いわゆる準備期間があり全員が動き出す前になにがしかの準備動作をする。事前に軽いバフを撒《ま》いたり簡単な移動をさせたりできるのだが――たまに凄《すご》い勢いで殴りかかることもあるが――難しいことをすると凄《すさ》まじく時間がかかる。

だが、結果だけを表すと実にシンプルだろう。

こちらが不利になり、敵に有利な状態でクライマックス戦闘が始まるというだけの話だ。

剣を構える間もなく、軽いめまいに襲われた。同時に空間がぐにゃりと歪んだかと思えば、二列縦隊を作っていた六体の動死体《ゾンビ》があっと言う間に陣形を組んでいたではないか。

セットアップに移動させたり、有利な陣形をとらせたりするスキルは数多《あまた》のシステムに存在すれど……ちょっと大人げなくないか君ら。縦に長い部屋で二体の軽装の動死体《ゾンビ》が前衛に立ち、その後背に重装の剣士が突撃態勢で控え……。

「なっ、なんでうしろに!?」

更に後方に、包囲するように二体の動死体《ゾンビ》が転移してくるとか、どう考えたってやり過ぎであろうに。

「ミカ、受け身は自分でとってくれ！」

「えっ……うあっ!?」

私は咄嗟《とっさ》に〈見えざる手〉を練り上げて友の襟首をひっつかみ、左方へと放り投げた。このまま包囲されて四方から突っ掛かられるより、分散した方がまだ対処もし易《やす》いと思ったからだ。

ミカは建材を流用した障壁を立てることもできるが、所詮は木材であり体重の乗った剣《けん》戟《げき》を何度も防げるほどではない。それならば、乱戦エリアから一回離れて貰って攻撃対象から外れた方が安全だろう。

それに、どうやら彼等は私と切り結ぶのがお望みと見える。

「ごぼっ、ごぼぼ……」

死んで日が浅いのか、腐敗が弱く見た目だけなら十分に美人だと思える軽装の動死体《ゾンビ》が駆け込んでくる。口から腐敗して黒く淀《よど》んだ血を吐き出しながら、低い姿勢で一対の短刀を構えて走る姿は美人だからこそ凄まじいホラーである。五体がきっちり揃《そろ》っているのは、細い首に穿《うが》たれた大きな疵痕《きずあと》が死因だからであろうか。

鋭く速い突きだった。踏み込みと同時に体を大きく開くことで、腕だけではなく胸から上体全てを使い、得物の短さからは信じられないほど長いリーチの刺突。これならば、短刀の短さは問題になるまい。手に入りやすく、扱いに容易《たやす》い武器を十全に生かした扱いは正しく達人の域にある。

同時、その死体の背を踏み越えて一体の矮人《フローレシエンス》が跳び上がった。半ば白骨化した彼は更なる軽量化のおかげか——流石《さすが》に不謹慎かもしれない——羽のような軽さで舞い、鎌のような曲剣を器用に担ぎながら上段を狙ってくるではないか。

背後からは具足が擦《こす》れる音がする。空間を歪めて回り込まされた二体の動死体《ゾンビ》が、手槍《てやり》と両手剣を構えながら突進してきているのだろう。非力で近接戦闘の覚えがないミカに的がそれなくてよかった。

かなりキツい状況ではある。手練《てだ》れが四体、四方を包囲、そして魔力も体力も頼りなしと。まぁ状況だけ見れば詰みか、その一歩手前という具合だろう。

が、あれだな、ちょっと舐《な》められてるのかね私は。

「出し惜しみはなしで行くか！」

相手がセットアップにお経を唱えるなら、私はメジャーとマイナーどっちでもお経を唱えるだけである。

〈雷光反射〉と〈観見〉があれば、どの一撃が最も早く届き、致命的かを判断するのは容易い。その上、私には常人の四倍もの〝手〟があるのだ。完全に数で押し包まれれば泣きながら死ぬしかないが……。

こんなまっとうな剣士としての戦い、むしろ全力を出して下さいと言われているようなものじゃないか。

「ごぼぼ……」

私は手始めに斬りかかってきた女性の動死体《ゾンビ》、その膝を〈見えざる手〉で強く押し、頭を強引に押さえつけることで地面に叩き伏せる。手の一本一本にはヒトの五体をばらせるほどの出力はなくとも、突き込むため前傾姿勢になっていた体勢を崩すくらい訳はない。

「ごぎっ!?」

突進の勢いのままに床と熱烈な接吻《せっぷん》をカマした死体の悲鳴が聞こえる。勢いに負け、もげかかっていた首が殆《ほとん》ど皮だけで繋《つな》がっている様になっていた。僥倖《ぎょうこう》ではあるが、首がもげたくらいだと軽傷と言えるので、追って始末せねば。

次いで、〝手〟を伸ばして足場とし、跳び上がって斬りかかってきた矮人《フローレシエンス》を迎撃する。素直に受け止めれば弧を描く刃に首か手首を狩られてしまうので、剣戟を左の短刀で払い退《の》け、〝送り狼《シュツッヴォルフ》〟を手放して無手となった右手で殆ど骨だけになった喉首をひっ捕まえる。互いに前進しながらぶつかり合う衝撃だけで、乾燥して脆《もろ》くなった頸椎《けいつい》が面白い音を立てたが無視。足場にしていた〝手〟を消し、更に虚空に〝手〟を出して第二の足場を形成しくるりと反転、矮人《フローレシエンス》の死体が突き刺さるように槍兵の構える手槍へと放り投げてやった。

「大当たりっと！」

目論《もくろ》み通りに投げつけた矮人《フローレシエンス》の動死体《ゾンビ》は手槍に突き刺さり、如何《いか》に軽いとはいえ人一人の重量に負けて穂先が大きく下がる。矮人《フローレシエンス》が反射的に藻掻《もが》くせいで、槍兵も上手《うま》く穂先を抜くことができずどんどん突き刺さってしまっているようだ。いいぞもっとやれ。

そして〝手〟を消して踵《かかと》から着地。全体重を乗せ、潰れた蛙《かえる》のように突っ伏していた女性の腰を狙っての着地は見事に成功した。乾いた骨がへし折れる多重奏が響き、硬い物を踏みつぶす感覚が足裏で心地好《よ》い。動作の基点である腰を潰したから、これでこの動死体《ゾンビ》は暫《しばら》く放っておいて大丈夫だろう。

「たて、よこ、じゅう、おう、組み合わせ……」

咳《せ》き込みながらの口語詠唱が聞こえてくる。ちょっと強引に投げたため、背中をやってしまったのだろうか。悪いことをしてしまったが、謝るのは後だ。挟撃に失敗したと悟った重装の動死体《ゾンビ》二つも動き始めたから、さっさと他も掃除しなければ。

〝手〟を操り矮人《フローレシエンス》を放り投げるために空中で手放し、そのまま固定させていた〝送り狼《シュツツヴォルフ》〟を再び右手に戻し、二度下方へ振るい倒れた女性の指を切断。未練がましく短刀を握っていた指が芋虫のように落ち、私にサイドアームを提供してくれる。

「鋼の茨は拒絶の印、ここから先がこっちがわ、ここから向こうがあっちがわ」

歌うような詠唱を聴きつつ、私は毎度の如く〈見えざる手〉を練って短刀を取り上げた。これで私は三刀流……いや、左手の妖精《アールヴ》のナイフも含めて四刀流か。あれ、なんでか知らんが急に弱くなった気がする。

錯覚はさておき、唯一対処されずまともに斬りかかってきた両手剣の動死体《ゾンビ》と切り結ぶ。同士討ちを嫌ってか、腰だめの刺突を繰り出していた彼の一撃を剣の腹で優しく受け止め、そのまま剣の腹が滑ってつばぜり合いに持ち込んだ。

「ぐっ……」

なんて馬鹿力だ。噛《か》み合った剣が軋《きし》み、刃が潰れそうな圧がある。骨が撓《たわ》み、肉が負荷の大きさに苦痛というクレームを投げつけてくるが、相手はこれを無視できるのだから実に狡《ずる》い話だな。

とはいえ、別に力比べをやろうという訳ではない。こんな馬鹿力、どうやって平均よりちょっと上程度の、しかも小柄な私に圧倒しろというのか。

もっと賢くやればいい。なんといったって、私は尋常の剣士ではないのだから。

鈍い音がした。刃を鈍らせながらも鎧下《よろいした》と薄い帷子《かたびら》を短刀が貫いた音だ。見るまでもなく、私が操った短刀二本がそれぞれ左脇と右膝に突き立った音である。

さしもの剛力を誇る動死体《ゾンビ》であれ、肉体を動かす軸たる筋が断たれればどうしようもない。剣に籠《こ》められた凄まじい力が薄れた……。

かと思えば、対手は自身の剣に体を預け全体重でのし掛かってきたではないか。腕と片足が潰れたとみるや、自分諸共《もろとも》に敵を潰しにかかる闘志の激しさ。本当に死体かお前！

このまま成人男性の体重と具足の重みで押し潰されてはたまらないので、無理に踏みとどまろうとするのではなく半身になって回転し、よろけながら死体を受け流してなんとか窮地を脱し……。

いってぇ⁉

窮地を脱したかと思えば、次の瞬間背中に凄まじい衝撃と痛みが走った。

刺すような痛みは、きっと槍の穂先が突き刺さったせいだろう。殆ど鎧下と帷子で止まっているが十分痛い。その上、この衝撃は……。

「がち……がち……」

野郎、矮人《フローレシエンス》の動死体《ゾンビ》が突き刺さったまま突き込んで来やがった⁉

強引に可動域外に動かした手で襟を捕まれ、槍が抜かれるのに従って解放された矮人《フローレシエンス》の動死体《ゾンビ》が背中にしがみついてくる。小さな手が首元を這《は》い回り、噛み付く隙間をあけようとしているのが分かった。ゾンビ映画の登場人物ってこんな感じか。

「んの……なめんな‼」

「ぼくらはこっち！　きみらはあっち！　柵を越えることなかれ！」

私が怒号を上げるのと同時、ミカの詠唱式が完成した。歌うような調子で紡がれる詠唱は、まるでマザーグースのようだ。こんなおどろおどろしい空間には酷《ひど》く不釣り合いだから、今度は明るい広場かどこかで聞かせて貰《もら》おう。

そのためには、人の背中にただ乗りしでかしてくれるヤツをなんとかせねばな。

私は全力で後退し、手近な壁と自分の体で矮人《フローレシエンス》をサンドする。矮人《フローレシエンス》は成体でも体高は一メートル程の小柄にして軽量な種族であり、構造的に骨が脆い。そして動死体《ゾンビ》は膂《りょ》力《りょく》が強化されるとはいえ――原理はまるで謎だが――骨密度まで上がる訳ではない。つまり、この半ば白骨化した矮人《フローレシエンス》は矮人《フローレシエンス》相応に、むしろそれ以上に脆いのだ。

帷子と筋肉、そして壁で挟んでやるだけでも十分な打撃を与えられるくらいに。

背中に骨と腐肉が潰れる嫌な感触が伝わってきた。首元を摑《つか》まれていた手から力が抜け、腐った血を滴らせながら潰れた肉が剝がれ落ちてゆく。

それと同時、視界の端っこで柵が立ち上がるのが見えた。鋼の茨、有刺鉄線が絡みついた木の防護柵だ。突撃していた二体の重装死体は柵にぶつかったかと思えば衝撃を殺され、同時に意志を持ったかのような有刺鉄線に絡みつかれはじめたではないか。

死体の膂力に任せて鉄線を引きちぎろうとしているが、硬いはずの鉄線は糸を紡いでいるかの如く伸びて更に絡まって行く。次第に絡みつく鉄線が伸びて増え、瞬く間に金属の繭玉に動死体《ゾンビ》が作り替えられた。籠められた魔力が尽き、上書きされた法則が元に戻るまで身動き一つ取れまい。

「……こわっ」

我が友ながらなんて悪辣な術式を練りやがる。全ての前衛にとっての悪夢のような光景だ。魔法抵抗に失敗したら死ぬとか何考えて作ったんだアレ。

あそこまで綺麗《きれい》に練り固められるのは、存在していること自体が不自然であるが故に魔法が通りやすい動死体《ゾンビ》だからだとして……我が身に置き換えれば、仮に魔法抵抗に成功していても怖気《おぞけ》が走る。デスゲーム系のホラー映画でこんなのを見た気がする。

戦慄していれば、重い物が落ちる音。見れば、友が昏倒《こんとう》し床に頭を落としていた。

「ミカっ!?」

返事はない。斬りかかる剣士の動死体《ゾンビ》をいなしていると、横臥《おうが》した彼は辛《つら》そうに瞑目《めいもく》しながらも健在であると示すようにひらひら手を振っている。魔力の使いすぎで訪れる、きっつい頭痛に襲われているのだろう。

無理もない、少ない素材から柵と有刺鉄線を作り上げ、更に巨漢の動死体《ゾンビ》が全く身動きを取れぬほどの強烈な縛りだ。魔術ではなく魔法でこれを作り上げる術式の複雑さは言うまでもなく、つぎ込まれる魔力の多さは壮絶な量となろう。必殺の魔法というのは、どうあっても軽々に振るうことなどできないのだ。

魔力が枯渇しきるほどに重い重い鬼札をミカは切ってくれた。魔力の枯渇を代償として。

私もなったことがある。一度、どの程度の魔力枯渇でパフォーマンスが落ちるのか確認するため、アグリッピナ氏監修の下で無茶してみたことがあったのだ。体感で半分ほどに至れば片頭痛に悩まされ、四分の一を割れば重篤な頭痛が。ここでストップがかかったのだが、体感で言えば六分の一ほどまで使えば昏倒するだろう。

魔力を使い切れば死に至る性質は、体を流れる血液によく似ていた。容量全部流して平気という訳ではない。魔導師《マギア》や魔法使い《マージャン》は、命を絞って戦っているのだ。

何だかこう言うと麻雀みたいだな、などと的外れな考えを繰りつつ、私は手近に転がっていた矮人《フローレシエンス》の亡骸《なきがら》が使っていた曲剣を蹴り上げて唯一残った動死体《ゾンビ》にぶつけ、反射的にそれを切り払ってできた隙を突いて手首を叩《たた》き落とした。

確かに彼等《ら》は強い。だが、こうやって反射で〝生きた剣士〟のように動くのも考え物だった。ダメージ度外視、殺せたらどうなってもいいという覚悟で剣を受け止めながら来られたら、私はもっと苦戦していただろうに。

武器を喪《うしな》い、孤立無援の動死体《ゾンビ》を解体するのは、射落とした鳥を解体するのと同じくらい気楽であった。抵抗してこないという点において、両者はとてもよく似ている。いや、正確には〝させなかった〟と言うべきかもしれないが。

「さて……メインディッシュか」

絡みついた死血を切り払えば、まだまだやれるとばかりに頼もしく〝送り狼《シュッツヴォルフ》〟が煌《きら》めいた。

私の言葉に反応してか、今まで戦いを見守っていた最奥の死者が悠然と立ち上がった。抱きしめていた剣を担い、その長さに相応《ふさわ》しいであろう重量を全く感じさせぬ速度で振るえば、大気が死んだような音を立てる。

あまりの速度に風が吹き荒れるのではなく、虚空すら断たれて凪《な》いでいるのだ。

うーん……ちょっと待ってくれ、あれ私より強くね？

脂を帯びた冷たく嫌な汗が額から滲《にじ》む。ただの二振り、ウォーミングアップの素振りだけで見て取れるほどの技量。未熟であると自覚はしているが、相手の力量を見極められる程度に目は肥えていると自負している。

そんな私をして、あれは強い。ランベルト氏と同格……いや、どうだろう？　あの御仁も大概ぶっ壊れていたが、こうも絶望的な感じだっただろうか。いやいや、本気の殺意をぶつけられていた訳でもなし、ましてや氏は真っ当な生者であったから……。

感じる圧力と威圧感に心が折れそうになるが、歯を食いしばり、父から譲られた剣の柄《つか》をしっかり握ることで心を奮い立たせた。

レベル調整、バランス調整、悪意点もへったくれもないクソ地獄の迷宮、その最奥でぶっ壊れたエネミーが生えてきた所で何だ。一〇代前半の見習ＰＣ《プレイヤーキャラクター》二人が放り込まれるダンジョンでないことは承知の上だろう。心なんぞとっくに折れてるが、折れてようが無理矢理摑んで鈍器に仕立て上げることはできるのだ。

最後の亡骸の揺るぎなき歩みには明確な意志の色が見える。堂々たる歩調で近づきながら、彼は払った剣を額に押し頂く。祈るように、哀れむように、慰めるように。

……上等。

「っしゃぁ、こいやおらぁぁぁ!!」

難易度調整を間違え、あるいは悪意でぶっ殺しにくるＧＭ《ゲームマスター》なんて比喩でも何でもなく友達みたいなもんだ。それならば、いつも通り罵声と殺意を込めてサイコロを転がしてやろうじゃないか。

なぁに簡単簡単、いつだって言うじゃないか。

クリりゃいいんだよクリりゃ。私は裂帛《れっぱく》の気合いと共に全力で己というキャラクターを稼働させる態勢に入った………。


【Tips】クリティカル。絶対成功。システムの判定における奇跡。2D6であれば12が、1D100であれば1～5が。低い確率で奇跡を起こす出目さえでれば、針の穴に駱駝《らくだ》を通すことさえ能《あた》う。ひいては、それを祈らねば当たらぬ確率で引き合いに出される。


早く動けるだけのことに何の価値があるのか、と何度も卓を囲んだ友人が鼻で嗤《わら》う光景が脳裏を過《よぎ》った。

私と同じ経験をして、彼が行動値を軽んじられるか見物だな。

手元で金属同士がぶつかり合う断末魔が響き、火花が散って薄暗い闘技場を鮮烈に照らし出す。押し出されて後背に流される視界の中、凄《すさ》まじい質量の大剣を小枝のように振るった動死体《ゾンビ》が見事な残心をとっていた。

ちょっと勘弁して欲しかった。

行動値、とは多くのシステムに実装される数値であるが、その本質は〝誰から動くか〟

に尽きる。

そして、余程アレなシステムか相当の高レベルでなくば、キャラクターは一ターンに一回だけ動くものであり、適正レベルであれば一発ぶん殴った程度では死なないため軽視されることもままある数値だった。

ああ、確かヤツは高レベル卓にはあまり顔を出さないか、復活システムがあるプロレス的なシステムを好んでいたっけな。

対して、今みたいな先に致命の一撃を一度でも放り込まれれば終わる中、速度というのはそれだけで脅威であった。

気合いの怒号の直後、動死体《ゾンビ》は即座に私へ斬りかかってきた。何の変哲もない踏み込みからの逆袈《ぎゃくけ》裟《さ》、その一撃で私は軽々と吹き飛ばされてしまう。

技の起こりが見えなんだ。それほど敵は速く、一撃は重い。

防げたのは偶然、ではない。ビリビリと隠しようもない殺意が背筋を撫《な》で、死の濃密な気配が斬撃の予感となって肌を舐《な》めるからだ。きっと、あの見るからに厄く、持っていると碌《ろく》なコトがなさそうな剣が原因だろう。

なればこそ、私はまともに一撃を止めるのではなく、後ろに跳んで一撃の重さを空中で霧散させることで凌《しの》げていた。今少し反応が遅れれば、或《ある》いは〝送り狼《シュッツヴォルフ》〟がなまくらの剣であったなら、私は上下で泣き別れて臓物を床にぶちまけていたことだろう。下手に自分から跳んだせいで、部屋全体に派手に転がりながらのおまけつきで。

しかし、最初の持ち主が敗れて奪われた後、存分に担い手を守るとは皮肉な剣だな君も。〈見えざる手〉を多重起動し、肉体を柔らかく受け止めて着地。入り身に剣を構えながら、いよいよ以《もっ》て出し惜しみしている余裕など無いと悟った私は全力で術式を練った。

〝手〟のアドオンを総動員、使える限りの魔力を捻《ひね》り出し限界の底を椀《わん》で擦《こす》る暴挙に出る。目の前が鈍い赤に明滅し、前頭葉が締め付けられるような錯覚を覚え、後頭部に強烈な蹴りを想起させる鈍痛が走る。

考えるまでもなく、脳が魔力の使いすぎに文句を言ってるのだ。体は無理して壊れないよう、苦痛によって頭蓋の内側に詰め込んだ柔らかな自我をコントロールする。堪《こら》え性《しよう》のない私達《たち》は、何時《いつ》だってそれに抗《あらが》えない。メシを食って美味《うま》いのも、催した物を出して気持ちがいいのも全部こいつのせいだ。

だが、それは今必要なものじゃない。

苦痛を意志でねじ伏せ、無茶すんなという本能にもすっ込んでろと罵声を浴びせて術式が完成。六つの腕が主《あるじ》を討ち果たされて転がっていた武器を摑み上げ、〈戦場刀法〉によって各々最適な構えをとった。

剣が、大剣が、槍《やり》が、短刀が、曲剣が、先ほどまで供回りとして付き従っていた大将に牙を突きつける光景は、どこか皮肉に塗《まみ》れていておかしみを感じてしまった。

だって、彼等は死体に握られていたのだ。そこから更に甦《よみがえ》り、死者に牙を剝《む》くなんて過労死ラインを越えてるぞと訴えられても文句は言えんな。

槍はどうしても手を二本使う必要があったが、それでも手数は六倍になった。かなり有利になったと並の相手なら笑っていられるが……泰然と残心から即座に次手へ移った死体相手に暢気《のんき》はしていられないな。

床が爆《は》ぜるほどの蹴り足、そして陥没するほどの踏み込みで死体が奔《はし》る。殴れば折れそうな木乃伊《ミイラ》の痩軀《そうく》からは想像もできぬほどの斬撃が、七本の剣先を一撃で払い、こじ開けた空間に体をねじ込んで私を狙う。

見るからに重く扱い難《にく》そうな両手剣は、嵐のような速度で振るわれた。袈裟懸《けさが》けから体を一回転させて切り上げに繋《つな》げ、そこから更なる円運動に連携する動作は揺るがぬ〝業〟の鋭さが滲む。四方から突き込まれる切っ先を弾《はじ》き、具足で受け、動作で躱《かわ》す様は練り上げられた武がありありと示されている。

武器の重量、それを弱点とせず遠心力でもって十全に使いこなす、正しくこの武器のためだけに鍛え上げた業であった。名のある冒険者当人だと確信していたが、これで本当に間違いがなくなった。軍勢の中で戦う技術ではなく、個として個や多数を圧倒することを前提に作った業を繰るのは、酔狂者揃《ぞろ》いの冒険者以外にあり得まい。

よもや、こんな地獄の最奥で先達から指導を受けることになろうとは！

〝送り狼《シュツツヴォルフ》〟だけでは受けきれぬ雷刀の――渾身《こんしん》の垂直斬り――一撃を大剣と剣の三本がかりで受け止め、本来ならば隙だらけの胴へ槍と曲剣を繰り出すも、嚙《か》み合わさったままま支点のみを引いた剣の腹で斬撃は二つとも止められてしまった。その上、地を這《は》うような

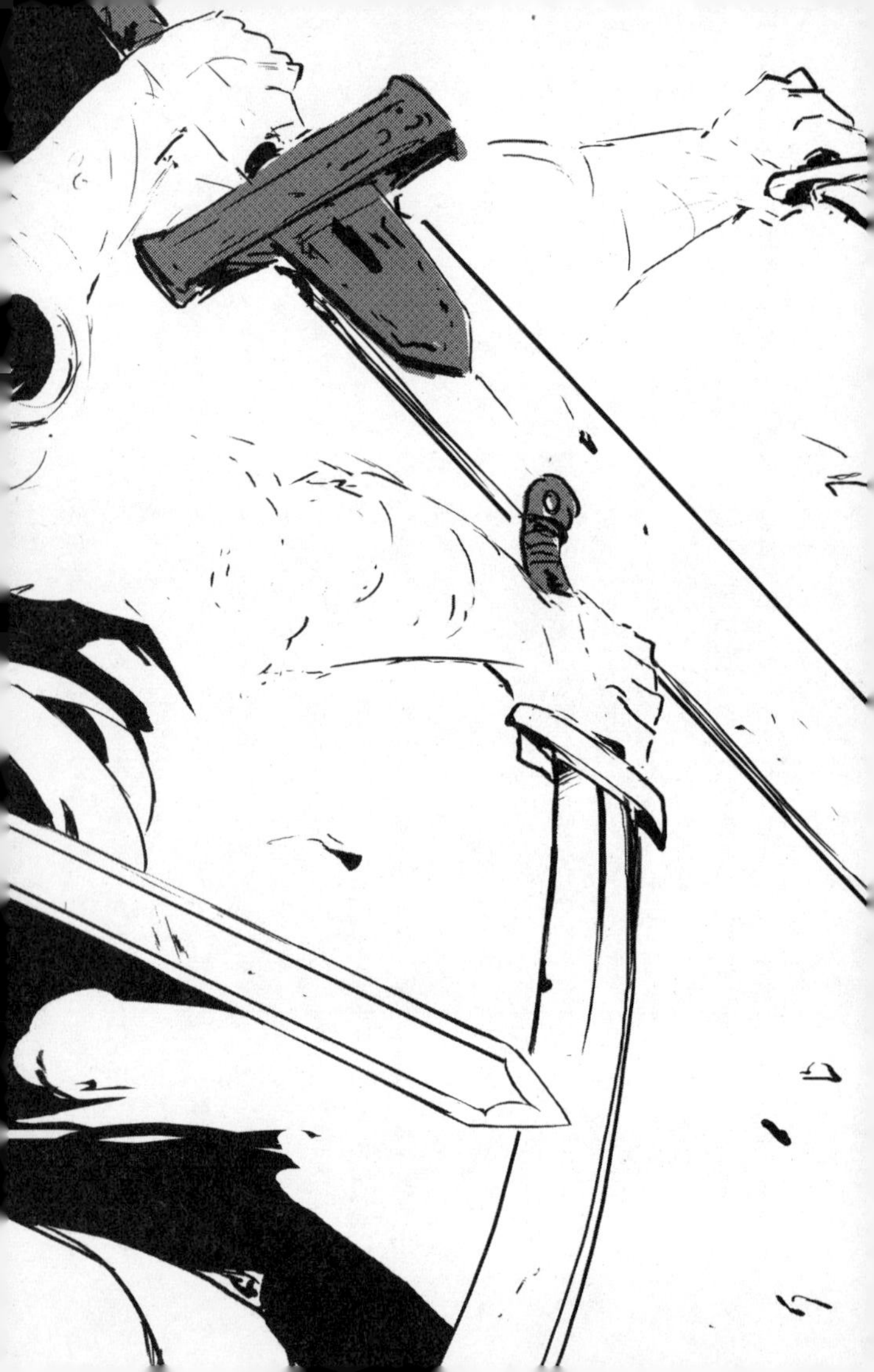

た。

軌道で足首を狙っていた短刀は、震脚と見まごう踏み下ろしで飴細工《あめ》のように叩き折られ

怪物にもほどがあるだろう！　何度必殺の一撃を躱してくれるのか！

一瞬武器を握る手を解き、六本全ての腕で胸を突き飛ばすことで後退させて仕切り直しを図る。担い手を喪って落ち行く剣を拾い上げ、再度目の前に剣の壁を作る。

対し、弾かれた死体は悠々と着地して剣を払った。表面についた、鋭さで負けて剝がされた我が方の剣、その刃を成していた残滓《ざんし》が飛び散り幻想的に輝く。

見れば、何度となく我が身を守ってくれた剣の群れは、その多くが刃を毀《こぼ》れさせてノコギリのような惨状を晒《さら》していたではないか。

重く、鋭く、毀れない、スペックだけ見れば羨ましい剣である。まぁ、ドロップしたとして絶対に欲しくないのだが。あの手の剣はどれだけ強かろうとデメリットがデカすぎるものと相場が決まっている。どっかの皇子の如《ごと》く、毎度毎度思い合った女性や友人を剣に殺されてはたまったものではない。

まぁ、それもこれも、全ては生き延びてこその心配であるが。

激しい斬り合いで上がった息を整え、〝送り狼《シユッツヴオルフ》〟を握る手に力を込める。頭痛は酷《ひど》くなる一方で、深く息を吸っても肩は上がり、味がしないはずの空気は乾きのあまりに滲んだ血のような味がした。

乾いた唇に水気を与えようと舐めれば、ぬるりとした気持ち悪い感覚が舌先にある。

ああ、くそ、魔力枯渇が酷くて鼻血が出てきやがった。いよいよもって限界か？　しかし、対手の死体のなんと落ち着いたことか。息は上がらず、体幹は揺るがず、ただ剣を振るうべく冷厳と立ちはだかる。

「いやいや……狡《ずる》いよまったく……」

ヒトにはどれだけ頑張っても取得できぬ〈疲労無効〉系のスキルがなにより羨ましい。

さぁ、来るぞ。体力に限界のない怪物が、そのスペックで哀れな定命を押し潰すべく。

円運動の連続によって生み出される、高回転の斬撃が雨のように襲いかかる。振り下ろしの一撃、剣の腹を薙《な》いで回避。切り上げ、盾のように掲げた槍の柄で受け止めて虚空に流す。渾身の袈裟懸け、束ねた剣を盾にして身を逃がす。

命はある。まだなんとかという程度だが。

危うい一撃、危険な斬撃、息切れの刹那に投げ込まれる致命の切っ先、あらゆる切片で皮膚と肉が薄く裂けて血が滲む。そんな様で、浅く裂けた頬から唇に伝った血の水気が何《な》故《ぜ》か有り難かった。

そうだ、水を飲もう。こいつをノしたら、しこたまに水を飲もう。ふらふらの体で飲む水は美味いから、死にかけで飲む水はきっとなにより美味いはず。

槍が駄目になった。無数に入った切れ込みに堪えかねて、突き出した瞬間に使い終わった楊枝《ようじ》のようになってしまった。

大剣が壊れた。大きさを活《い》かして何度も盾にしたせいで、ジグザグに拉《ひしゃ》げれば最《も》早《はや》まともに扱うことは叶《かな》わない。

曲剣がへし折れた。短刀が砕け散った。酷使した剣が断ち切れた。

魔力を費やして操った、頼もしき剣の群れは全て斬り伏せられてしまった。

やはりと言うべきか、最後に残るは孤剣あるのみ。痺《しび》れに憑《つ》かれた手では、満足に握れているかは怪しいが、私にはもうこれしかない。

父から譲られた愛剣だけが折れず、致命的に毀れもせず励ますように手の中にある。お前はこんなものではなかろうと、帰る場所があるのだろうと言われているような気がした。

もうどれだけ踊ったのやら分からない。私だって頑張った方だろう。傷だらけで、どこから出血しているかも分からない様になりながら、何度か斬撃を浴びせることにも成功した。とはいえ、深い一撃はなく、精々が纏《まと》った襤褸《ぼろ》布と鎧《よろい》に傷を付けるくらいときた。

いやぁ、やっぱりボスとタイマンなんてするもんじゃないな。

ゆるりと、見せ付けるかのようなゆったりした動作で動死体《ゾンビ》が剣を構えた。幾度となく見た、お得意と思《おぼ》しき袈裟懸けの一刀を繰り出すための構え。肩に剣を担い、遠心力で剣を振るう独特の構えと共に冷たい怖気《おぞけ》が肩口から腰に抜けた。

なるほど、次の狙いはここか。止めねば普通に死ぬなぁ。

小技は絶え、搦《から》め手は尽きた。妙に頭が冴《さ》えている気がする。既に体は限界が近く、魔力枯渇で鼻血が出ているのに視界だけはなんとかクリアだ。残り滓《かす》みたいな魔力を使った〝手〟で、顔を拭ったからかもしれないけれど。

今まで出てくれなかったのだから、せめて奇跡《クリティカル》の一つも起こってくれ。愛《いと》おしい六つの目を見せておくれ。

さもなくば、ここで終わってしまうのかもしれないのだから。

サイコロが転がる音がしたが、きっと幻聴だろう。誰かが外でサイコロを転がしているなんて怖気が走る。うるせぇ、今判定をやっているのは私なんだ、黙って見ていろ。

失敗も成功も私次第だ、だからクリティカルは、クリティカルくらい……。

………あ、ダメだな、これは死ぬな。

何とも滑稽なことに、クリティカルを期待した私が見たのは二つの六ではなく、真っ赤な蛇の目。

不運《ファンブル》、私は私が流した血で踏み込みを誤った。靴が滑り、下段からの切り上げで後の先を取り、動死体《ゾンビ》の手首を切り飛ばさんとする乾坤一擲《けんこんいってき》の試みは行動に移す前に頓挫した。

立て直すことはできるだろうが、瞬きほどの間があれば、大剣が私の体を切り分けるのには十分過ぎる。さて、アレに斬られたらどうなるのだろうか。見た目もそうだし、持った者の末路からしても斬られたら碌な目には遭わないのだろう。

ああ、くそ、ご都合主義と詰《なじ》られようとなんだっていい、奇跡が起こって助からないだろうか。

いや、ここぞという場面でファンブルを引き当てた、運のない男が期待するものではないな。結局、私のサイコロは良く無い出目で終わったのだから。

「友よ……僕は君を守るよ」

諦めて目を閉じようかと思った瞬間、友の声が聞こえた。

圧倒的な、空気さえ斬る刃の振りがあまりに遅い。微《かす》かな光源に反射する、剣に絡みついた幾筋もの煌《きら》めきは一体何だろう。

いや、気にしている余裕はない。剣の速度が遅くなれば、死は生にひっくり返る。

私は下段から切り上げに入りかけていた腕、その速力を落とさぬままに〝送り狼《シュッツヴォルフ》〟を逆手に持ち替えた。切り上げるのではなく、斜に掲げる形になった刃に減速した敵刃がぶつかって地面へ流れてゆく。

ほんの一瞬の勝機を逃すまいと、私は衝撃と血のスリップで泳ぐ体で必死に踏み込み、逆手に握った〝妖精《アールヴ》のナイフ〟を亡骸《なきがら》の右脇へと突き込んだ。

物質的な干渉を断つナイフは、新月下で色褪《いろあ》せようと切れ味がなまりはしない。筋を断ち、骨を刻み、枯れ枝のように朽ちた肩口の機構を完膚なきまでに破壊する。両断せずともよいのだ。知覚にヒトの機構を用いぬ動死体《ゾンビ》なれど、肉の動きは全て骨と筋に支えられているのだから。

自らが放った斬撃、その負荷によって筋を断たれた腕が欠け失《う》せる。そして、不気味な光を放つ剣は派手に転がり、地に打ち棄《す》てられた。

「み……ゴ……と………」

枯れ枝の束が折れるような、ガラス同士が擦れるような声で動死体《ゾンビ》が啼《な》いた………。

【Tips】ファンブル。絶対失敗。システムにおける不条理。2D6であれば2《ピンゾロ》が。1D100であれば96〜100が。不運を起こす出目が貴方《あなた》を覗《のぞ》き込めば、どれほど容易《たやす》い行動であっても失敗する。読み慣れた詩集を諳《そら》んじることでも、ゴミ箱にティッシュを投げ入れることでも、時には呼吸することさえも。ひいては、逆の奇跡に通じることも………。

師は常々仰《おつしや》った。多少の無理を通すのはともかく、無茶をしてはいけないと。無理は魔導師《マギア》の領分だからいいらしい。枝から落ちた林檎《りんご》を天に跳ね上げ、濡《ぬ》れた地面に投げた球を転がさず、火で炙《あぶ》られた紙が凍り付く。法則をねじ曲げる、世界に対して無理を強い、我を通すのが僕らの本分だから。

でも、無茶はいけない。世界そのものをねじ曲げすぎれば、反動に自分が蝕《むしば》まれるし、ともすれば使徒を差し向けられる危険性もある。

また、無茶をして自分の実力を超える術式を練ったなら、その身に返る反動はあまりに大きな物となるのだから。高度な術式であれ、枯渇した魔力を捻《ひね》り出すのであれ……。

ただ、それをして得られる物が多ければ、僕は無茶をして無理を通すのもいいと思う。

いや、得られる物によっては、そうすべきでさえある。

「友よ……僕は君を守るよ」

酷い頭痛に苛《さいな》まれ、乱れる思考と微かな魔力を削り術式を行使する。視界が真っ赤に染まり、鼻孔が何かに侵されて詰まった。多分、無理の反動で血管が切れてしまったみたいだ。伽藍《がらん》に反響する嫌にうるさい水音は、僕の耳からも出血しているからだろう。

しかし、僕の色々な物を代価に生み出された術式は、命という燃料の割にささやかな拍車に過ぎなかった。口語詠唱の支援もないし、元々疲弊しきった僕の命を絞ったところで出てくる物は高が知れている。

精々、壁から垂れ下がった無数の蜘蛛《くも》の巣を瞬間的に何倍もの太さにすることくらいだ。

蜘蛛の糸の強度は三重帝国において最も秀でたワイヤーとして知られているほど高い。営巣する蜘蛛人《アラクネ》の糸は、職工が心血注いだ橋梁《きょうりょう》用の鋼線が一本の絹糸に思えるほど頑強で、それで紡いだ服は鎧に等しい頑強さ。

なら、儚《はかな》い糸であっても太さを足してやれば、剣速を緩めるくらいはしてくれるはず。天井に張り付いているだけの糸に剣を搦め捕るほどの効果は期待できないし、刃物を切り飛ばす鋭さの刃に何処《どこ》まで抗《あらが》えるかは分からない。だけど、やる価値はあると思った。自分の命と今後を賭けるだけの価値が。

ことり、何かを置き直す音が聞こえたような気がした。

そして、目頭からも滲《にじ》みはじめた血で歪《ゆが》んだ視界の向こうで……友が仕果たした。

ああ、やっぱり彼は格好いいな。血だらけでボロボロだけど、ああなっても折れない心が格好いい。

もっと見ていたいけど、そろそろ限界のようだ。視界が揺れる。頭に紐《ひも》を付けられて、無茶苦茶に振り回されているようだ。

それでもよかった。彼が勝てて…………。

【Tips】時に枯渇した魔力を精神と肉体の負荷で捻り出せることもある。ただし、相応のリスクは伴う。

リソースをギリギリまで使い果たし、仲間が生命判定まで行き、最後に転がるサイコロの出目で勝敗が決するような戦いが大好きだった。

いつだって心を沸き立たせ、終わった後も盛り上がるよい展開だから。ＧＭ《ゲームマスター》は生かさず殺さず、致命傷の一歩手前で敗れるのが仕事。そんなシナリオと戦闘の後は、直《す》ぐにでも続きがやりたくなる、もしくは新しいシナリオに繰り出したくなるくらいだったのに……。

もう二度と御免だ。

激戦の末、出てきた感想はその一言に尽きた。

〝送り狼《シュツツヴォルフ》〟を杖《つえ》にして漸《ようや》く立っている私の前で、五体をバラされた動死体《ゾンビ》が沈黙していた。剣を再度取り上げられてはたまらないので、最後の体力を使って連撃を繰り出し、やっとのことで解体し尽くしたのだ。

顎を伝って汗と一緒に血が落ちて行く。筋肉と関節が後先考えぬ酷使に悲鳴を上げ、魔力を捻り尽くした頭がギリギリ痛んだ。頭の中に鉄工所が建てられ、全力で旋盤だの何だのが稼働しているような頭痛が鳴り止《や》まない。死闘の後、PC達《プレイヤーキャラクターたち》はいつもこんな感じだったのだろうか。シーン切り替えだけで処理していたのが、何だか悪い気がしてきた。

「ミカ……」

昏倒《こんとう》している友の元へ、這《は》うような速度で歩み寄る。私の命は彼のおかげで助かったようなものだ。彼の練った術式が如何様《いかよう》な物か把握していないが、剣速を鈍らせたのは彼に違いない。体中の穴から血を流しながら魔力を捻出し、最後まで一緒に戦ってくれたのだ。

なんとか彼の元に辿《たど》り着き、祈るように確かめれば息はまだあった。浅く深い呼吸を繰り返し、胸に耳を寄せても奇妙な水音などはしない。呼吸器に血液が入り込んだり、重要な臓器に傷がいったりはしてないようだ。

問題は頭だが……これは私にどうこうできる領域の話ではないな。治癒魔術はあまりに高価であるし、そもそも私が基礎理論を知らないので習得のしようがない。今こそ神の秘《ひ》蹟《せき》に縋《すが》るべき場面やもしれないが、残念ながら治癒の奇跡も魔力の枯渇による障害まではカバーしてくれない。

魔導神とかいう、魔法の守護神がいれば話は別なのだが……残念ながら世界に管理者権限で奇跡をもたらす神と、ソースコードを悪用しているに過ぎない我々魔導師《マギア》の間柄は、本質的に相反するものであるため魔法を司《つかさど》る神は存在しないのだ。

布で溢《あふ》れた血を拭い、口に水袋から水を注げば力なく嚥下《えんげ》してくれる。かなりキツそうではあるが、命に別状はないのだろうか。いや、だとしても専門の癒者――治療に関する魔術や魔法で生計を立てる者――に見せた方が良いだろう。脳の中で出血なんぞしていた日には、後悔してもしきれないことになるのだから。

だが……私も限界だ。横たわる友の隣に座り込み、微かに残った水を大きく呷《あお》る。ああ、戦闘中にたらふく飲んでやると決めていたが、これほどに美味《うま》いとは。生きていて本当に良かった、そう実感できる味だった。

空気を吸うように水を飲み、革袋の最後の一滴まで絞り出して漸く人心地ついた。体の芯から力が抜け、全体が真綿でつつまれたようなふわっとした感覚がある。暫《しばら》く休まねば動くのは難しそうだな。

そうだ、体力が戻ったら担架を作ろう。その辺の木と服を使えば、私の木工技術があれば簡単にでっちあげられるだろう。それにミカを乗せれば頭を揺らさずに済むはず。冒険は行ったきりじゃなくて、帰りのことも考えてやらなければ。

……しかし、あの剣をどうしたものかね。

見れば、討ち果たした黒の剣は未《いま》だ床に転がっていた。微動だにせず、鳴き出すようなこともなく普通の剣のように大人しい。

だが、この魔宮が崩壊していないということは、まだ何か企《たくら》んでいるのだろうか。それこそ〝次の担い手を抱え込む〟ようなことを……。

そして、私はフラグという言葉を思い出すことになる。誰が言ったのだったか、ヒトが想像しうる全ての悪いことは実現しうると。

あまりに悲観主義が過ぎる言葉だが、それは紛れもない事実。

不意に剣が震えを帯びたかと思えば、なんと独りでに虚空へ舞い上がったではないか。そして、小刻みに震えたまま……何か絶大な思念を放った。

強大な思念、口を開くのを面倒くさがったアグリッピナ氏や、神殿に祈りに行った時に時折感じる託宣と似ているが、あまりに悍《おぞ》ましすぎる思念。言語化し得ない大きすぎる生の感情が脳に叩《たた》き付けられ、胃が雑巾《ごと》の如く絞り上げられる。

吐き気を催すほど強いそれは、強いて言うなら〝愛〟であろうか。ヒトの精神を削る愛の言葉をばらまきながら、剣は飛翔《ひしょう》した。無論、私めがけて。

「あああああ!?」

絶叫と悲鳴が限界が来たと思っていた口から漏れ、私は反射的に術式を練っていた。もう殆《ほとん》ど残っていない魔力が枯れ、正気と脳味噌《のうみそ》が物理的に削れるような痛みを代償として世界が歪む。致死の速度でカッ跳んでくる剣を受け容《い》れる包容は、私の肉によってではなく虚空に口を開けた〝いずこともしらぬ場所〟へ続く門が受け止めた。

空間遷移による絶対防御、どこにも辿り着かないであろう世界の解《ほっ》れに剣は呑《の》み込まれて消える。

や、やばかった……。

壁伝いに背中を落とし、瞬間的な判断が間に合ったことに感謝する。今になって思えば、あれは切っ先ではなく〝柄《つか》〟の方を向けてカッ飛んで来ていたような気がするのだ。

つまりは、自分の前の主《あるじ》を打ち倒したのだから使えよってことか？　いやいや、勘弁願うぞ、既に愛が重いのは幼馴染《おさななじ》みでお腹《なか》一杯なのに、ヤンデレ臭い厄物まで仲間入りとか罰ゲームにも程があるだろう。

別に伝説の聖剣がどうだとか、自我を持つ名刀とか、ヒトに化けることができる魔剣みたいな高望みはしないさ。でももっとこう……もうちょっとヒロイックな剣にしてくれ！

内心の叫びに呼応してか、一拍遅れて無理な術式の反動がやってきた。小刻みに間断なく襲い来る頭痛は、頭部をミンサーで粉々にされるかのような責め苦。元々底をついていた魔力に消費の大きい空間遷移障壁という無茶が祟《たた》ったらしい。

世界が回っている。ぐるぐると歪み、溶けるような……いや、これは錯覚ではない？　魔宮が崩壊しようとしているのか？　背を預けていた壁が融解し、体が倒れ込むのが分かった。柔らかく、鉄錆《てつさび》の臭いがする何かに鼻先が埋《うず》まった。

気味の悪い軋《きし》み、何かが壊れる怖気《おぞけ》のする音に交じって耳に響くのは……鼓動だ。心臓の緩やかなれど確かな拍動。私以外にここに居る人間はミカ一人。ああ、怪我人《けがにん》の胸に頭を預ける形になってしまったのか。

だが、動いて退《ど》いてやることもできない。体がちぃとも言うことを聞かないし、本当に中身を攪拌《かくはん》されているみたいな気持ち悪さで思考さえも纏《まと》まらなくなってきた。

ああ、もう、ほんと今回は散々だな………。

【Tips】魔宮は核の消失に伴って消滅し、元の形へ戻って行く。魔宮が原因となって起こった異常を呑み込み、歪んだ世界が元に戻る反動で全ての物は消え失せる。後に残るは、魔宮を制した勇者達ばかりだ。

「……知らない天井だ」


何度か繰り返したネタは陳腐ではあるもののやらないと落ち着かなくなるから困る。

鈍痛と頭痛がのさばる体に鞭《むち》を打って体を起こせば、そこは手狭な小屋の中であった。

木組みの小屋は時代を感じさせる朽ち方をしており、取り残された寝台や暖炉、簡素な文机《ふづくえ》から持ち主の質素な性質が見て取れた。

どうやら私の予想は間違っていなかったらしい。あの魔宮はかつて名が知れた冒険者の庵《いおり》が変容した物で、その核は冒険者が愛用していたであろう悍ましい剣。そして、剣を抱えていた痩身の木乃伊《ミイラ》こそが庵の主……。

文机の上に遺《のこ》された、風化してバラバラになった手記の筆者だったのだ。

「……いや、その前にやることがあるか」

酷《ひど》く痛む頭を押さえながら、私はすぐ隣で転がっていた友に視線をやった。まだまだ目覚める様子はないので、とりあえず床に寝かせておくのも体に良くないだろうから寝床を貸して貰《もら》うとしよう。見たところ、古びてはいるが寝転がっただけで倒壊するほど劣化しているようではないし、布団も腐って朽ちたりもしていないようだ。

幸い、周囲に敵の気配はない。どこかの毎度東京が酷い目に遭うシステムの如く、ボスを斃《たお》しても雑魚敵が消えず帰りにも地獄を見る仕様ではなかったようだ。迷宮の倒壊に巻き込まれたのか、あれほど私達を追い立てた死者の気配は完全に失《う》せている。

ともあれ、一息入れて休めるのは有り難い話だ。私は友を抱き上げ――流石《さすが》に〈見えざる手〉を使う余力は無い――寝台に横たえた。やっぱり華奢《きやしや》だなとか、びっくりするほど軽いなとかの雑念、そして私も隣で横になりたいという欲望を振り払い、文机に備えられた椅子に体を投げ出した。気配を感じていないだけで、死体まで一緒に消えたとは限らないからな。最後まで油断はできない。

さしあたって、友が目覚めて交代して貰えるまでは頑張ろう。

さて、それまでは……冒険の目的物もあることだし、クエストの達成を嚙《か》み締めながら休むとするか。提供する前に一回くらい読んだってバチはあたるまいよ。

私は古ぼけた手記を手にし、言い知れぬ達成感と充足感が重みに姿を変えて手の内に収まっているように感じた。

私達は勝利したのだ。目的を果たし、そして生き延びた。

言葉にすればたった一回のセッション、いつか記憶に埋もれ、何の成長に使ったかも分からなくなってしまう一握の経験点に過ぎないのかもしれない。

だが、この達成感は本物だ。ついさっき、二度と御免だと思った激戦も、この感慨のためなら悪くないと思えてくるから不思議なものだ。本当、人間というやつは喉元を過ぎれば熱さを忘れてしまうのだなぁ。呑み込んだ熱湯が、胃を荒らしてしまうことも忘れて。

ま、いいさ。仏陀《ぶつだ》でも自分の偉業を成し悦に入って過ごしたのだ。俗物で物欲に弱い私が多少自己陶酔したところで、人間という有り様から大きく外れる訳でもない。

この瞬間を堪能しようじゃないか。傷を名誉と思うなら、この疼痛《とうつう》と頭痛は酒のアテみたいなもんだ…………。

【Tips】正しく修正された魔宮の跡地は、元の形質を取り戻す。忌み地が永い時間をかけて変容した物にせよ、呪物が何らかの切っ掛けで暴走した物にせよ…………。

終章

エンディング

【Ending】

物語《セッション》の終結。冒険者は生きて帰らねばならぬ。戦闘が終わるまでが全てではない、生きて帰ってこその冒険である。無茶をし過ぎた結果、エンディングで還らぬ者となることもあろうが……それもまた冒険である。

「えぇ……なんだその心躍る冒険譚《サーガ》は。普通に一席仕立ててくれぬか」

「私に詩才と楽器の覚えはございませんので」

キャラに見合わぬ軽い台詞《せりふ》を吐くファイゲ卿《きょう》に、私は気骨が萎えてげんなりしないよう耐えるので必死だった。そうだね、貴方《あなた》こういうのが感性に直撃するご趣味でしたね。

あれから二日――結局、どうにか動けるようになるまで一日かかった――が過ぎ、私達《たち》はヴストローまで帰り着いていた。

ずっと外で待っていた――相当気を揉《も》んだのか、ミカに縋《すが》り付いてカァカァ五月蠅《うるさ》かった――使い魔を使って助けを呼んでも良かったのだが、私が辛うじて動けるようになったので自分で動いた方が早いと思ったのだ。

帰路、互いに互いを気遣い過ぎたり、褒め合いに発展し揃《そろ》ってトマトみたいになったり色々あったが割愛しよう。互いにあまり思い出したくないし、きっと一〇年くらいして不意に思い出してしまったら枕が必要になる一幕だったのだから。

ああ、そうそう、外道なGM《ゲームマスター》やPL《プレイヤー》に優しくないシステムが採用しがちな、帰りの道中で振らされる理不尽なランダムイベントは特になかったとも。懸念していた動死体《ゾンビ》が取り残されているようなことも――大量の行方不明者となってしまったことが心残りだが――トラブルに見舞われてクエストを達成したものの全滅、などという悲劇も起こらなかった。

なにはともあれ、未《いま》だ頭痛に苛《さいな》まれ、身体各所に痺《しび》れを訴える友を宿に残し、私はファイゲ卿の書斎を訪れていた。事後の報告をしクエストを達成すると共に、腕のいい癒者を紹介して貰うためだ。

　薬を買うだけでも値が張るのなら、癒者に診て貰うのに更なる報酬が必要になるのは言うまでもない。が、その上、腕のいい癒者は一見さんお断りが多かったりする。

　この世界、専門家という生き物はどいつもこいつも技術を安売りはしない。飯の種である以上に自分の価値を軽くしないため、命が安い世界では皆が必死なのだから仕方ない。

　癒者は魔導師《マギア》の中でも――魔法使いではないところが重要――極めて専門性が高く、高度な術式を操るため顧客を選ぶ。軽い疝気《せんき》で訪れられては堪《たま》らないというのもあるが、魔導院が認定した彼等《ら》は高度な治療を施す場合には上からの許可が必要となるからだ。

　その気になれば失せた四肢でさえ〝代わり〟を用意できるのだから、扱いが慎重になるのもむべなるかな。貧しき者が門戸を叩《たた》いた所で軽くあしらわれるのが関の山。

　なので、地元の有力者におすがりすれば手っ取り早かろうと、事情を説明して扶《たす》けて貰おうと思ったのである。

　そして、かいつまんだ説明の末、卿が仰《おつしや》った感想が先の一言である。

「ううむ、しかし知らぬ内に森が斯様《かよう》なことになっておろうとは」

　居住まいを正した樹人の老翁は、豊かな地衣類の髭《ひげ》を撫《な》でながら呟《つぶや》いた。

「確かに近頃隊商の被害が多く、森から帰らぬ狩人《かりゆうど》や旅人がいるとは聞いていたが、よもや魔宮が出現していようとはな。これは領主に一筆書かねばなるまい」

「……疑わないのですか？」

ごく自然に私の報告を受け容《い》れ、本来対処しておくべき領主へ苦言を呈そうとする卿が不思議でならなかった。

考えてもみてほしい。私は成人前の子供で、魔導院の研究者が雇っている丁稚《でっち》に過ぎない。そんな冒険者未満の子供が大冒険をしてきたと語り、一体どうして信じられるのか。それも卿は子供の作り話に付き合ってやろうという風情ではなく、しっかりと上等な便箋まで用意しながら仰るのだ。

恥ずかしげもなく報告しといてなんだが、普通もっと疑ってかかるべきだろう。

「ふむ……そなたは些《いささ》か老木であるとこの身を侮っていると見える」

だが、ファイゲ卿は面白そうに笑って私を信じる根拠を語ってくれた。

「それほど濃密な魔力の残り香を纏わせておるのだ、分からぬはずがなかろう。尋常な旅路で斯様な瘴気《しょうき》に触れるなど、如何《いか》に地方の綱紀が中央より緩いとはいえあり得ぬよ」

コガネムシのような独特の輝きを帯びた目が、私を見つめてきらりと光った。生命としてヒト種《メンシュ》に分類されながら、精霊種に限りなく近い樹人の目には私達には見えない物が見えているようであった。

「なによりそなたの語りには迷いがない。思い出そうとしている様子はあっても、決して〝考えて〟いる様子はなかったからな」

愉快そうに笑い、卿は私に茶を勧めてくれた。あれほど真剣に語ったのだから、さぞ喉が渇いただろうと。

赤面することしきりである。これでいて私は、内面がアラフィフに近いほど生きているのだから、処世も相応に上手《うま》くなっていると思っていた。

いや、思い込んでいた。

だが、それは思い上がりに過ぎなかったらしい。語りから本意を読まれ、全てを理解されているのに、それを察することもできず相手の理解を訝《いぶか》るとは。確かに偽る必要など無いから素直に話していたが……言われれば、それも推察の要素として大きなファクターであったろうに。

「……未熟の極み、汗顔の至りにございます」

「なに、そう恥じるでもない。小さき者よ、そなたはまだ若いのだからな」

これでいて、この古木も伊達《だて》に長生きしておらぬのだ。ファイゲ卿はそう笑い、羊皮紙に一筆したためてくれた。すんません、中身はオッサンで本当にすんません……。

「取り急ぎ、癒者への紹介状を用意した。重篤な魔力枯渇とあれば、脳に血がたまることもある故な。早急に診させてやるがよい」

「ありがとうございます！　これで友も安心できるでしょう」

田舎だてらに腕がよい癒者だと卿が仰るので一先《ひとま》ず安心だな。お言葉に甘え、今日はここまでにして先に癒者の所へ行くとしよう。はやくミカを診て貰わねば。

「うむ。この身も知らぬこととはいえ、そなたらを死地へ送り込んだのも事実、治療費の

「心配はせぬことだ」

　なんとも有り難い話である。節約して貯《た》めた小銭はあるけれど、治療費の相場を知らないこともあって――尚《なお》、後で聞いたことだが、普通に金貨が飛び交う世界の話であった――ヒヤヒヤしていたのだ。将来の貯蓄のために働いて、新しい借金をこさえましたと言ったら笑えないからな。

立ち上がろうとする私を手で制し、ファイゲ卿は呆《あき》れたように溜息《ためいき》をついた。

「言っておくが、診て貰うべきはそなたもだからな？」

「はい？」

お互いに何言ってんだコイツ、という顔をして数秒見つめ合ってしまった。

「魔力の流れが狂っておる。つまり、乱れ、逆流する……典型的な魔力障害の兆候だ」

なんでも卿が見る限り私も十分に重症であり、そもそもここに自分でやってこないで寝てろという感想を抱いていらっしゃったらしい。私からすれば動けているから大丈夫だと思っていたのだが……。

「なんだって友人にしてやった心遣いを自分にしてやれぬのか……」

心底呆れたように卿は額に手をやり首を横に振った。そして、次の瞬間、何の前触れもなく部屋の壁、床、天井が隆起したと思えば私を搦《から》め捕ったではないか。

「おおあ!?」

四肢が容赦なく拘束され、ぴくりとも動けない。単なる堅さで固めにきているのではない。動きの基点となる肩、腰、膝、関節の要訣《ようけつ》を全て抑えられてしまっているのだ。

「そなたもしっかり休むがよい……その気が無くとも休ませるがな」

ああ、なるほど、樹人は自身の起源となる木から産まれ一体となるという。この書斎そのものがファイゲ卿だったのか。

「そして、報酬にも期待すると良かろう。なに、万事良いように取り計らってやろうではないか。無駄に長生きした先達を使えるのも、若人の特権ゆえにな」

怖《おそ》ろしく高度にして抗《あらが》いがたい気遣いによって、私が気絶させられるまで後数秒の間もなかった………。


【Tips】重篤な病と怪我《けが》ほど、その場では分からない物である。ステータスウィンドウなどという上等な物がない彼もまた例外ではなかった。


軽い頭痛と体に感じた違和感で目が覚めた。

「……よかった。まだ生きてる」

目を開けば高い天井に山ほど吊《つる》された薬草が目に映る。僕が今埋《うず》もれているのは、清潔なシーツと毛布が敷かれた寝台だった。浅く呼吸すれば香の香りがたっぷり染み込んだ空気が鼻孔を撫でるように抜けていき、故郷でたまに世話になった薬師の家が脳裏に浮かぶ。

血相を変えた年嵩《としかさ》の癒者にあれこれ呑《の》まされて――それはもう酷《ひど》い味だった――香を焚《た》

きしめた診療所の寝台に放り込まれたのが昨日のこと。鼻先を埋めている毛布の柄が変わっていることからして、僕は数日眠り続けていたのだろう。

横を見れば、自分と同じように。ああ、むしろ僕より数段ガッチリ固められた我が友、エーリヒの寝姿もあった。何くれと動こうとするから、寝台に括《くく》り付けられている姿は哀れなはずなのに何処《どこ》かおかしくもある。

つまり、僕らはそういった処置が必要なほどに重症だったのだろう。

本当に目覚めることが出来てよかった。無茶をした魔導師《マギア》は脳が煮崩れて死んでしまったり、呆《ほう》けたり碌《ろく》でもない末路ばかりだと師から散々聞かされていたから……やっぱり、覚悟していても恐《こわ》かったのだ。

癒者に診て貰《もら》った時は、それこそ泣きそうだった。死を前にしたからこそ、友の為《ため》に無茶をするのは恐くなかったけど、生きて還《かえ》ってまた彼と遊べると思った途端に恐くなってしまったのだ。

もしかして自分は本当に死んでしまうのではなかろうか。そう考えるだけで、涙が溢《あふ》れてしまうほど恐かった。

でも、生きている。五体に痛みはなく、頭痛こそ性質《たち》の悪い客みたいに居座っているが大分マシだ。薬を飲んで寝る直前は、火箸を両目に突っ込んで内側をかき混ぜられているような心地だったから。

そう、五体に違和感……あれ？

溢れた咳《せき》が普段より高いように思い、目覚めの切っ掛けとなった違和感が体に走る。

ふと気になって僕は自分の体に触れ……驚いた。

胸があったのだ。いや、元から胸部はあったけれど、あれだ、その、ほら。

女性のシンボルとしての胸があった。

微《かす》かな膨らみだけど自分の体だから確実に分かる。今まで、中性であった時と違って膨らんでいる。触ってみれば、表面の微妙な柔らかさと芯の堅さが指に伝わり、不慣れな刺激が痛みとなって脳に伝わった。

両親が言っていたっけ。僕達の変化は往々にして精神的な揺らぎが大きくなると発現するとか。身近な誰かが死んだとか、社会的に大きな変化があったとか、あるいは〝精神的〟に大きな何かがあったとか……。

母は――文化的に産んだ側を母と呼ぶんだ――冗談めかして初恋を経験したらと語ったし、父は冗談めかして命を賭けて何かすれば変わると言っていたけど、まさかね。

僕は自分の体の変化にそこそこ驚いていたが、ごく自然に受け容れてもいた。魔導師《マギア》的に考えるなら、きっとこれが自然だからだろう。僕達、中性人《テイーウイスコー》という生き物にとって自然な物で、受け容れられるように脳と精神ができているんだ。

あとで下の方も確かめてみなければ。僕等は中性の時は性器がなく、排泄口《はいせつこう》だけがのっぺりとした股間についているけれど、性別が変わると形状が変わるから〝お花の摘み方〟から何から全部違ってくるから……。

変わった僕を見て、友はどう思うだろうか。

あの夜と同じく受け止めてくれるだろうか。それとも……ん、だめだな、こんな甘えた考えでは。僕は彼を守ると、彼の友人であると決めたのに。

僕も努力すればいい。彼の友人であるために。彼と一緒にいるために。なら、この奇妙な体だってアドバンテージになるかもしれないじゃないか。

父母は時折、荘《しょう》の中での男女関係に首を傾《かし》げていたもの。男だから、女だからと、明確に分かれてしまっているからヒト種《メンシュ》の男女はくっつき合って、それでまた啀《いが》み合うんだと。互いに男と女を経験してないから、きっとああやって啀み合ってしまうんだろうと。

僕は中性人《ティーウィスコー》、どっちでもいられる。だからきっと、次は男性になるんだからエーリヒのことを今よりも理解できるはず。そして、女性になら言えること、男性になら言えること、そのどちらも僕は受け止めてあげられるんだ。

僕は、きっと彼の一番の〝ともだち〟になれるはず。

こう考えると、僕の体も悪くない気がしてきたな。吟遊詩人が唄《うた》うようなとらわれのお姫様にはなれないさ。剣を携えた凛々《りり》しい勇者になんてほど遠い。だけど、物語はその二人っきりじゃなりたたないのさ。橋を渡す魔法使いも、つかれた勇者を癒やす酒保の女も、折れかけた心を支える友人なんかがいて、ようやく彼の剣は邪竜の逆鱗《げきりん》を穿《うが》つのだから。

僕はお姫様にも勇者にもなれないけれど、彼がそれをやってくれたら満足だ。

まぁ、普段の〝遊び〟を加味しても、流石《さすが》にクサすぎて口になんてできないけどね。僕の剣士様なんてとてもとても。

ああ、いい時間みたいだな、窓の外が白んできた。勝手に起き出して怒られるかもしれないけど……。

そろそろお花を摘んどかないとね…………。


【Tips】種族間における恋愛、結婚、貞節観念においては大きな隔たりがあるため、当然の営みにおいても他種からすれば「なにやってんだアイツら」と首を傾げられることも珍しくない。多種族国家である三重帝国においては特に。

ヘンダーソンスケール1.0

Ver0.3

ヘンダーソンスケール1.0

【Henderson Scale 1.0】

致命的な脱線によりエンディングに到達不可能になる。

立場によって変わる物もあれば、何があろうと変わらない物もある。

さして広くもない、しかし清潔で几《き》帳面《ちょうめん》に整えられた書斎に怒声が響き渡った。

「お師匠!!」

すわ国家権力の乱入かと勘違いする勢いでドアを開いたのは、年若い一人の少女であった。勝ち気な切れ長の瞳と、稲穂のような髪を簡素なカチューシャで留めた姿が愛らしい少女の年頃は一〇かそこらであろうか。しかし、年齢に見合わぬ丁寧な宮廷語からは、しっかりとした教育の色が窺《うかが》えた。

乱雑に開かれたドアから魔法の明かりが差し込むも、無数の立派な装丁の本が壁のごとく囲む部屋に主人の姿はなかった。書きかけの書簡、半端に綴《つづ》られて止まった論文、覚書を挟みすぎて紙の塊のようになったメモ。愛用品が残された書斎から、本来椅子に座っているべき主人だけが忽然《こつぜん》と姿を消していた。

いや、もう一つなくなっている物がある。一角だけ魔導暖炉で本棚が途切れている壁面。そこに常ならば記念品のように飾ってある、使い古された一本の長剣も姿を消していた。

暖炉の傍らには、代わりとばかりに豪奢《ごうしゃ》な宝石を戴《いただ》いた長く優美な杖《つえ》が立てかけられているではないか。所在なさげに佇《たたず》むそれは、乱入してきた少女に詫《わ》びているかのよう。

彼女は「すまない、またなんだ」という誰とも知れぬ声を幻聴で聞いた。

すっかり帯刀して出歩かなくなった品が消える理由は一つきり。理由を悟った来訪者は無意識に息を呑み、大きく溜《た》めを作って……。

「また勝手に冒険に行きましたね！　あの放蕩《ほうとう》教授!!」

力の限り声を張り上げ、腹立たしげに短杖《たんじょう》を床へと叩《たた》き付けた……。

暫《しば》しの後、ローブを纏《まと》い簡素な杖を手にした魔導院聴講生と思《おぼ》しき弟子。彼女は不快そうに鼻を鳴らしながら昇降機より魔導院のエントランスへと降り立つ。

「やぁ、どうしたんだい？　そんなに怒って。可愛《かわい》らしい顔が台無しじゃないか」

「へ？　あ、シュポンハイム教授！」

そんな彼女に声をかける者が一人。流麗な体のラインは、ヒト種《メンシュ》の美という標本を博物館から引っ張ってきたかのような調和を保ち、戴《いただ》く柔和な表情は性差を滲《にじ》ませぬ道を過せるような妖しい美を醸す。

黒く艶やかなぬばたまのくせ毛、大粒の琥珀《アンバー》を埋め込んだような慈愛溢れる瞳。すっと通った男性の精悍《せいかん》さを併せ持つ鼻筋と、濡《ぬ》れているかの如《ごと》き妖しい光沢の唇は少女のように麗しい。そんな唇から漏れる閹伶《カストラート》も恥じ入る涼やかな美声。

魔導師《マギア》のローブを纏い魔法の触媒を装身具の如くぶら下げているよりも、壮麗な舞台が似合いの人物は、魔導院においてやっかみ半分で紅裙卿《こうくんきょう》とあだ名される教授であった。

その名はミカ・フォン・シュポンハイム。二四歳にして教授位に上り詰めた若き俊英であり都市計画整備の名手にして、三重帝国にやってきて日が浅い〝中性人《ティーウィスコー》〟初の魔導師《マギア》でもあった。黎明《れいめい》派の筆頭学閥において教授の覚えめでたく、三〇歳を前にして議会に招聘《しょうへい》されることも珍しくなくなった天才に若き魔導師《マギア》志願は深々と腰を折る。まるで、話しかけられること自体が畏れ多いと言わんばかりに。

「裾を蹴るように歩いてはいけないよ。ここには口さが無い者が幾らでもいるんだから」

言語化し辛《づら》い中性の美を見せ付ける教授に窘《たしな》められ、彼女は恥じるようにローブの裾を正した。魔導師《マギア》の象徴であるローブの裾は、その長さから普通にしていれば直《す》ぐドロドロになってしまうこともあり、如何《いか》に汚さず綺麗《きれい》に保つかが格を示すことに繋《つな》がるほど。服を防護する余裕さえないほど困窮した魔導師《マギア》に、裾が汚れているよ、という煽《あお》りが定型化するくらい重要なポイントなのだ。

ただ、聴講生の彼女は、そんな重要なことさえ頭から飛んでしまうほど腹に据えかねていたのである。

「また〝彼〟かい？」

恥じ入りながら居住まいを正す彼女を見て、中性人《ティーウィスコー》の教授は花が綻ぶような微笑を浮かべて言った。

「そうなんです！　ライゼニッツ教授がお召しなのに、あの放蕩師匠!!　いつもいつも、糸が切れた凧《たこ》みたいにふらふらして!!」

それに、今日は私の指導もしてくれるって約束してくれていたのに！　と続け、弟子は地団駄を踏んで自分の師を詰《なじ》った。

〝漂泊卿〟と揶揄《やゆ》される、払暁派随一の戦闘魔導師にして幻想種研究の大家、エーリヒ・フォン・ダールベルクを。

彼女の師は問題児揃《ぞろ》いの払暁派の中においても屈指の問題児であった。

というのも、十年前に待望の――本人は死ぬほど嫌そうな顔をして――教授位に上ったアグリッピナ・デュ・スタールの直弟子として悪い意味で有名な上、妹君であるエリザ・フォン・レムヒルト卿に関することで異常な沸点の低さを見せ決闘騒ぎを幾度も起こしているからだ。

曰《いわ》くモーションのかけ方や口説き文句が紳士的ではなかった。半妖精だから研究させてくれとは何事だ。混じり物が堂々と廊下を歩くなと詰るのは以《もっ》ての外《ほか》。妹のこととなると鷹揚《おうよう》にして闊達《かったつ》で知られる教授の沸点はあっという間に零下を下回り、手袋は矢よりも速い速度で顔面に――正式には足下に叩き付けねばならない――叩き付けられる。

由緒ある決闘の儀式で彼の前に膝を屈した男子は手足の指では足りず、最近はいっちょ名をあげたるかな！　程度の理由で逆に喧嘩《けんか》を売られるほど。

普通であれば、巫山戯《ふざけ》た理由で決闘を申し込むな！　と怒らねばならぬところを大変元気がよろしいと笑顔で受けて立ってしまう変人は、出不精の極みである師とは対照的な放浪癖で知られていた。

これが旅行好きで済むくらいのものであったり、巡検に余念がないくらいで済まされないのは確かである。さもなくば、半ば嘲るようにして漂泊卿などと呼ばれるはずがあるまい。

ちょっと西で珍しい幻想種が見つかったと言えばスケッチしにいってくると飛び出し、北に前王朝の隠し遺跡があったと聞けば歴史資料の保護を名目に姿を消し、南に過去の財宝を積んだ沈没船の足跡を知れば予定を放り投げ、東で新しい魔宮が産まれたと教えられたなら次の瞬間には空間遷移する。

そのフットワークは最早《もはや》軽いを通り越しており、教授ではなく冒険者か山師の領域。

年に魔導院へ滞在している期間は二月足らず。絶えず遠見と使い魔で講義を聴き、義務となる講師も遠見と思念に念動の板書でこなしているから除籍こそされていないものの「いっそ専業冒険者になりゃいいのに」と各所から呆《あき》れられている問題児であった。

その上、何が性質《たち》が悪いかと言えば付き合っている教授陣とのパイプが太いせいで、どうにも政治的にぶち殺し辛いのだ。また噛《か》み付かれるまで全く無関心を貫くのに、一度剣を抜いた瞬間相手がへし折れるまで攻撃する苛烈さも悪名を高める一助となっている。

あまつさえ、仲の良い教授陣だの有望な聴講生だのを気が向いたからという理由で、彼の長い冒険に閥を問わず引っ張り出したりするはた迷惑な習性まで持っているとくれば、上の方や共同研究者から嫌われるのもむべなるかなという話であった。

実際、色々な研究会に引っ張りだこであるシュポンハイム教授もことあるごとに——本人も喜びながら——冒険に引っ張って行かれているので、用事がある人間から蛇蝎《だかつ》の如く忌み嫌われても文句は言えまい。

始末が悪いことに誘われてる本人達《たち》が乗り気で、彼を擁護するからどうにもし辛いというオマケまでついてくるとなればもう……。

ただ、そこまで問題児ならば、政治的な能力を超えるほどの徒党を組んで処理されてしまってもおかしくないのでは？　という疑念を抱く者もいようが、これでいて彼はしっかり研究成果も残しているため、追放するとそれはそれで色々な不具合が発生するのである。

　ではいっそ物理的にぶち殺してしまえば、という癇癪《かんしゃく》を起こす者もいようが、先に語った通り決闘において負け無しの変人は、払暁派において〝戦闘魔導師〟としても高名であるため割とどうしようもない。

　先帝が再打貫した東方交易路沿いの小国が反旗を翻した反乱において、即応戦力として投入された彼の働きを知らぬ者はない。

　敵国首都、その鼻先を彼独自の秘匿術式にて〝熱い灰が降りしきり、硝子《ガラス》の砂が立ちこめる焦土〟に変え、その後「頭目の首を寄越《よこ》さねば、次は直撃させる」との脅し文句のみで反乱を鎮めた手管は見事の一言に尽き、皇帝手ずから勲章を授けられる赫奕《かくやく》たる戦果は畏怖を持って〝灰を敷く者〟との異名を与えた。

　正面からの闘争において土をつけられたことはなく、威圧によってのみ一国を堕《お》とすに至った対軍戦闘能力。その上、遺失技術に近しい空間遷移で気まぐれのように飛び交い、あまつさえそれを障壁に仕立て絶対の防御として活用する壊れ具合は、集まって謀殺を企てた者達が「何をどうすりゃ殺せるんだコレ」とふと冷静に返って解散してしまうほど。

　それ故、ダールベルク卿は魔導院においてある種のアンタッチャブルと化していた。気に入られたら冒険につれてかれるぞ、と囁《ささや》かれる一種の妖精《アールヴ》みたいな扱いは、同じ教授位を得た妹君が助手の如く付きまとっていることへの皮肉なのかもしれない。

「あー……まぁ、大丈夫だよ、今回は直ぐに戻ってくるだろうから。僕は特に誘われなかったし、レムヒルト卿も講義の開講日だっただろう？　ライゼニッツ卿がお呼びとあって逃げたなら、一月もしないで帰って来るよ」

「なんで自分の閥の長から逃げなければいけないんですか？　私にだってとても綺麗なお洋服を下さる、本当にいい方なのに」

納得いきません！　とぷんすこ肩を怒らせる親友の弟子を前に、教授になるほどの頭の持ち主は何と答えるべきか大変悩んだ。

三〇近い男をコスプレさせようとする教授から逃げるべく、自分の弟子もほっぽって帝都から離脱したのだろうなんて、親友の師弟関係を重んじるなら口が裂けても言えないのだから………。

【Tips】教授位。魔導院の魔導師《マギア》において、自身の技術を広く教えるに値する能力を持っていると教授会から認められた者が授与される魔導師《マギア》の最高位。何かしらの論文や実験で偉業と呼べる結果を出して初めて授与の審議がなされる。同時に功績が偉大であった場合、名誉称号として一代貴族の位と家名を与えられる。

がたごと揺れる露天の馬車に揺られ、暫《しばら》くまともに抜けなかった愛剣を抱えていると冒険って感じがして実に良い気分だ。

「いやぁ、ありがたい。教授先生が随行してくれるとは。巨鬼に名剣の気分ですなぁ！」

「いえいえ、むしろ此方《こちら》が感謝したい所ですよ。急に訪ねていったのに私の席をご用意いただき、感謝の言葉もございません」

禿《は》げた頭と豊かな髭《ひげ》が特徴の坑道種《ドヴェルク》、私がたまたま帝都の近くで捕まえた小規模な隊商の主《あるじ》が心底嬉《うれ》しそうにおべっかを使った。見たところ、随行している魔法使いも魔導師《マギア》も居ないようだし、不便を覚悟した旅であったのだろう。

「粗雑な馬車で申し訳ない。ささ、ごゆるりと空でも眺めてお休み下さい！」

「お言葉に甘えさせていただきます。しかし、小職程度の魔法がお役に立つ時が来たらば、どうかご遠慮なくお声かけ下さい」

　ごろりと寝転び空を眺めると、魔導院に引きこもってるのがアホ臭くなるほど良い天気であった。こんな天気に変態の趣味に付き合わされたら精神が死ぬぞ。というか、三十路《みそじ》近いおっさんになった私に何させようってのかね、あの御仁も。とても射程距離に入った見た目だとは思えないのだが……。

　何はともあれ、私は喩《たと》えようもない解放感に打ち震えながら体を伸ばした。

　さて、大変な激務であった。社会的な地位を手に入れ、確固たる足場を作ってから冒険者になろうと思った時は、ここまで面倒くさい仕事だと思いもしなかったなぁ。あの時の自分に教えてやりたい。研究者に留《とど》まろうとしていた師匠《アグリッピナ氏》は相当賢かったんだぞと。

師匠からの言いつけで禁書庫に二週間潜って参考文献を漁《あさ》り——怪物じみた本そのもの

と格闘したり、本から這《は》いだした呪詛《じゆそ》に襲われたり酷《ひど》い目に遭った――そいつが終わったかと思えばコミュ障気味の妹から「兄様、講義の準備手伝って！　大講堂で数百人単位から囲まれるなんて無理!!」とギャン泣きで絡まれ、それを三日がかりでやっつけたら、今度はミカから「今度の晩餐《ばんさん》会が女性の時でね。エスコートを頼めるかな？」とか言われたから付いてったら五日間も研究会＆晩餐会巡りに付き合わされるなんて聞いてない。

そもそも私は、ああいった煌《きら》びやかな集まりは苦手なのだ。酒を呑《の》みながら当てこすりや嫌みを分厚いオブラートに包んでぶつけ合い、口舌の刃で激しく斬り結ぶ場の何が楽しいのか分からん。そりゃ後援者を見つけて予算をふんだくるには良い場所だが、少し前に〝若干張り切りすぎた〟からかどいつもこいつも物騒な話題しか持ってこねぇんでやんの。

まったく、ミカもアプローチが鬱陶しいからと私を弾除《たまよ》けにするのはやめてくれないかな。しかも、途中から性別シフトで中性に戻っていたのに女性の立ち位置に立ち続けられると反応に困る。

まぁ、それはいいとも。他ならぬ無二の友からの救援要請だし、妹の難事を助けるのは兄として当然で、私もたまに師匠をいいように使っているので少しくらい大人しく使われてやるとも。

ただしライゼニッツ卿《きょう》、貴女《あなた》は駄目だ。

長期キャンペが何回か組めるような難事をやっつけたと思った直後にコスプレ趣味の二〇〇年醸造された死霊《レイス》から呼び出し喰《く》らうとか、そりゃもう逃げるよ。魂が過労死するわ。

あの人、最近更に色々拗《こじ》らせてて怖いんだよシンプルに。

「下手に偉くなるもんじゃねぇなぁ……」

「はい？　何か仰《おつしや》いましたかな？」

「いえ、お気になさらず」

　年俸一五〇〇ドラクマを数え、貴族位を得てちょっとした異名みたいな物を貰《もら》っても、実態はこんなもんだ。魔導院というのはエキセントリックにネジを飛ばした変態に、私みたいな常識を持った教授がとことん振り回される場所だと知ってれば、研究者のままでいたのになぁ。二四歳で教授昇格とか快挙だよ！　一緒に頑張ろうよ！　と親友におだてられ、調子乗って論文を提出したのが全ての誤りだった。

　よもや、ここまで気楽に冒険ができなくなる身分になるなんてね。弟子までついちゃって、益々《ますます》遊びに行くのが難しくなってしまった。流石《さすが》に彼女を引っ張ってくのは、まだまだ未熟だから危ないからなぁ。

　等《など》と考えていると、空間が解《ほつ》れて蝶《ちよう》の形に折った紙が飛び出してくる。アグリッピナ師の術式をまるっとコピった伝書術式だ。飛ばした先は麗しの我が故郷、宛先は勿論《もちろん》……。

「ああ、よかった、マルギットも暇か……湯治宿で一人ってのも不毛だからな」

　幸いなことに猟期から外れているからか、我が幼馴染《おさななじ》みも時間的な余裕があったらしい。なんでも彼女は私が貴族に紹介したこともあり、有名所の狩猟場の管理を任されるようになって死ぬほど忙しいと聞いていたし、これが丁度良い息抜きになればいいのだが。

そうだ、向こうに着いて上手《うま》いこと〈空間遷移〉のマーキングができたら、折角だし一族を湯治宿に呼び寄せてのんびりして貰ってもいいな。〈見えざる手〉を全力稼働させれば家のことなんてちゃっちゃと片付くし、連れて行くのも簡単だろう。

よしよし、親族の見舞いと加療ってことにして外出の言い訳は立つな。とりあえず父上には重篤な腰痛になって貰って、母様には神経痛の治療ということで温泉に浸《つ》かっていただこう。いやぁ、子供としてはね、親の窮地にはかけつけて治療しなきゃだからね。

折角だし温泉を堪能したら、マルギットと一緒に近所の冒険者の同業者組合を冷やかしに行くか。高難易度で塩漬けになっている依頼を漁って行けば、研究のためにフィールドワークしてましたって誤魔化しも利くしな。湯治が終わった頃なら、ミカも忙しい時期は明けるだろうし一声かけてみるか。

さぁ、久しぶりの本職を楽しもう。帰ったらアグリッピナ師から小言とか、ライゼニッツ卿から「何故《なぜ》逃げるんですか」と泣き言とか色々飛んでくるけど全部無視だ無視。弟子の教育もあるからね。

あ、そうだ、忘れない内に弟子に詫《わ》びの手紙を出して、彼女も湯治宿に引っ張ってってやるか。若い内に色々な所を見て、体験して、興味を持つことが感性を養うのには必須だからな。あとは将来政治的な付き合いに引っ張り出された時、とんでもなく美味《うま》い物食わされて胃がびっくりしないよう、ちょっと贅沢《ぜいたく》なメシも食わせてやらねば。舌を養うのも教育教育。

私は肩書きから解放されて軽くなった肩を愛《いと》おしむように回し、冒険の予定を頭の中でこねくり回した…………。


【Tips】魔導院の教授は副職を禁じていない。ただ、人気の教授は相応の忙しさを誇るため、副職をしている余裕があるかは保証しない。

漂泊卿においては危険な幻獣相手でも実地でフィールドワークしてサンプルを確保し、精巧な剥製を作るほどの凝り性であるため同分野の教授や聴講生からの人気は大変高く、講義の出席率も高い。


少女は魔導院の聴講生である。名はあるが好きではないので名乗りたくない。末の子故に明らかに適当につけられたであろう名と忌々しい家名を彼女は嫌いだった。かといって師匠が冗談めかして言う「私の小さな淑女」という呼び方も気恥ずかしいので好きではない。

そもそも再来年には成人する女性を捕まえて、小さな、と形容するのは如何《いかが》なものかと思うのだ。

不機嫌そうに溜息《ためいき》をつき、少女は自分には不相応だと思うほど立派な文机《ふづくえ》に着いた。そうだ、思えば不相応なのだ。この弟子用の部屋というよりは、皇女様でも座っているのが似合いの部屋も、ライゼニッツ卿が遠慮しても贈ってくださる衣装棚の中で唸《うな》りを上げる沢山の装束も。

金髪というには汚らしい麦藁《むぎわら》のような色の髪、そばかすの散った顔、宝石にはとても見えない黒に近い沈んだ蒼《あお》の目。体は痩せていてちっぽけで、愛想や可愛《かわい》げとはほど遠い顔に見合っていて見窄《みすぼ》らしい。

今思えば師は何故私を弟子に取ったのだろうと、楽しみに授業の用意を調えていた文机の前で少女は呆《ほう》けたように回想した。

あれは確か寒い日であった。少女の家は貴族というのは細やかすぎる、それこそ豊かな商人の方がずっとマシな生活をしているような家だった。

三代前の頭首が投機にしくじり、先々代が閥の中でやらかして追放され孤立、なんとか捲土重来《けんどちょうらい》を狙った先代は先帝の東方交易路再打貫の征伐戦争に無理して出征し、大した手柄も立てられず流れ矢を受けて討ち死に。済《な》し崩《くず》し的に家を継承した叔父、つまり少女の父は政治下手ときた。

ある日、少女は年齢が十分に達したからお披露目もかねて何処《どこ》かの家が主催する晩餐会に出席していた。かといって父は予定に無かった末子の彼女に興味がなかったのか夜会服は見るからに安物で、紹介も適当に上役のところへ行ってしまい壁際に放置されていた。

傾いた家を無理に建て直すため、恥も外聞も無く借財のために駆けずり回っているのだろうと、季節に合わぬ薄着のせいで寒さに震えながら少女は憂鬱さを抱えて呆けていた。

救い難い家の愛されていないことが見るからに分かる彼女に声をかけるものはいない。

貴種の付き合いとは打算が八割を占める。関わり合いになることで得をするどころか損をしかねない彼女に誰が貴重な時間を割くというのか。頭首である父でさえ、愛想笑いと「またの機会に」という永遠に来ない次を押しつけて追い返されているというのに。

愛されていないことを自覚したとして、親はどうあれ親だ。見るからに憔悴《しょうすい》して走り回っている姿を見るのは忍びなかった。自分の居場所がないことも相まって、ただただ肩身の狭さと帰りたさが募るばかり。

それに少女は近頃胸が痛くなることが多かった。寒さのせいか、それとも病気か分からないが胸の辺りが酷く熱くなったと思えば、頭痛に襲われて目の奥が痛くなるのだ。なんとかしたいけれどできなくて、泣きながら体を丸めて耐える夜を幾たび越えてきたか。

この日の夜も、そんな兆候がやってきた。心臓が高鳴り、呼吸が速まってきたではないか。もう一刻もすれば頭痛に襲われ、そこから半刻もすれば耐えられなくなってくる。しかし、我が家には癒者を呼ぶ余裕も無いため、黙って耐えるしかない。

ひたすらに早く帰りたい、そう思っていた少女の前に一枚の紙が差し出された。

唐突に出てきたそれに目をぱちくりさせて驚いていれば、なんと紙は独りでに折りたたまれ、複雑な工程の末に真っ白な薔薇《ばら》になったではないか。

「わぁ……！」

久しくなかった笑顔が少女の顔に滲《にじ》み出る。目の前で完成しなければ、たった一枚の紙から出来ていると信じられない出来映えの薔薇。貴種にしてはタコに塗《まみ》れた硬そうな手に乗せられたそれを見て目を輝かせていたが、気に入ったかい？　と声をかけられてやっと彼女は持ち主の方へ意識をやることができた。

美しい人だった。

丁寧に編み上げて頭の後ろで飾りのように仕立てた彼の金の髪は宝冠の如《ごと》くあり、魔法の照明を受けて輝く子猫目色《キトンブルー》の瞳は母親が唯一大事にしている藍玉《サファイア》がガラス玉に褪《あ》せるほどの輝き。女性的で上品な顔つきの中に父にはない自信に溢《あふ》れた男性の色がありありと浮かび、優しげな薄い笑みには温かみが感じられる。

「進呈しよう、小さな可愛らしいお嬢さん」

「ありがとう……ございます」

果たして愛想以外で可愛いなどと言われたのは、どれくらいぶりであっただろうか。言われるがままに見知らぬ紳士から紙の薔薇を受け取った少女は、改めて彼を観察する。

仕立ての良いローブ、左手に持った優美で長い杖《つえ》は魔導師《マギア》の証《あかし》。見るからに柔らかそうな生地は東方からもたらされた高品質な絹であることに疑いようがなく、彼が相当に高い身分であることが窺《うかが》えた。

「失礼、名乗り遅れた。私はエーリヒ・フォン・ダールベルク。三重帝国魔導院にていやしくも教授位の末席を汚している者だ」

しげしげと観察されても気分を害することなく、優美に腰を折って紳士、エーリヒ・フォン・ダールベルク卿は取るに足らない娘を一端の貴種として遇する。しばし面食らったものの、少女も慌てて名乗り返した。

「すまないね、ご両親からの紹介も受けていないのに無遠慮に声をかけて。退屈そうにしていたので、つい声をかけてしまった」

「あ、いえ、お気になさらず、フォン・ダールベルク……」

「なに、エーリヒで構わないよお嬢さん」

朗らかに応え、礼儀が出来ていると彼は少女の頭を優しく撫《な》でた。

「しかし、やはりか」

頭を撫でられる心地よさに初めて浸っていると、先ほどとは打って変わって神妙な声で魔導師《マギア》の男性は呟《つぶや》く。何かと思って見上げれば、彼の目は少女の手に握られた薔薇に注がれている。

どうしたのかと見てみれば、なんと知らぬ間に薔薇は深い碧《あお》に染まっていたではないか。

「君、時に頭痛に襲われることは？」

ゆったり、しかし嘘《うそ》は許さぬという厳格な問いかけに少女は無意識に応えていた。続く問診にも素直に答え、つい黙っていろと言われた家の経済状況についても溢《こぼ》してしまう。

やがて、質問を十は重ねたであろう魔導師《マギア》は顎に手を添えて黙り込み、しばしの後にしゃがみ込んで視線の高さを合わせる。

そうして、呑み込まれそうなほど青い目でじぃっと見つめながら問うのだ。

「君、私の弟子にならないかい？」

不意に意識が過去から現実に戻ってきた。

鼻の頭にくすぐったい感覚を覚えて正気を取り戻せば、なにやら折り紙の蝶……師匠が愛用する伝書術式がとまっているではないか。

「ちょっ、もう!? なんですか!?」

鼻にとまられるまで気付かないほどぼうっとしていた恥ずかしさを追い払うように声を上げ、羞恥ごと弾《はじ》き飛ばすように手で蝶を払う。

しかし、折り紙の蝶は持ち主譲りの軽さで少女の手を回避し、目の前で広がって粛々と仕事を果たす。

紙面に記されたのは師が書く嫌みなまでに整った字体の手紙。貴種らしい迂遠《うえん》さを廃し、弟子に向けて親しみを込めた文章は、今日のことを詫び、同時に外出を誘いかける。

一刻もすれば迎えに行くので、外泊の準備をしておくように。もし他に予定があるのなら、蝶《ちょう》を潰しておいてくれとの書き付けに弟子は激怒した。

「もう! いつもいつも、勝手なんですから!!」

しかし、気のせいではないだろう。着替えを鞄《かばん》に詰め込むべく衣装棚に向かった足取りが軽いのは。その頬が微《かす》かに上気していることも……。

【Tips】魔法には一定の魔力があれば自然に開眼するものであるが、時に蓄える魔力量が多すぎるため機能不全を起こすこともある。

三重帝国には温泉の療養地が幾つかある。

希少な火山帯に湧く源泉を引いて温泉に仕立てたのは、やはり温浴を推奨し今の帝国を作り上げた開闢《かいびゃく》帝である。温浴は健康に良いが、火山帯より湧き出る自然の湯はより体に良いとして保養地を造り、晩年はそこで穏やかに過ごしたこともあり貴賤《きせん》を問わず人気である。

南方の軟らかな泉質と飲用も健康によいと名高い保養地にあるとある湯治場。少し背伸びした金のある市民層が贅沢に過ごせる程度の値段設定の保養所を訪ね、旅の垢《あか》を落とすべく入浴の準備をしていた。

「しかし、また急に呼び出してくれましたわね？」

脱衣場前の団欒《だんらん》もできる待合所にて、一見不機嫌そうに、しかし顔は蕩《とろ》けるような笑みを浮かべてマルギットが座っている。手には同じく入浴の準備をし――言うまでもなく混浴ではない――楽しむ準備は万端といった所か。

「すまないね、骨休めになればいいと思って」

「ええ、エーリヒ、貴方《あなた》が紹介してくれた狩猟場の管理は報酬こそいいものの、中々骨でしてよ？　やれ狐《きつね》の数を減らすなだの、次の狩猟会では狼《おおかみ》を放ちたいから整えろだのと伯爵殿は注文が多くて困りますわ」

さも大変だ、とでも言いたげに首をすくめてみせる幼馴染《おさなな じ》み。しかし私は知っている、彼女が雇用主から「我が守人」と自信満々に紹介されるほど気に入られていることを。

「それに、やれ後継がだの夫をだのと要らぬ気を払われることもありますし？」

試すような流し目と熱い吐息……うん、ま、色々分かっている。

ただ一つ弁解しておくと、私が色々うっちゃった訳ではない。むしろ私は真摯に迎えに行ったほうだと思う。

それでも彼女は冒険に付いていくことは了承したが、貴族の奥様なんていやぁよ堅っ苦しいと言ってのらりくらりと躱《かわ》されてしまった。

その結果、だらだらとぬるま湯のような心地よいだけの関係が三十路《みそじ》を前にしても続いている。立派に仕事を熟《こな》しているため、どちらも行かず後家だとか男寡婦《おとこやもめ》だと馬鹿にされてこそいないものの、少しずつ風当たりはきつくなっていた。

とはいえ、確かに彼女に向かない仕事を押しつけるのは気が向かないので、私も受け入れてしまっているのだけれど。

「また、断る口実があればいいんですけど」

「やぁ、楽しそうな話をしているね」

ぐっと机に身を乗り出して牙を見せつけるように笑う幼馴染み、そして不意に現れて割って入る無二の親友。

「おお、ミカ。君もついたか」

「あら、お久しぶりですわねフォン・シュポンハイム」

「君が空間遷移で拾ってくれたからね。それとマルギット、ここではミカとだけ呼んでくれないかい？　保養地で羽を伸ばしている間くらい、堅苦しい称号は脱ぎ捨てたいものさ」

私達《たち》の間に気軽に腰掛ける平服のミカ。簡素な娘衣装に身を包みながら――ここ数年、中性時の彼は気分で男女の服をどちらも着る――高貴な雰囲気を隠しきれぬ、我が一党の優秀なデバッファーは、当然斥候として大活躍のマルギットとも付き合いがあった。

仲が良いような、そうでもないような、でも時に妖しく色っぽい空気を纏《まと》っている二人の関係性を私は未《いま》だに把握し切れていない。一度酒の席でカマをかけてみたのだが、殿方には分からない世界もありましてよ？　と躱されてしまって以降、下手に踏み込むのはやめていた。

男には触らない方がいい所もあるものなのだ。特に女同士で色々やっていることには。逆にミカと男同士で阿呆《あほう》なことをして遊んでも、マルギットは口を挟んでこないからな。これも潤滑な付き合いをする上で必要な気遣いの一つなのだろうさ。

「しかし良い所だ。さっき飲用の物も薦められたんだが、美味《おい》しいものなのかな？」

「さっき頂きましたけど、塩気があって中々に美味しかったですわよ？　甘い焼き菓子と一緒にいただくのが、ここの流儀だそうで」

「へぇ！　それはいい、近頃は素朴な甘さに飢えていてね。やたら甘くすれば豪華になるという風潮に辟易《へきえき》とさせられていたから、舌にもいいお休みになりそうだ」

ほら、さっそく乙女らしいトークを始めたではないか。一党として冒険している時の連携は素晴らしいの一言に尽きるし、たまに仲間はずれにされたって悔しくないからな。

ああ、そういえばそろそろ時間か、そう思い部屋の中に空間遷移の出入り口を開いておく。色々と心得た弟子だから、手紙が潰されていないということは今回の課外授業にも顔を出してくれるのだろう。

この二人も我が弟子を気に入ってくれているからな。きっと今回も色々可愛《かわい》がり、魔導師《マギア》に必要な知識を仕込んでくれるに違いない。

近接徒手格闘、尾行の察知、毒薬の知識、怪我《けが》をした時の応急処置など一流の魔導師《マギア》になるため知っておくべきことは多い。何と言っても命を狙ってくる奴《やつ》は両手の指を全部足して倍にして、足の指の数を掛けても足りないのだから。

貴重なサンプルを狙う者、発表されると拙《まず》い研究を潰そうとする者、もしくは成果をかすめ取ろうとする卑劣漢……そういった敵は地位が高くなるにつれて事欠かなくなる。

若い内に沢山学び、沢山楽しんでくれればいい。私のように。

「ああ、君の弟子も来たようだね。じゃ、早速温泉に行こうか。エーリヒ、頭を洗ってあげようか?」

「何を自然に一緒に入ろうとしておいでで？　娘衣装なのですから、今日は女湯ではなくって？」

「服は気分さ、今は中性だよ？」

「他の殿方がぎょっとすると思うからおやめなさいな」

パタパタと忙《せわ》しなく駆けてくる弟子の足音、楽しそうにじゃれあう仲間。家の雑事も片付いたら夜には私の一族もやってくるだろう。

楽しい夜になりそうだ………。

【Tips】火山帯は少ないが、三重帝国は多くの温泉を抱えた保養地を開拓している。

Aims for the Strongest
Build Up Character
The TRPG Player Develop Himself
in Different World
Mr. Henderson
Preach the Gospel

CHARACTER

名前

ミカ

Mika

種族

Tivisco

ポジション

魔法使い

特技

魔力貯蔵量 スケールⅦ

技能

- 初等造成魔法
- 中等造成魔法

特性

- 分かたれぬ二
- 中性的な美貌

Aims for the Strongest
Build Up Character
The TRPG Player Develop Himself
in Different World
Mr. Henderson
Preach the Gospel

CHARACTER

名前

マグダレーネ・フォン・ライゼニッツ

Magdalena von Leizniz

種族

Wraith

分類

エネミー

特技

[redacted]

技能

[redacted]

特性

- 死せる生
- 凍り付いた[redacted]
- [redacted]

あとがき

飽きること無く本書を手に取って下さった奇特な読者諸兄、及び本書出版に携わった出版・編集の皆様、引き続き素敵なイラストで拙作を何倍にも素敵にして下さるランサネ様、そして長い休暇に入られた最愛の祖母へ感謝と共に本稿を捧《ささ》げます。

毎度の海外文学かぶれの謝辞も三回目、つまりは有り難いことに三巻目です。こよなく愛するメイスとガンの物語、もとい剣と魔法の世界に喩《たと》えて言うなら基本ルールブックの数と並びました。即席の絆《きずな》をダイスに変えて物理で殴り殺す世界であれば、基本ルールブックの数を超えたことになります。

冗談はさておき、二巻より三巻の壁は厚いため、このコロナ情勢下に出版できて驚いております。更に分厚い四巻の壁がどうなるかは分かりませんが、お付き合い頂いた皆様にどのようにお礼申し上げればいいものやら。

本稿が一月末発売であることを考えると、買い求めていただく手間に頭が下がる思いです。まぁ一巻の時といい時期が悪かったなどと言い訳の余地もあるのですが、拙作は紙媒体と電子書籍の売り上げが大体一：一という中々謎な現象が起きているので中々難しい所ですね。通常ですと紙と電子の比率は三：一から四：一ほどと聞いていたのですが、売上げ部数を初めて伺った時は知覚判定に失敗したのかなと思ってしまいました。

そして、二巻から三巻発売までの間にＷｅｂ版が二千万ＰＶを達成し、Amazon の評価が一巻では二百を超え、二巻も百以上となり、更には十一月のセールで新刊勢を差し置いてKindle版がオーバーラップ文庫売上げランキング二位に居座るという謎の事態が引き起こされ、そろそろ都合の良い夢を見ているのではないか確かめるために1D100を転がす必要があるのではと不安になってきました。

いえ、TRPGプレイヤーの正気の度合いは、判断が難しいので今更やもしれませんが。

なにはともあれ、今回は全く新しい展開ではなくWeb版の大幅加筆という形となりました。

というのもですね、無限に文章が伸びる奇病の持ち主である私に話を書き足させるとキリがないのと、割と収まりが良い編成であったので今回の形にせざるを得なかったのです。それでも五万文字ほど加筆及び書き下ろしているので、Web版との違いを愉《たの》しんで頂けるよう頑張ってみました。

そして満を持して登場と相成ったミカ君ちゃん。男であり女であり、そのどちらでもない友人という存在のアドアドしさのなんと胡散臭《うさんくさ》いことか。男としての理解、女でなければ与えられない癒やし、そのどちらも兼ね備えた強キャラがランサネ様の手によって艶っぽく受肉した様の破壊力は作者をして悶絶物《もんぜつもの》の素晴らしさでした。

膝と腰の書き分けが素晴らしいのですよ。ここばかりはどう頑張って女装や男装をしたとしても誤魔化《ごまか》しきれない所であり、度々描写していた点を分かって分かるように描いてくださったことに感動を禁じ得ません。

今はまだ若く、その差を上手《うま》く使いこなすことのできないミカですが、次第に性差を上手く使って絡んでくるようになります。まだまだ先の話であり、あとがきを書いている十二月現在ではWeb版においても、やっとその差を活用し始めたところなので今後にご期待いただければと思います。

三巻の内容では女性体になったミカへの反応や迷宮踏破の報酬にまで辿《たど》り着けなかったので、反応を含めた描写と成長報告は次回に持ち越しとなります。更には美しくも恐ろしい種、ファンタジーのド定番種族である彼女も登場いたしますので、是非とも四巻をお送りしたく存じます。

さて、昨今の情勢ではTRPGを行うことが難しく、知人がやっていたコンベンションも活動を自粛し、一時ではあるものの解散するなど中々悲しい状況になってきました。体験会やサークルの勧誘も安全を考えるとできるはずもなく、毎年顔を出していた母校の学園祭も中止となり寂しい限り。

それでもTRPG界隈《かいわい》は頑張っていますね。今年出た聖書外典もといサプリメントも買い求めておりますし、往年の名作が版上げされ豪華版で新生など嬉《うれ》しいことも多くありました。新しいオンラインセッションのサポートシステムも立ち上がっておりますし、家で愉しむ状況が整えば、その内に読者と卓を囲むという幸福にも恵まれる可能性もありますね。

いえ、まぁ、そんなことを宣《のたま》いつつも、結局今年は忙しさのあまり全然TRPGできていないのですが……あとボードゲームも。沢山買っても一人で読んでみたり、はえーコンポーネントきれーと眺めることしかできないのが辛い。

自衛を兼ねた自粛が避けられぬ為《ため》、中々辛い状況が続きますが明けぬ夜が無く、止《や》まぬ雨も無いようにいつか必ず卓を囲んで馬鹿みたいに笑える日が来ると思います。2D6の期待値が5であったり、GM《ゲームマスター》の時に六ゾロが四回続いてPC《プレイヤーキャラクター》をぶっ●すようなことがあっても、リプレイにして飾っておきたいセッションに参加できることもあるように楽しい日々は必ず戻ってきます。

四巻でお会いできることと、また安心して卓を囲めるような日々が還《かえ》ってくることを願ってあとがきを締めさせていただきます。

それでは、また次のセッションでお会いいたしましょう。キャラ紙を忘れてこないように。GM《ゲームマスター》もシナリオの入ったUSBを忘れないよう気をつけます。

【Tips】作者はTwitter（@Schuld3157）にて〝ヘンダーソン氏の福音を〟の小話、設定を〝ルルブの片隅〟や〝リプレイの外側〟などと銘打って投稿している。

祝3巻発売!
挿絵なかったので
エリザ

OVERLAP

TRPGプレイヤーが異世界で
最強ビルドを目指す 3
～ヘンダーソン氏の福音を～

発　　行　2021年1月25日　初版第一刷発行
　　　　　2024年11月27日　第二刷発行
著　　者　Schuld
発 行 者　永田勝治
発 行 所　株式会社オーバーラップ
　　　　　〒141-0031　東京都品川区西五反田 8-1-5
校正・DTP　株式会社鷗来堂
印刷・製本　大日本印刷株式会社

©2021 Schuld
Printed in Japan ISBN 978-4-86554-822-8 C0193

※本書の内容を無断で複製・複写・放送・データ配信などをすることは、固くお断り致します。
※乱丁本・落丁本はお取り替え致します。下記カスタマーサポートセンターまでご連絡ください。
※定価はカバーに表示してあります。
オーバーラップ　カスタマーサポート
電話：03-6219-0850 ／受付時間 10:00～18:00（土日祝日をのぞく）

作品のご感想、ファンレターをお待ちしています
あて先：〒141-0031　東京都品川区西五反田 8-1-5 五反田光和ビル 4 階　ライトノベル編集部
「Schuld」先生係／「ランサネ」先生係

PC、スマホからWEBアンケートに答えてゲット!
★この書籍で使用しているイラストの『無料壁紙』
★さらに図書カード（1000円分）を毎月10名に抽選でプレゼント!
▶https://over-lap.co.jp/865548228
二次元コードまたはURLより本書へのアンケートにご協力ください。
オーバーラップ文庫公式HPのトップページからもアクセスいただけます。
※スマートフォンと PC からのアクセスにのみ対応しております。
※サイトへのアクセスや登録時に発生する通信費等はご負担ください。
※中学生以下の方は保護者の方の了承を得てから回答してください。

オーバーラップ文庫公式 HP ▶ https://over-lap.co.jp/lnv/

第8回 オーバーラップ文庫大賞
原稿募集中！
イラスト：ミユキルリア
思いをコトバに。夢をカタチに。
【賞金】
大賞…300万円
（3巻刊行確約＋コミカライズ確約）
金賞……100万円
（3巻刊行確約）
銀賞………30万円
（2巻刊行確約）
佳作………10万円
【締め切り】
第1ターン 2020年8月末日
第2ターン 2021年2月末日
各ターンの締め切り後4ヶ月以内に佳作を発表。通期で佳作に選出された作品の中から、「大賞」、「金賞」、「銀賞」を選出します。
投稿はオンラインで！ 結果も評価シートもサイトをチェック！
https://over-lap.co.jp/bunko/award/
〈オーバーラップ文庫大賞オンライン〉
※最新情報および応募詳細については上記サイトをご覧ください。
※紙での応募受付は行っておりません。